U0895077

印　记

——大庆油田新时代女劳模——

大庆油田有限责任公司工会 ◎ 编著

中国工人出版社

一丝不苟做精品

精益求精铸油魂

——刘丽

2019 年 7 月，刘丽在生产现场进行量油流程切换操作

2021 年 11 月，刘丽在“大国工匠年度人物”发布仪式现场

掌握知识即把握机遇

拥有技能就拥有未来

——杨海波

2013 年 3 月，杨海波（右）获得全国五一巾帼奖章接受中工网采访

2024 年 11 月，杨海波进行革新试验情况跟踪

光荣传统不能丢，丢就丢了魂
红色基因不能变，变就变了质
——李雪莹

2021 年 6 月，李雪莹参加全国“两优一先”表彰大会

2019 年 9 月，李雪莹（右一）带领队班子在中四采油队教育室重温队史

传递温暖，点亮希望

用爱与行动诠释生命的价值

——朱华

2024 年 12 月，朱华在大庆市杏北爱心志愿者协会基地

2022 年 7 月，朱华（左）和同事研究注水泵的运行参数

深耕基层党建

燃旺星火燎原

——浦秀双

2023 年 11 月，浦秀双（前排右五）带领星火员工阔步向前

2024 年 9 月，浦秀双（右）指导使用大庆油田党建信息平台

我要当个有本事的好工人

——宋佳

2020 年 10 月，宋佳参加中国石油集团公司首届一线生产创新大赛获得银奖

2022 年 7 月，宋佳（右二）与团队成员探讨岗位难题

不忘初心，方得始终

不负梦想，方显精彩

——曹红霞

2011 年，曹红霞（右二）在哈勒焊接研究所接受培训

2023 年 8 月，曹红霞参加中俄职业教育联盟成立大会

勇敢追梦，不惧挑战，迎接美好明天

——郭巍

2022 年 9 月，郭巍专心钻研施工方案的各项内容

2024 年 11 月，郭巍（左二）与同事共同研究投资方案

心守一处，技精一门

平凡的岗位也能创造非凡

——王超博

2024 年 9 月，王超博梳理党员心得体会笔记

2024 年 8 月，王超博（中）与青年员工讨论学习

荆棘创新路，坚持开拓，必成坦途

——张朋娟

2024 年 12 月，张朋娟绘制研发成果设计图

2023 年 8 月，张朋娟（中）和工作室成员在井上进行革新试验

本书编委会

（按姓氏笔画为序）

主　任：崔颖凯

副主任：王友库　崔立丽

主　编：周　玲

副主编：于海龙　王　勇　王　铭　任玉昌　曲　斌　许亚东
孙学法　李小飞　杨　晨　宛立军　赵　亮　徐玲玲
翁庆林　穆　冬

设　计：邢荣哲　邵　华

编　委：于　浩　于晓宇　王　欢　王柏岩　王鸿达　丛柏竹
朱　江　刘　洋　刘昆鹏　刘竞择　刘淑婧　孙南茜
杜　俏　杜　莹　杜洪志　李玉明　李永峰　李志锋
李欣竹　肖滋奇　何　静　宋　铮　宋明珠　张　欣
张淑玲　陈　冰　周　云　宛　楠　胥倩文　秦志辉
夏宝华　常　江　常　虹　崔英春　韩　效　韩士军

序

绘就新时代生动亮丽的大庆油田巾帼画卷

一部大庆油田发展史，一曲巾帼芳华奋进歌。六十多年前，大庆石油会战职工家属薛桂芳、王秀敏、杨晓春、丛桂荣、吕以莲，直面茫茫芦苇荡的饥荒，肩扛铁锹、开荒种田，点燃了会战职工家属走出家门干革命的第一把火，留下了“五把铁锹闹革命”的优良传统。一石激起千层浪，巾帼建功竞风流。缝补厂精神、女子采油队精神等不断涌现、星火燎原，深深打下了大庆油田女职工群体的精神烙印，成为那个艰苦卓绝时代的生动注脚。

这是女劳模的群星璀璨时，照耀引领着新时代油田巾帼追随光、成为光、散发光。习近平总书记强调，实现中华民族伟大复兴，是党和国家工作大局，也是当代中国妇女运动的时代主题。党的十八大以来，大庆油田深入学习贯彻习近平总书记关于工人阶级和工会工作、关于妇女工作的重要论述，持续深化巾帼建功、巾帼成才、巾帼文明、巾帼维护，让气贯长虹的巾帼志，撑起当好标杆旗帜、建设百年油田的“半边天”。以刘丽、杨海波、李雪莹、朱华、浦秀双、宋佳、曹红霞、郭巍、王超博、张朋娟等为代表的新时代油田广大女职工，在端牢能源饭碗、奋进高质量发展的壮阔征途中，柔肩担当重任，巾帼不让须眉，书写着浓墨重彩，铺展开新的篇章。她们是时代的楷模，全国劳动模范、大国工匠、巾帼建功标兵等众多荣耀熠熠生辉，始终彰显着牢记嘱托、忠诚向党、奉献油田的家国情怀。她们是岗位的先锋，矢志不渝向着高质量发展砥砺奋进，始终充盈着大庆精神（铁人精神）以及劳模精神、劳动精神、工匠精神的昂扬气象。

她们是亮丽的风景，自强不息、智慧果敢地担负起个人、事业和家庭，始终焕发着自尊、自信、自立、自强的飒爽英姿。

我们礼赞光芒闪亮的名字，更是致敬默默绽放的芳华。当前，大庆油田拥有4.8万名女职工，她们心有大我，为抓好“三件大事”、加速上扬“第二曲线”贡献巾帼之力、尽展卓越功勋。编著本书，就是要讲好劳模故事，诠释女工风采，让更多人感知大庆油田女职工群体的意气风发，感受女工成长和建功百年的双向奔赴，彰显大庆油田端牢能源饭碗、奋进中国式现代化的强大力量，绘就新时代最生动、最亮丽的巾帼画卷。

是以为序。

大庆油田党委副书记、工会主席

崔颖凯

2025年2月

编写说明

这本关于大庆油田新时代女劳模的“印记”，是我们怀着深深的敬意与感动，以文学的话语和笔触，描绘那些在平凡岗位上做出不平凡贡献的女性劳动者，记录大庆油田迈向世界一流现代化百年油田中，有关油田的故事和变化，有关她们的奋斗历程、精神风貌和澎湃能量，激励更多人立足岗位、发光发热。

本书自 2024 年 10 月开始编写。大庆油田各级工会和女工委员会，系统梳理党的十八大以来，油田涌现的女性先进典型，综合时代特征、个人业绩并结合单位推荐意见，选取了十位来自油田各领域的优秀代表。她们的特点不尽相同，有技术创新的开拓者，有扎根基层的奉献者，有默默无闻的坚守者，但无一例外都是“我为祖国献石油”的践行者。本书旨在用纪实文学的手法，尽最大努力呈现她们的成长经历、精神品格和杰出贡献，诠释胸怀大志、眼里有光、心中有爱的平凡且生动的女性角色。

本书的“女劳模”，特指女性全国劳动模范、全国优秀党务工作者、全国民族团结进步模范个人和全国最美家庭获得者，女性全国五一劳动奖章获得者，全国五一巾帼标兵获得者、中央企业劳动模范和全国石油石化系统创新先进人物获得者。十位代表，犹如猎猎飘扬的十面旗帜，彰显时代进步的榜样力量，展现“党之大庆”的忠诚信仰、“国之大庆”的使命担当。

本书力争深挖人物的故事性，成就故事的感染力。她们是生动的，投身于当好标杆旗帜、建设百年油田的火热实践。她们是鲜活的，是擎旗人更是你我身边人，那些细微的瞬间——一个坚定着的眼神、一次深夜里的坚守、一场挫折后的蜕变——让读者走进劳模的内心世界。抵达故事的旅程，就是印记浮现的历程。她们积蓄智慧与勇气，充盈热血与力量，让巾帼芳华在大庆油田“第二曲线”强势上扬中闪光。希望这些故事，带给读者一点思考、一点感悟、一点触动。

本书的出版，得益于许多人的支持与帮助。在此，我们要特别感谢所有接受采访的女劳模及其家属、同事，感谢他们分享自己的故事；感谢每一位编者与作者，用文字为这些故事赋予生命；同时，也要感谢参与出版工作的每一位同仁，正是大家的共同努力，才有了如今的付梓成书。受水平所限，本书难免有疏漏和不足，恳请广大读者批评指正。

最后，我们希望这本书不仅仅是“印记”，更是一面镜子，可以映照出每一个普通人的不凡之处。愿每一位读者都能在这些故事中找到自己的影子，感受到奋进的力量和女性的光辉。愿这些故事，能成为一盏灯，照亮你前行的路，也筑起你心中的梦。愿我们都做伟大事业的奋斗者、标杆旗帜的践行者、敢于追梦的奔跑者，为奋进中国式现代化贡献智慧和力量。

编者

2025 年 2 月

目录

大国工匠刘丽

——记第二采油厂采油班长 刘丽

六十多年前，铁人王进喜从松辽平原走进人民大会堂，开启了大庆油田的辉煌篇章，点燃了中国石油工业自力更生的希望之火。六十多年后，采油女工刘丽踏着铁人的脚步，听从党的召唤，成长为大国工匠。

她把工装上那鲜艳的石油红融入了党旗红、国旗红；把女人千般温柔情铸成了钢铁魂、石油魂；把一条平凡的巡井路，矗立起了新时代的标杆、扬帆的桅杆，生动诠释着大庆精神、铁人精神。

从立下把“中国贫油”帽子甩进太平洋的壮志，到成功跨越累计生产原油 25 亿吨的里程碑，大庆油田在为国家奉献能源的同时，孕育造就了以刘丽为代表的众多高技能人才，用榜样的力量汇聚起产业工人队伍的磅礴伟力，在奔赴百年油田的征途中，唱响“高举红旗去战斗，踏着铁人脚步走”的豪迈旋律，一路奋进。

全国劳动模范
大国工匠年度人物
全国三八红旗手
中华技能大奖
全国五一劳动奖章
中国质量工匠
全国“最美职工”
全国技术能手
全国五一巾帼标兵
国家技能人才培育突出贡献个人

北京时间 8 点 30 分。

从飞机上俯瞰大庆，茫茫大地被白雪覆盖，一座座抽油机依稀可辨，它们数以万计，贯通着大庆油田千米之下的“地宫”。

难以想象，井与井之间分布的钢铁管道，总长度可以往返地球和月球之间。更难以想象，井与井之间往返的巡井小路，刘丽一走就是三十年。

对大国工匠刘丽，人们总有很多想要问的。

想知道刘丽一天 24 小时都在做什么。

想知道刘丽从巡井小路走向二十大“党代表通道”的心路历程。

想知道刘丽走出大庆油田的所见所闻，想看见走向中国石油乃至走向全国各地时大庆石油人的风采。

……

舱门打开，看不见的空气中涌入石油的馨香，看不见的地面之下原油正汩汩流向祖国能源的动脉。

当走上二十大“党代表通道”，胸前的党徽与百湖之城的油浪共振，迈向百年油田的脚步愈加铿锵

中国国际电视台记者问：“能源安全全球关注，大庆一直是中国的重要能源产区，跨越了半个多世纪，大庆是不是‘老了’？还能不能稳定产油，甚至何时会枯竭，一直是国际关心的问题，您可以和我们讲讲那里的发展情况吗？”

刘丽回答说：“大家十分关心大庆油田的发展，有很多人问我，大庆油田还有多少油，还能开采多少年？借这个机会，我非常荣幸地代表大庆石油人告诉大家：今天的大庆油田已经从过去的‘一油独大’变为‘油气并举’，同时从传统能源向新能源领域迈进，从国内走向了国际，目前依然保持着旺盛的生机和活力，正满怀信心地朝着建设百年油田的目标前进。”

北京时间 13 点 48 分。

刘丽作为黑龙江省和石油行业唯一走上二十大“党代表通道”的党代表，面向全世界回答很多人都在关心的大庆油田发展问题。

就在发言前夜，刘丽翻来覆去，怎么也睡不着。明天即将走上二十大“党代表通道”的兴奋和紧张齐齐涌上心头，这种感觉仿佛是回到当初父亲为她的入党申请书严格把关的时候。

刘丽是参加工作后入党的，现在她都记得，父亲给她买了很多本稿纸，当年的入党申请书写了一稿又一稿，总是在父亲那过不了关。父亲告诉她，要静下心来，好好想想为什么入党。

是啊，现在好好想想为什么能走上二十大“党代表通道”。

大庆的红旗是党给的，大庆的标杆是党树的。永远把党的需要作为志愿，在党需要的地方，成长为党最希望的模样，做让党最放心的依靠力量，大庆石油人对党的绝对忠诚，面对发展难题，知难破难，遇硬弥坚，干出血性，闯出新路。

刘丽的心明朗起来，她只要把石油工人心向党的决心讲出来，把党之大庆、国之大庆的士气、志气和骨气亮出来，还有什么紧张的？

信念坚定了，心情也平和了。刘丽翻开日记写下这样一段话：

作为大庆油田最基层的一名采油女工、一名党员，我做梦也想不到自己能够站到

这么高的平台上。是党的教育和关怀，让我一步步成长。我一定不忘初心跟党走、牢记使命报党恩，有一分热、发一分光。

采访当天一早，刘丽把红工服又熨烫了一遍，仔仔细细地捋顺了扣眼和边角，她对着镜子系好每一颗扣子，代表证端端正正地夹在胸前，出发。

人民大会堂“党代表通道”采访区，面对中外记者的集中采访，刘丽站在话筒前，回答掷地有声。

“作为新时代的石油工人，我们一定牢记习近平总书记的嘱托，大力弘扬大庆精神、铁人精神，当好标杆旗帜、建设百年油田，加大油气勘探开发力度，把能源的饭碗牢牢端在自己手里，以实际行动为保障国家能源安全和全面建设社会主义现代化国家贡献石油力量。”

后来在中央电视台《新闻30分》栏目播出的一段聚焦党的二十大专题采访中，刘丽站在“党代表通道”旁告诉记者，自己工装上的红色是石油红，在一线工作的一万多个日子里，穿得最多的就是这身工装，每当穿起工装的时候，她就会觉得特别有自信，特别有底气，特别有力量。刘丽脸上的笑容大气舒展，隔着屏幕都能感觉到，那是发自内心的自豪和喜悦。

时钟回拨到六天前。

庄严肃穆的人民大会堂，习近平总书记在主席台上作报告，这样的画面我们会在电视上看见。如果置身其中，现场聆听习近平总书记的重要讲话，该有多震撼？

“我一生都难以忘怀。”

刘丽是这样回答的。2022年，她光荣当选了党的二十大代表。坐在人民大会堂，刘丽心中有感动、有荣耀、有自豪，过往与井场相伴的点点滴滴，那些挑灯夜战的时光，那些从未放弃的瞬间，此刻都化作内心澎湃的力量。尤其是听到党的二十大报告中提出了一系列关于确保能源安全等与石油人密切相关的内容，她恨不能立刻着手做些什么。

会议期间，刘丽写下自己的思考。各行各业、各条战线团结奋斗，她思想的火花一次次被点燃。

“我想第一时间和工作室的伙伴们分享参会的感受。”

和刘丽一样，来自全国各地的两千多名代表肩负着全国人民的期盼与重托，大家在会议期间就讨论起“新”的工作，有一位代表甚至已经决定会后直接和另一位同行谈产业结合、谈技术借力，要继续破题。

刘丽抓住机会与来自全国各地的代表交流。跳出大庆看大庆，听代表们的见解，不同行业、经验丰富、学识渊博……汇聚在一起，是多么难得的头脑风暴，她把自己当成海绵，不停汲取着各方的知识养分。

思想的碰撞就是有来有往，大家询问刘丽大庆油田开发到什么程度了，油还有多少，接下来的愿景是什么。刘丽分享了很多大庆油田的现状，有大庆油田的“三超”精神，有高技能人才的创新提高，有海外将士的全力突破，有大庆油田践行“当好标杆旗帜、建设百年油田”的具体做法。

虽然只有短短几天，刘丽不断接收着思想浪潮，也向外输出着精神能量。《人民日报》、新华社、中央广播电视总台、《工人日报》等主流媒体都采访了刘丽，共同见证了代表们紧紧搭起的手，见证其中握住的共同期待和美好未来。

新征程开启，刘丽把党对大庆油田的亲切关怀，把党对能源企业的深切期望，把党对新时代产业工人的高度重视，珍而重之地放在心里，带回大庆油田。

返程路上，刘丽看到这样一条朋友圈：“参加这个盛会，真为你高兴，镜头里你特别好找，因为你穿的是红工服 @ 刘丽。”

刘丽这个名字很常见，但通过这几天的时间，全国人民都知道了来自中国石油大庆油田一身石油红工装的党代表刘丽。

飞机窗外是一望无际的云海，过往的荣耀都将呼啸而过，前方的挑战正迎面而来。刘丽带着最新的指示精神，带着对干事创业的更大渴望，期待着马上回到队伍中去。

那天，刘丽刚走进工作室的院子，大家就围了上来。

“刘姐，你真的见到习近平总书记了啊!”

“师傅，你这身红工服太鲜艳了，我们在电视上，一眼就能找到你！”

大家围着刘丽，对党的二十大报告中关注的内容问个不停，你一言我一语，满是激动。看着伙伴们，刘丽脑海里闪过参会期间的画面，有党和国家领导人走进会场大家情不自禁热烈鼓掌的，有国歌响起大家齐声高唱热血沸腾的，有自己走上二十大“党代表通道”激动难忘的……一时间有好多话想说。

刘丽拿出党的二十大纪念首日封送给大家。这小小的纪念品意义重大，大家摸了又摸，看了又看。

“这次参加党的二十大，我的感触特别深。党的二十大报告中提到了许多和咱们日常工作息息相关的内容，尤其是提到了加大油气资源勘探开发和增储上产力度。我和来自全国各地的党代表交流，他们都由衷赞叹大庆油田这片热土。”

“能长在这里，很骄傲。”一位成员不无自豪地说。

“这是党领导石油工业取得的辉煌成就。大家都期待着大庆油田产油能更多一些，咱们石油科技的水平能更高一些，中国石油的品牌在世界叫得更响一些。接下来我们要一起把党的二十大精神学习好、宣传好、贯彻好，这样才能朝着建设百年油田的目标更近一步。”

一时间，刘丽几乎成了焦点人物。但她始终记着铁人王进喜说过的话：“讲进步不要忘了党。”自己只是一名普通采油女工，一切荣誉都是党给的，是组织关怀培养的，是大家支持帮助的。

肩上的担子重了，怎么办？

沉下心来，继续踏踏实实干好每一件事，远方才能不远，刘丽在用行动作出回答。

当大庆油田新时代铁人式标兵的勋章嵌入红工装，沙滩南路的砾石正讲述着共和国血脉的铁质

大国工匠周建民说：“我从没去过大庆油田，但像我们这些出生于20世纪60年代的人，都知道‘工业学大庆’，都特别佩服铁人王进喜那一代战天斗地的大庆石油人。”

刘丽说：“我生在油田、长在油田，从小听着铁人的故事长大，可以说大庆精神、铁人精神早已融入我的血脉中、刻在我的骨子里，传承好大庆精神、铁人精神，一刻都不敢忘。”

北京时间10点。

2023 年 9 月 21 日，大庆油田召开纪念铁人王进喜诞辰 100 周年暨新时代先进典型命名表彰大会，刘丽收获了对她来说意义非凡的奖章奖牌——大庆油田新时代铁人式标兵。

这一刻，刘丽感觉看见铁人王进喜就走在她前面，而父亲正站在她身后，仿佛都能听见他们工靴与地面摩擦的声响，安定又亲切。

刘丽心想，一定要接稳父辈的“接力棒”。

一棒接着一棒干，一步一个脚印走。“高举红旗去战斗，踏着铁人脚步走……”这熟悉的旋律在刘丽年幼时就埋下了“种子”，如今已然根深叶茂。

刘丽的父亲刘文生是铁人王进喜的同代人。参加过解放战争、抗美援朝战争，是一名受人尊敬的军人，转业到油田后，因工作成绩突出荣获黑龙江省劳动模范称号。

小时候，刘丽很喜欢父亲的那枚省劳模奖章，经常拿在手里不舍得放下。年幼的刘丽问过父亲，这枚奖章是不是荣誉最高的？父亲说：“不，铁人王进喜获得的荣誉是国家授予的，他是受人景仰的。”从那时起，王进喜这个榜样就留在了刘丽心中，人小志气大，她也要成为王进喜叔叔那样的人。

2020 年，刘丽荣获全国劳动模范称号。去北京领奖的时候，她特意在鲜红的工装上挂上了父亲的老奖章。

“我父亲是黑龙江省劳模。”

“老一辈先锋模范一直都是我学习的楷模。”

老一辈大庆石油工人默默无闻地奉献，在为共和国“加油”的过程中，形成了以“爱国、创业、求实、奉献”为主要内涵的大庆精神、铁人精神。那次领奖，刘丽想好了，要去沙滩南路看一看。

追寻铁人的足迹，刘丽看着街上川流不息的车流，想起铁人当年“恨不得一拳头砸出一口井来”，心中泛起阵阵酸楚。如今祖国发生了翻天覆地的变化，石油早已实现自给，但面对世界形势的动荡，还是要把能源饭碗牢牢端在自己手里，要像铁人那样时刻都把国家的需求放在心里。

“端牢能源饭碗，一线的石油工人具体该做些什么？”

“好好学技术、练技能，从提升一项操作技能做起，从解决一个生产难题做起，从手里的每个任务做起……”

刘丽自己正是这样做的。她从上班那天开始，就自觉向铁人看齐，更坚定了自己的人生目标：不辜负父辈创造的环境以及对我们的期盼。

那时，深知自己技校毕业底子薄，要学的东西太多了，刘丽拿出了铁人"识字搬山"的劲头。她总是怀揣着一本技术书，白天上井对照实物琢磨，记忆井口流程和实际操作规程，回家再把白天学到的知识整理成笔记，细细揣摩，直到吃透弄懂为止，记录的学习笔记摞起来有齐腰高。

能想象吗？一根抽油机皮带三十多公斤重。

加盘根、换皮带，刘丽就从这些最普通的活儿练起。起早贪黑奋战在井场上，白天顶着大太阳，晚上挺着蚊虫咬，身上挠过的血印子，浸着汗水，又疼又痒。可她从没喊过一声累，叫过一声苦。伴随着手上老茧越磨越厚，肩上水疱消了又长，刘丽的技艺也越发精湛，仅仅 5 个月，便创造了 15 秒换皮带的纪录。

仅仅这样就够了？

远远不够。领导看刘丽干工作有狠劲儿，有韧劲儿，主动给她开"小灶"，重点培养历练，很快刘丽就把队里所有岗位都干了个遍。

担任洗井工的时候，刘丽慎之又慎地对待每一个数据，反复测取温度、压力、流量，每洗一口井都要在计量间、井口往返十多次。

"井筒在地下，看不见摸不着的，没必要这么较真。"有同事劝说。

工作交到手里，就必须不折不扣地完成好，不能有一丝一毫的马虎。

创新的苗头已初显。上千公里路走下来，近万个数据在手，刘丽摸索出洗井流量、洗井时间的合理控制方法，使全队百余口油井平均洗井周期延长了一个月以上，年增油近千吨。

挨个岗位干下来，刘丽不但练就了"一摸工具就能知道规格型号，一看电流就能判断井下状况，一听声音就能辨别机械故障"的绝活儿，还给 23 岁的自己赢来了第一次走向国家舞台的机会——代表大庆油田参加全国青年岗位能手技能运动会。

备赛期间，刘丽除了完成教练安排的"规定动作"外，还主动"自我加压"，自己给自己加任务、压担子，每天只睡三四个小时。有时实在太累了，就靠在墙边休息一会儿。

能担当的精神在这个时期也渐渐显露。刘丽的腰骨折过，严重时疼得直不起来。

炎热的夏季，紧张的训练，身体严重透支，这些都没有影响她的斗志。即便是千钧重压，刘丽也扛得住，不会选择放弃和认输。

那次比赛，刘丽一举夺得全国第三名，获得了季军。这是她赢得的第一个国家级奖项。

2021 年 11 月，广州阳光煦暖，蓝天澄澈，是一年里最好的时节。刘丽正前往广州，参加全国总工会、中央广播电视总台联合录制的 2021 年“大国工匠年度人物”发布仪式。看着冬夏季节一天内转换，刘丽的思维也随之活跃起来。

来之前刘丽做了功课。此次同时获奖的有中国航天科技的技术奇才徐立平，有兵器工业的军工大师周建民，有闻名全国的焊接“钢铁侠”艾爱国……她是十名获奖者中唯一的女性代表，也是石油石化系统唯一的获奖者。

“以前，我觉得和航空航天、国防军工这些行业比，我们采油工的工作太普通了。”

“现在，我知道行业虽不同，做贡献的意义是相同的，他们保障国家国防安全，我们保障国家能源安全。”

和来自航空航天、核工业、深海科学等行业的专家一起，并肩站在了领奖台上，刘丽看到了更广的空间、更大的潜力、更多的可能。

发布仪式结束后，同为大国工匠的周建民特意来找刘丽交流。

“大庆精神、铁人精神在激励你们的同时，也一直在激励着我们，有生之年，我一定要去大庆油田看一看！”周建民真挚地说。

这一刻，刘丽感到很自豪。她知道自己始终站在老一辈大庆石油人的肩膀上，那一句“我为祖国献石油”的铮铮誓言，是多么深沉有力，而她将带着对未来发展更大的信心，继续为祖国“加油”。

就像当初父亲希望刘丽接“班儿”一样，她也想成为一名“用特殊材料制成”的“将士”，守好大庆油田。

书桌上，书法作品琳琅满目，未写完的宣纸铺散开来，毛笔架在一旁，还有一枚擦得锃亮的奖章，是刘丽的。这是父亲突然去世时，家里书桌的样子，刘丽永远都记得。

整理父亲的遗物，刘丽在现实中与父亲最后告别。看见自己曾获得的奖章被父亲按年份排列得整整齐齐，擦拭得干干净净，这样的时刻多少还是有些感伤。刘丽将它们一一收好，拿起时仿佛还能感受到父亲的温度。一张又一张毛笔字——“巩固成绩，继续努力”——被刘丽一一抚平卷起，这“八个字”对她来说胜过了千言万语。

刘丽知道，好好干下去，把成绩干出来，把旗帜扬起来，才能无愧于父亲“巩固成绩，继续努力”的期望。

正午的阳光很暖。刘丽手里握着大庆油田新时代铁人式标兵的奖章，像小时候那样没舍得放下……她一定不会辜负父亲的苦心，也会一直努力完成铁人的心愿。

当25亿吨原油在地质报告中落字成碑，解放思想再冲锋的号角正从大地深处传来

大庆油田累计生产原油突破25亿吨发布会后，中国石油提出“能否再创21世纪之初荣光”的发展之问，目的是掀起新一轮主营业务思想解放的浪潮，思想要再解放，工作上要再摸摸高。

刘丽也在深深地思考，自己该怎么做，放眼油田，技能专业指向性够不够高，创新覆盖面够不够大，成果转化够不够快？我们也要活跃思想，向更高技能水平、更大创新成果、更多企业效益，发起冲锋。

北京时间1点29分。

夜深人静，翻书的声音清晰可闻。刘丽的丈夫杜守刚半夜起身喝水，听到声音没忍住推开门。

“小丽，还没休息。”

“再等一会儿，还差一点儿。”

“都后半夜了，白天再看吧。”

“我再琢磨下，你先去睡。”

杜守刚望向铺满桌面的资料，还有刘丽手中正在校对的《采油工》，一时间没动。刘丽察觉到，转过身来，动了动有些僵硬的肩膀，看向丈夫。

“编这本书是目前工作的重中之重，容不得半点疏忽。我是这本书的主编，每个

作者编写的章节我都得看看，有的部分再改改。”

“先缓缓，也不差这一时半刻，再有一会儿天都亮了。”杜守刚继续劝说。

“没事，我不困，这本书时间比较紧，大家都在加班加点，你先去睡。”看到刘丽眼中的坚决，杜守刚有些无奈，将椅背上的外套给她披好，轻拍两下，不再说什么。

刘丽自担任《采油工》的主编开始，就没有正经地休息过。这是一本讲解采油工技能知识的书，是给中国石油所有采油工人的培训教材。

对刘丽来说，单这一项用途，意义就足够重大。采油工要与时俱进，获取新知识的渠道意味着技能提升的渠道，技能提升后会带来一系列有益的连锁反应，刘丽太清楚自己想要达到的目标了。

采油工的工作表面上看是在地上，实则要根据在地上掌握的数据和看到的现象去判断地下的抽油状况。刘丽还不到 20 岁就进了大庆油田第二采油厂采油 48 队成为一名采油工。井场上的活儿大多数她都干过，常常是一个任务完成了，经验方法也有了，就这样慢慢积累了近百万字的生产管理笔记。

现在年轻人的问题在哪儿？抛开教材背题库，为了考试而考试，缺乏解决实际问题的能力。

思路上还是要再松松绑。刘丽的目光落在曾参与编写的第一本工作手册上。当时编书目的很直接，让员工拿着就知道怎么操作，用图说话一目了然，这本手册曾是很多员工的“口袋书”。

能不能做到和这本书一样的效果？刘丽在书的一旁写下：提升标准操作的落地性，减少死记硬背。

如此一来，编写思路要变一变了。刘丽决定改变之前的范本，从实用性出发。看稿子，写稿子，开编写研讨会，在长达两年的时间里，成为她的常态。

印前样书审核是图书出版的最后一道关口，在图书质量方面起着重要作用。这么多人将各自专业领域的深刻见解、独到观点以及多年积累的实操技巧倾囊相授，刘丽不放过每一个章节、每一段文字。

“刘丽，这么做不麻烦吗？”有人不解。

“写书如做人，一定力求表里如一、严谨完美。”

时时、事事、处处做到严和实，这就是刘丽，也是这一代石油人干事创业的真实写照。

这套上下两册的《采油工》近 60 万字，一经出版就评上了 2019 年中国石油和化学工业优秀出版物奖·图书奖二等奖，如今已是全国石油系统权威教材。

“一个人能做的贡献是有限的，必须把技术、方法广泛传授，才能有更多的人为能源保供做贡献。”

怎么能忘记工作室刚刚成立的时候？虽然包括刘丽在内只有两名成员，但她有信心，工作室一定会越来越好的。

这一年大庆油田科技创新扶持举措一竿子插到底，第二采油厂也不断畅通渠道、全力支持。在刘丽的眼里，只要是工作中不顺手、不方便、效率不高的地方，都可以纳入工作室的创新项目。大家眼中的“小”，成为刘丽工作室攻关的“大”。

那时候，刘丽经常跑一线岗位收集问题、琢磨革新。一次，她发现采油班组员工调整抽油机毛辫子对中时都是凭经验，刘丽觉得这不是长久之计，有没有什么好办法，能不能标准化，她心里已经有了一番考量。

“这个课题能做不？”

“这个课题太小了吧？”徒弟汲红军有些不确定。

“假如我们能够实现毛辫子一次对中成功，不仅能够节省时间，而且可以避免抽油机光杆磨损等问题造成的停机。全油田有几万口抽油机井，一旦解决，省时又省力！”

汲红军恍然大悟。就刘丽提到的一系列问题，有针对性地展开革新攻关，最后研制出“抽油机驴头对中调整视觉测量辅助决策系统”，不但可以节约时间，还解决了后顾之忧。

再大的困难也难不住想干事的人。思维上不设限敢去想，行动上跟得上敢去做，才有了创新人数的与日俱增，实践创新的人多了，成果便如春笋林立。

就这样积跬步成千里，积厚成势。刘丽工作室从两名采油工起家，逐渐扩大到涵盖采油、集输等 30 多个工种，拥有十数家分会，500 多名成员，1000 多项革新成果。

“能想象出来，一个想法从有思路到设计再到制作成形，只用了一下午的时间吗？”一位具备丰富革新经验的项目负责人语气中难掩兴奋。

刘丽工作室就这样一点一点展现出它的魅力。专家技师联合研发，革新工厂自主生产，示范区试用推广，在热爱研究、追求创新的人看来，这里简直就是“梦工厂”，实现了即时制造，在最短时间内将技师们的想法变成“热气腾腾”的产品。

一切步入正轨，生机勃勃。可刘丽觉得还不够，她还想再摸摸高。队里到厂里，厂里到油田，油田上面有集团公司，还有整个石油石化行业……这一刻，刘丽突然明白了当年铁人“把井打到国外去”的夙愿，如今她的愿望呢？

“要是没有刘丽，我觉得自己就是一个普通的采油工，管好十多口井就完事儿了。”

“以前都是我做早饭，现在爱人见我搞革新太忙了，心疼我直接就做了。”

“过去为了打游戏想换台新电脑，家里那位不批，现在为了制图觉得老电脑太慢，已经给换新的了。”

……

刘丽像块磁铁，营造了正向的场域，影响着周围的人一路蜕变成长着。这些年，刘丽工作室早已把提产量创效益列为头等大事，主动为油田发展分忧解难，一项项技术革新成果，一个个国家专利，已累计创效突破了一亿元。

“大家好，我是刘丽工作室的负责人刘丽。非常荣幸，我们工作室被首批命名为铁人学院油田现场教学基地。这是上级对我们的信任，更是对我们的激励，让我们有信心也有决心承担好这项工作任务……”

工作室成了新型教育基地，这是刘丽一开始没有想到的。参加教育培训的学员大多来自不同行业、不同地域，很多人对油田生产情况、设备设施兴趣很浓，从埋头创新到抬头讲课，这对所有的工作室成员都是一种考验。

仔细想想，这样的开放式培训既是对所具备知识的萃取，也是对新思想、新观点的转化。有一位来自长庆油田的学员，对他们编写的图书《高效技艺传承》很感兴趣。当时，大庆油田的书店已经没有了，刘丽第一时间与出版社取得联系，将图书直接邮寄到了学员手中，后续还建立起线上的联系，有过多次交流。

刘丽想，大庆石油人的思想始终是解放的、包容的、进取的，工作室可以开辟新航道，人生也可以焕然一新，产业能不能也有一条焕新之路？或许，这是她曾许在心底的愿望。

当全国劳模的绶带落在肩头，把该扛的担子扛起来，新的使命正孕育着春天

中国石油集团公司领导评价以刘丽为代表的集团公司技能专家团队：有机会就能成长，有平台就能绽放，有阳光就能灿烂，招之即来，来之能战，战之能胜的工匠铁军。

刘丽说："从小深受劳模父亲的影响，我真的就是生在红旗下，长在春风里。一直想的就是怎么跑得更快，怎么做得更好，该扛的担子扛起来，该解决的难题解决掉。"

北京时间 15 点 45 分。

刘丽微低着头，右手随着手腕发力有规律地转动着。还有 19 个，她心里默默数着，快了，就快完工了。

这是全国劳动模范和先进工作者表彰大会召开的前一天。当年的全国劳动模范奖章原始设计是以挂戴形式授予，临时决定改成别针形式，需要在后面重新连接别针，任务紧急，时间紧迫。

刘丽主动请缨这项"改造工程"，与来自齐齐哈尔市的劳模刘伯鸣一起，将黑龙江省一百多名劳模的奖章改成别针形式。

奖章上的螺丝特别小，这场与微小螺丝的"较量"，不知不觉持续了一天。刘丽活动下酸痛的右手，看着全部就位的奖章，她觉得能为每一位劳模服务，真是太荣幸了。

一开始，刘丽也没有想到自己会作为主要发言人，在新闻发布会上接受来自中外各大媒体的记者采访。好像是开启另一个赛场，枪声响起，刘丽出发了。

"她一定是石油人！"

"她是从大庆来的吧？"

身着红色工服走进人民大会堂的刘丽，代表着百万石油人，站在聚光灯下。

"当工人，就要干好活，管好井，把安全当效益；当工匠，就要勇创新，勤开拓，把质量当效益；当劳模，就要汇人心，聚合力，把效率当效益。"

发言简短却力度十足，扛"头雁"之责、乘"领跑"之势、展"标杆"气魄。这么多年，用刘丽自己的话说，就是从来不停，无论在哪个方面。

习近平总书记在致大庆油田发现60周年的贺信中强调，“大庆油田的卓越贡献已经镌刻在伟大祖国的历史丰碑上，大庆精神、铁人精神已经成为中华民族伟大精神的重要组成部分。”这是激励大庆石油人干事创业的最强动力，贺信全文刘丽早已烂熟于心。

“放弃”这个词，平日和刘丽不怎么扯得上关系。细究起来，想过吗？或许有过那么一次。

那是一次出差行程，目的地辽阳。刘丽从扬州出发，辽阳没有机场，需要先抵达沈阳桃仙国际机场。等她到达沈阳时，天已经黑透了。要不要在沈阳住一宿再出发？这样的选择压根没出现在刘丽的字典里。下了飞机一头扎进出租车里，一路向着辽阳而去。

行至中途，车窗外只有漫无边际的黑。刘丽这才生出几分害怕，掉头回去？似乎和到辽阳没什么差别，她努力按住刚刚露头的想法，神色如常地等待到达目的地。当她顺利抵达辽阳住处，已是凌晨2点多。

出门在外，刘丽满心都是尽快完成工作，然后返程回家。很多人觉得刘丽出差去过这么多地方，十分羡慕。她却很少对人说起，自己无论到哪个城市几乎都是飞机场和会议地两点一线，数不清的夜晚都在路上奔波，精打细算着时间，尽可能让工作之间无缝衔接。

从来没有人要求她、监督她这一点，刘丽为什么还要这么做？她想追求好，追求更好，想把时间省下来去解决问题。

这点在吃饭这件事儿上更加放大。能想象吗？近20年来，刘丽很少能正点吃上午饭。有时候是忙起来没时间吃，有时候是压力比较大不想吃。她总打趣说自己心眼小得很，心里压着事就不爱吃饭，除非饿急了。说起这话的刘丽，仿佛还是当年赖在父母身边的小姑娘，从队里回来累了就不吃饭，非得先去躺会儿再说。

也正因为这样，刘丽和丈夫杜守刚每周能坐下来一起吃饭的时间屈指可数。

“在我家，我最成功的一件事，就是把老公变成了队友。”

这是刘丽夫妻事业比翼齐飞最大的默契。事实上，刘丽的一路成长，离不开爱人的携手同行。她众多的革新成果中，那项在中央电视总台《朝闻天下》栏目播出的“上下可调式盘根盒”革新成果，就是她和丈夫杜守刚共同完成的。两个人同在采油一线，志同道合，互相激励。

“盘根盒密封不好可能会漏油，造成密封圈寿命短、换起来费劲……”

这个小小的密封圈可是让采油工没少吃苦头，而研究这项革新也让刘丽没少吃苦头。

那时聚驱井频繁取换密封圈，劳动强度大不说，还易对光杆造成二次损害。生产难题成为攻关课题，这项任务被刘丽置于优先位置，逮着空儿就琢磨一番。

灵感来自常思常想。没想到一支普通口红给了刘丽莫大的启发，要像旋转口红一样，让密封圈自己旋转出来。她迅速设计图纸、加工，很快一个新型“上下可调式盘根盒”就制作好安装到了井上。

“革新没有一帆风顺的，每个成果从有想法到制作，到应用，都会面临很多的困难，重要的是在于坚持。”

研制出样品上井试用，因为重新设计的盘根盒结构发生变化，衬套和外壳连接处出现漏油，刘丽特别焦急，白天围着井口转，夜里又拉着丈夫杜守刚一起摸黑跑到井上观察。

必须找到合适的密封圈材质，解决漏油情况。刘丽几乎跑遍了大庆市的所有五金店，一家一家去找更好的密封材料。

“她不服输。”徒弟邹继艳太清楚其中的来龙去脉。

记不清经过多少次的尝试，终于让刘丽找到了一种尼龙棒，再加工成合适形状尺寸的密封圈，一举解决了漏油问题，这项革新成果刘丽做了五代。应用的过程中她总是想要更好，最新的一代能让采油工户外作业时间缩短近80%，密封圈使用寿命延长至原来的6倍，这项革新创效超过了千万元。

“听从本心”，是刘丽最喜欢的四个字。她从不考虑那么多，想要做的事情直接就去做，且要做成。杜守刚眼里的刘丽，有时候傻傻的，认准的事儿除了坚持，还是坚持。但他愿意陪着刘丽一起“傻傻的”，一起坚持去做一些事情。

更让刘丽欣慰的是，女儿从小到大都懂事独立。她努力在做女儿心中的榜样母亲，却也难免缺失了部分陪伴。女儿小时候的童言童语，有的到现在她都还记得。

“妈妈，我知道你做的是自己最想做、最喜欢做的事，但我想说，如果你觉得累了，也可以歇一歇。”

“央视《大国工匠》栏目播出了大庆油田技能专家刘丽的事迹，从此，家乡的味道中又多了一种母亲的味道……”

“妈妈，你是我的骄傲，长大后，我也要成为让你自豪的油三代。”

……

或许还有很多，她记不清了。刘丽曾给女儿写过一封信，信中是这样写的：

感谢你从没有让妈妈操过心，妈妈才能够毫无保留地将精力投入工作中。妈妈有一个让我特别骄傲的爸爸，妈妈也一直在努力成为他的骄傲，让我们一起加油、一起努力，我努力成为能让你骄傲的妈妈，希望你也能努力成为一个让我骄傲的女儿。

女儿做到了。就在刘丽成为党的二十大代表的同一年，刘丽的女儿在大学成功入党。女儿比刘丽当年更早成为一名共产党员，他们一家三口成了党员之家，这让刘丽觉得特别光荣。

有时候担子是一点点压下来，有时候是一下子都来了。那是在 2020 年，刘丽把近 90 岁高龄的母亲接到家里照顾。这个时候，刘丽已经担任了中国石油集团公司技能专家协作委员会勘探开发分会主任，几乎每天夜里两三点钟才能休息，有时是和其他技能专家线上共同研究攻关课题，有时是和徒弟们讨论接下来一个阶段的工作重点。

一天，已经过了母亲平时起床的时间，刘丽还没看见人。走进房间后，发现母亲还在沉睡，呼吸却越来越微弱。她当机立断，将母亲送往医院，好在送医及时，母亲并无大碍。

一切安顿好，看看时间，赶得上视频会。刘丽思来想去，还是坐在病床旁打开了笔记本电脑进入视频会议室。母亲不知何时醒了，看见刘丽，安抚地拍了拍她的手。

“妈没事，你忙你的，妈知道你干的都是正事。”

家国情怀可以很大，大到纵观历史才能完整作答。家国情怀又可以很小，小到每个人把该扛的担子扛起来、该解决的问题解决掉就是作答。

为什么会说大庆油田“不老”？

干。干就有蓬勃生机。

“不老”的潜力在哪里？

闯！像刘丽一样，众多大庆石油人是担当者，更是答卷人。

当向上攀登的脚印被泥浆漫过，人才理应志存高远的目标正在工装的口袋里发芽

记者问：“作为高级技能人才的一员，处于‘核心关键人才’‘骨干人才’2层6级‘人才金字塔’上的每一个人都做好冲锋‘塔尖’的充足准备了吗？”

刘丽回答说：“我相信，人才成长离不开良好的环境氛围、健全的机制体制和自身的内生动力，大庆油田始终在为各方人才创造条件，完善环境，我们就当志存高远，与油田同行。”

北京时间19点58分。

除夕夜、中央广播电视总台春节联欢晚会、石油人，这几个词联系在一起，能想到什么？

相信会有人答出刘丽的名字。

令大庆石油人感到无比骄傲的2023年春节，对刘丽来说一样非比寻常。

那年春节前夕，刘丽正和徒弟们在干活儿，一个电话打破了众人的平静。

“您好，请问是大庆油田第二采油厂采油48队的刘丽吗？”

“对，我是。”

“能参加中央电视台春节联欢晚会吗？”

听清对方的邀请，刘丽有些不敢相信地重复了一句。这一下可炸了锅，徒弟们纷纷围过来一探究竟。大家都是坐在家里看春晚，师傅这是要去现场看了？

刘丽作为全国高技能人才代表之一马上要去中央广播电视总台春节联欢晚会现场了，这个好消息和越来越浓的年味儿一起席卷油田。

当天，中国石油官方微信公众号发布了“春晚找人！刘丽是谁？”的活动，让找刘丽的热度节节攀升。不仅在大庆油田，整个中国石油都等着春晚直播，寻找熟悉的“石油红”。

节目镜头给到刘丽，引发了大庆石油人当晚第一个小高潮，众人纷纷截图、录屏发到朋友圈，收获了潮水般的点赞。

全国人民辞旧迎新的时刻，刘丽身穿红色工装坐在现场，就像吃到水饺里的硬币一样惊喜，给大庆石油人这一年画上了热气腾腾的句号。

或许是因为过年的氛围，或许是因为刘丽的出现，在零点钟声敲响的一刻，大庆石油人举杯向新年，底气更足了。

整场晚会近 5 个小时，刘丽内心感慨万千。

更让石油人感到无比幸福的是，2023 年春节前夕，习近平总书记同塔里木油田公司轮南油气储运中心西气东输第一站克拉集气区进行了一次跨越千里的视频连线。习近平总书记和党中央始终记挂着天南海北的石油人，给予了深切关怀。

有什么理由不奋进？

刘丽用手按了按眼角，好像在避免过于激动而流泪。

春晚彩排的那几天，刘丽一身红工服，配上一枚枚闪亮的奖章，就像是特殊的定制礼服，频频被人要求合影。

开始刘丽还有些惊讶，但很快她就明白，这哪里是自己被特别关注到，分明是中国石油的魅力、大庆油田的魅力、铁人王进喜的魅力，她是沾了光。其间有一张青春面庞，让刘丽印象尤为深刻。

“我应该盛装和您合影，但还没到我的上妆时间，我怕之后没有机会了。”

这话像一颗小石子落在刘丽心里，她又一次深切感受到大庆油田在全国人民心中的分量。刘丽在微信朋友圈里留下：难忘经历，感恩收获。向着未来奔跑！加油！

邹继艳很清楚师傅刘丽是如何奔跑的，也是跟着她一起跑的人，谈及师傅刘丽的话语中满是敬意。虽然她已经成为大庆油田公司采油技能专家，从采油厂到省级的荣誉证书大大小小也拿了近百本，但在邹继艳心里，没有刘丽就没有今天的自己。

邹继艳手里始终保留着一个失败的取样阀，这是师傅教给她最重要的一课。那时候赶上年底忙，时间紧张，她又着急参加创新项目评审，赶出来一个产品，但出油口的大小不合标准，被刘丽毫不留情地否决了。

“搞技术革新重在‘严实’二字，来不得半点弄虚作假，这样一个‘半成品’生产出来应用到井上，咱们作为技能专家要挨骂的。”

“无论做什么都要有名片意识，只要贴上了名字，就必须精益求精。”

邹继艳知道了事情的严重性，心甘情愿撤回参赛作品来年再战。第二年，刘丽陪着她研制了一个全新的取样阀，连获大庆油田公司技术革新成果奖二等奖、第二采油厂技术革新成果奖一等奖。邹继艳更加明白刘丽的苦心，想技术成才，眼光就不能只盯在一次比赛、一次成绩上，得看长远。

对严实的不懈追求，坚决、彻底、自发、自我，刘丽始终身体力行。

“这不是一件产品的存废，是无数精品的绽放，这也不是一个人的事业，需要大家来赓续。”

罗彦霞因为差点放弃的一场比赛，有幸结识了刘丽，开启了一段难忘的师徒情。

那是大庆油田举办“一战到底”联合站岗位知识竞赛的时候，经过层层选拔，罗彦霞成为第二采油厂注水泵工种唯一一名参加个人赛的员工。

天有不测风云。赛前准备时，罗彦霞的父亲突然患病住进医院，同时，母亲也在住院治疗。一天跑两三趟医院，她有些心力交瘁，想放弃比赛。担任培训总教练的刘丽了解情况后，特地去找罗彦霞谈心。

“彦霞，你的困难我们都清楚，我们想办法一起解决，你本人尽量争取重返赛场。也许，获得一个最好的名次，也是给病中的父母最好的礼物……”

“我真的不想放弃，但情况实在太特殊了，我需要回去和家人再商量一下。”

“好，我等你的消息，有什么困难一定提出来，我们一起扛。”

一天之后，罗彦霞重新回到了训练场。刘丽知道了她的选择，主动和相关负责人沟通，一定程度上放宽训练时间，方便她照顾父母，并为罗彦霞量身打造了“八条”培训方案，来确保训练强度。就这样，刘丽一路相伴，直到罗彦霞捧回了个人赛冠军。

沉甸甸的奖杯递到刘丽手中，罗彦霞眼里有情绪在发酵。

“你一定可以。”“这么好的成长平台，咱们拿它个奖回来。”“没问题，放轻松。”

刘丽替罗彦霞开心，和每次训练完一样拥抱了她，比赛结束了，可成长成才的路才刚刚开始。

那也是刘丽成长最快的阶段。曾有十多年的夏天她都是在训练场上度过的，天还没亮出门，天黑才回家，与外界几乎没有交集。记得一次直到比赛结束，刘丽途经市场上的小摊位，闻到了诱人的烤玉米香气，才蓦然发觉夏天就这么结束了，玉米都已经成熟。

刘丽始终在一个积极向上的环境里。一直遵从自己内心对工作的追求，未动摇过一丝一毫，也收获了不一样的人生。

那是在 2019 年，中国石油集团公司建立了技能专家协作委员会，“收编”了 380 名技能专家，刘丽成为专家团队的领头人。有了更高的站位，站上了更大的舞台，刘丽带领来自中国石油集团公司各个工种、不同地区的技能专家开展重大技术攻关，跨企业技术服务，她深知责任重大，使命光荣。

“组织信任我，我就要干好，真正发挥集团公司技能专家的作用，更好地服务中国石油。”

有人曾经问过，刘丽现在这么忙，还有没有时间跑现场搞技术革新了？

优秀的人不会停止努力。刘丽每年都和其他专家一样，进行年度专家考核，完成三年专家评聘。她对自己的要求可不仅仅是完成就行，她的目标是第一，她也每年都在中国石油集团公司排名第一。

刘丽一直在做，革新在做，编书在做，宣讲在做。这些不算，还要年年保持中国石油集团公司业绩考核排名第一，人怎么能有精力做这么多事？

没有办法分身，就在别人休息的时间来做。刘丽几乎保持每天零点之前头脑是清醒的，处在高效率的工作状态。

有人问，总是如此辛苦劳累，要这样拼命吗？

“我觉得我们这一代人，有着一股吃苦耐劳、认真负责的精神，对待工作、学习有着一股坚韧不拔的毅力，不论做什么事都能脚踏实地去学、去做，凡事坚持下去才能有所成就。”

五四青年节活动现场，刘丽与青年人的交流，朴实又动人心。一双双年轻的眼睛望过来，像是不同年龄段的自己回望着她。活动结束后，很多年轻人主动围过来，想让刘丽再多讲两句。

刘丽满是欣喜地看着眼前这些年轻人，他们有着更好的文化基础、灵活的头脑和超强的接受能力，有大庆油田提供的优越学习条件和对人才的高度重视，未来可期。

人才成长绝不是一朝一夕、一蹴而就的事情。走出油田，宣讲石油精神、分享创新成果、交流工作室经验、推广高技能人才管理做法……刘丽马不停蹄，就连在飞机上的时间都不停歇。将知识和经验吸收，传授，再吸收，不断更新。她从不早睡，总觉得还有很多事没做，睡早了心里不踏实。

回到那个问题，要这样拼命吗？

“加大油气资源勘探开发和增储上产力度。”习近平总书记的殷切嘱托，仿佛又回响在刘丽耳边。

大庆油田加速上扬成长“第二曲线”，每一件都是大事要事，没有一个不需要创新突破，也没有一个不需要人才引领，而这些都是在回应着问题的核心。

当然要拼命！

当“感动石油人物”的奖杯贴着采油树的脉搏，巾帼力量与抽油机一起翘首，千万个黎明正在升起

记者问：“工作室成员中半数以上是女技师、女劳模，在大庆油田加速上扬成长‘第二曲线’中如何发挥更积极的作用？”

刘丽回答说：“我们构筑巾帼创效‘新联盟’，引领更多女性产业工人投身技能报国，就像习近平总书记所讲，‘只要精神不滑坡，办法总比困难多。’我们从来都是在压力和挑战中前进的，也一定能继续在压力和挑战中不断前进。”

北京时间 14 点 30 分。

“六十年前，铁人王进喜一路走来，从松辽平原到人民大会堂。六十年后，你踏着铁人的足迹一路走来，从采油女工到大国工匠。一条巡井路，一身石油红，传承、创新、超越。三十年，初心不改，心归处，还是那油水井站旁。”

中国石油首届“感动石油人物”颁奖现场，这是写给刘丽的颁奖词，也是百万石油人对她的充分认可。刘丽被很多人问过这样的问题——

“一路走来，最大的感受是什么？”

“难忘，感恩。”

这一路成长对刘丽来说都是很难忘的。发生的每一件事，遇见的每一个人，做的每一个决定，都成为今天刘丽的一部分。如果有什么最想表达的，那一定是——何其有幸，生在大庆，长在油田。

成长的路径在刘丽选择就读技校的那一刻起，已有迹可循。刘丽上学的那个年代，上技校可以定向分配到大庆油田工作，成为一名石油工人，是她最初的选择。

以全校第一名的成绩毕业，有自主选择工作单位的机会，成为第二采油厂采油48队的一名采油工，是刘丽的第二次选择。

23岁拿下全国青年岗位能手技能运动会第三名，从工人岗走到了管理岗成为副队长，但没多久又转身回到工人岗一心搞技术，这是刘丽的第三次选择。

成长会有许多路口，不同的选择走向不同的结果。刘丽的三次选择，看似偶然，实则必然。大庆油田开放包容的人才成长环境，让刘丽的每一次选择都可以遵从内心。

刘丽心中，能让她沉醉的舞台始终是井场，用自己的技术、经验让更多的人受益，是她最大的成就与快乐。一走上那条巡井小路，她的内心就变得无比踏实，像是父亲一直在身后陪着她，告诉着她，做得对——巩固成绩，继续努力。

当初，刘丽的第一枚全国奖牌，曾是她心里的一次滑铁卢。她一直在等待着重新证明自己的机会，为站上新一届全国大赛舞台而努力着。可五年后的赛事明确规定，曾经在全国大赛获得过奖牌的选手不能再次参加全国赛事。无法依靠比赛来打个“翻身仗”了，那还能做些什么?

这时大庆油田已经计划着，栽下这棵“梧桐树”。指导刘丽转换赛道，成为教练，更好发挥出她的优势。

后来的刘丽深刻认识到，具备大赛经验的价值，不仅仅是在赛场上斩获佳绩，带领更多人去创造佳绩，是更值得用心做的事。正因如此，才有了上面刘丽和罗彦霞的故事。

那个时候的刘丽还获得了一个“魔鬼教练”的称号，她的训练方法直接被称为“魔鬼训练法”。

刘丽认为油田创造了这么好的条件，教练员、场地、培训资源全都到位了，只把学员领进门那就太亏了，封闭训练备赛就是要出成绩的。再苦，训练都得坚持下来，也必须坚持下来，再累，理论关都得闯过去，也必须闯过去，领奖台学员得登上去，也必须登上去。

“成功没有捷径，守得住本分，才能经得起传承。”

刘丽一直坚持自己要比学员做得好。选手们练，她陪练；选手们学，她学更多；选手们睡了，她继续学。

从作业区、采油厂第一名，到大庆油田公司个人冠军、团体冠军，再到黑龙江省、中国石油集团公司金牌，直至国家级金牌……学员们斩获的金牌一枚又一枚，早就弥补了刘丽错失冠军的遗憾，也让她实现了教练生涯的大满贯。

多年过去，当年的梧桐树早已枝繁叶茂，更栖得凤凰无数。

2021 年，在第十五届全国高技能人才表彰大会上，刘丽以排名第一的成绩获得“中华技能大奖”，这个奖项的获得者被誉为“工人院士”。荣誉对刘丽来说都是过往，怎么解决更多的实际问题，发挥出工作室更大的作用，才是她一直前行的路。

“怎么鼓励工作室成员多产出些成果？”记者问。

“一直做，我展现给大家的状态就是我从来不停。”

这个回答一如既往。或许正是凭借这样埋首奋斗的态度，刘丽从来没有担心过工作室的成果问题，任务来了就做，做就做好。她更重视的是过程，只有每年年底，才把工作室这一年的工作成绩好好梳理一番。

近几年，刘丽对自己提出了更高的要求，引领更多女性产业工人投身技能报国。“女职工创新工作室”“女工匠创效联盟”“女子攻关小组”都是近年来刘丽工作室的新标签。

向上爬坡当然会有困难，却也从来不乏惊喜。记得一次大家围坐，讨论一个“卡脖子”的革新关口，刘丽意外发现在座的除了自己几个徒弟外，大多数都是女同志，女工联盟的想法就此萌生，并得到了大庆油田的大力支持。

更广阔的舞台在敞开。刘丽工作室成为全国首批石油石化女职工创新工作室联盟成员，与中国石油、中国石化、中国海油的七家工作室建立伙伴关系，跨区域、跨领域、跨专业的交流，创新链、产业链和服务链的贯通……将行业的女性力量形成合力，有什么能比这更激动人心的？

“朋友圈”越做越大。作为工作室的领军人物，刘丽多次与行业内的各大油气田企业、行业外的航空航天、高端装备制造、新能源、电子信息等企业专家展开技术交流。

“2025 年，是‘十四五’收官之年。起好步、开好局，用进取激发新潜力、用智慧注入新活力、用创造增添新动力，以新的胜利铸就我们这一代人新的贡献标尺。”

新程推新，未来已来。刘丽不是一个话多的人，但只要和工作室发展相关的，一时半刻她都讲不完。她想在大庆油田以“第二曲线”强势上扬奋进中国式现代化中，每个成员都能快速找准定位，都能把自己的事干好，想女性力量能不断集结，干出“巾帼不让须眉”的模样，想技能专家“红工衣”和技术专家“白大褂”的合作共建，想尽自己的全部力量助力大庆油田孵化更多的油田工匠、龙江工匠、大国工匠。

新的“化学反应”一旦发生，便可以助推产业工人实现由“工”到“匠”的蝶变，可以在各条战线火热的生产实践中建功立业。刘丽自己跑着干事，也带着大家一起跑，在强势上扬“第二曲线”中跑出超速度，无愧组织的培养。

毋庸置疑，这是技能人才成长的“黄金时代”。

北京时间 21 点 35 分。

寒气笼罩着四野，夜幕里抽油机在黑土地上沉稳地呼吸着，静候黎明。

百年油田，静水流深与波澜壮阔变幻交织，没有等出来的辉煌，只有干出来的精彩。

当需要大国工匠出列——

刘丽在。

当需要高技能人才出列——

刘丽在。

当需要巾帼标兵出列——

刘丽在，杨海波在，李雪莹在，浦秀双在，曹红霞在，宋佳在，王超博在，朱华在，郭巍在，张朋娟在……她们始终在……

当需要产业工人出列——

刘丽在，十四万余名大庆石油人始终在！一直在！永远在！

当大庆油田迈向高质量发展新征程——

强企有我，强企有我们，请油田放心，这是大国工匠刘丽的回答。

当国家迈向中华民族伟大复兴——

强国有我，强国有我们，请党放心，这是大庆油田的回答！

那一抹「石油红」

——记第四采油厂采油工 杨海波

在大庆油田，有一支闻名遐迩的女子采油队，那里有一群天不怕地不怕的铁姑娘。她们的言谈里同样地离不开孩子、爱人、老人，其中浸润着不尽的“柔”，她们的行动里却坚定地充盈着“跟我上！”“让我来！”“我能行！”家人爱与报国志，形成了女子采油队传统，铸就了铁姑娘品质，杨海波便是在这样队伍熏陶下，培育的新时代女劳模。她的劳模工作室里走出的，同样是熠熠生辉的铁姑娘，是光鲜亮丽的石油红……

无论时代如何变化，大庆油田始终坚守着一脉相承的红色队风：工作条件不断改善，日新月异，吃苦奉献的意识坚如磐石，始终不变；科技水平飞速发展，突飞猛进，严细认真的作风一以贯之，始终不变；发展形势风云变幻，复杂多样，奋发实干的精神历久弥新，始终不变。

全国劳动模范　　全国技术能手

全国五一劳动奖章　　全国妇女创先争优先进个人

全国五一巾帼奖章

时值隆冬，大庆刚经历了一场大雪的洗礼，杏北油田——这片大庆油田的腹地，宛如被大自然精心雕琢，披上了一层纯净洁白的银装。广袤无垠的雪野上，“磕头机”如忠诚的卫士，星罗棋布地矗立着，它们那红色、黄色的机架，在皑皑白雪的映衬下，恰似点点燃烧的火焰，格外夺目，彰显着这片土地蓬勃不息的生命力。

此刻，杨海波正投身于中国石油首届培训师大赛的激烈角逐中，然而，这丝毫未阻挡我们探寻她奋斗足迹的步伐。顺着萨大路的一个路口缓缓拐下，原本的沥青路已然化作一条雪板路，宛如一条蜿蜒的白色丝带，引领我们驶向采油区。采油区一片空旷、辽阔，天地间仿佛只剩下无边无际的洁白与宁静。就在这空旷辽阔之中，一幢黄色楼体骤然跃入眼帘，仿若一颗璀璨的明珠镶嵌在雪的世界里。定睛望去，工作室上方，全国示范性劳模创新工作室——杨海波工作室的红色字体牌匾，在日光的照耀下熠熠生辉，醒目而庄重。

走进楼内，仿若步入了一座荣誉的殿堂。墙壁上满满当当地挂着杨海波工作室学员在比赛中摘金夺银的照片。照片里，身穿红色工服的学员们笑容灿烂，那一张张朝气蓬勃的脸庞，恰似一朵朵盛开的红花，簇拥在一起，散发着青春与奋斗的气息。来到一楼的荣誉室，眼前的景象令人震撼不已。桌上摆满了各式各样的奖杯、奖牌，它们层层叠叠，堆积如山，每一件都承载着一段辉煌的过往，凝聚着无数的汗水与努力，让人不禁心生敬意。

沿着楼梯缓缓走上二楼，一幅杨海波的照片会吸引住你的目光。照片中的她，露出沉稳自信的笑容，那笑容仿佛具有魔力，让人在一瞬间便感受到了她的亲切与温暖。环顾四周，墙上还张贴着多幅她参加授奖活动的照片。有在人民大会堂参加全国五一劳动奖章和全国五一巾帼奖章颁授仪式时的庄重身影，有在天安门前参加国庆观礼时的自豪模样，还有参加黑龙江省第十二次党代会时的专注神情……无论在哪一幅照片中，她都身着那件标志性的红色工服。这身工服穿在她身上，不仅展现出她作为石油人的职业风采，更散发着一种独特的美，与窗外的皑皑白雪相互映衬，宛如一幅绝美的画卷。

提及杨海波，同事们立刻打开了话匣子，他们的眼中满是由衷的敬佩，“能成为高级技师，完全是在杨海波的影响下”。一句句真挚的话语，道出了杨海波在同事们心中的位置，也见证了她对身边人深远的影响。

第四采油厂第一作业区北六队，这片充满回忆与荣耀的土地，是杨海波的“娘家”。它的前身，是大庆油田第一支“女子采油队”，在 20 世纪 70 年代便声名远扬，是大庆油田当之无愧的标杆单位。在那段激情燃烧的岁月里，这里涌现出一批又一批的巾帼英模，她们以坚韧不拔的毅力和无私奉献的精神，书写着石油女工的壮丽篇章。

走进队史馆，一幅实景展示的三维图像牢牢吸引了众人的目光。图像中，女子采油队当年管理的一口口白井房，整齐地排列在广袤的荒原中。湛蓝的天空下，一排排井房宛如一朵朵轻盈的白云，错落有致地散落在大地之上，勾起人们无限的遐想。墙壁上，一幅幅黑白照片记录着女子采油队历任指导员、队长、副队长的身影。她们中，有的凭借卓越的才能走上了领导岗位，有的凭借不懈的努力成长为国家级劳模。尽管她们的人生轨迹各不相同，但她们都有一个共同的起点——采油女工。

在展馆的最后部分，杨海波身披“全国劳动模范”红色绶带的照片，被精心地放置在荣誉墙上。这张照片，不仅是对她个人辉煌成就的见证，更是对她多年来为石油事业默默奉献的高度赞誉。

“获得这么多荣誉和称号，最感到自豪和难忘的是哪次？”这个问题曾有无数人向她提起。

“走进人民大会堂，作事迹报告那次……”她的回答坚定而有力，眼中闪烁着难以掩饰的光芒。

2013年3月6日，那是一个注定被铭记的日子。在北京人民大会堂——这座庄严肃穆、万众瞩目的神圣殿堂里，一位身穿鲜艳“石油红”工服的女性，迈着自信的步伐，缓缓走上花团锦簇的讲台。她的脸上洋溢着自信的微笑，眼神中流露出对石油事业的无限热爱与执着。在聚光灯的照耀下，她深情地讲述了自己与石油结下的“不了情”。从初入油田时的懵懂与青涩，到在工作中不断磨砺、成长的艰辛历程，再到取得成绩后的喜悦与自豪，她的每一句话语都饱含着真挚的情感，深深打动了在场的每一位听众。那一刻，她不仅代表着自己，更代表着无数奋斗在石油一线的职工，将石油人的精神与风采，展现给全国人民。

第一次处理故障遭遇失败，从此自强自立

在大庆油田这片黑土地上，时光的笔触勾勒出无数奋斗者的轮廓，而杨海波，无疑是其中耀眼的一笔。她从一名普通采油工做起，凭借着对梦想的执着与铁人精神的激励，成为石油技能领域的“领头雁”。

26岁，青春正好，杨海波却以远超常人的专业素养和不懈努力，打破常规，被提前9年破格聘为大庆油田采油技师。这一破格之举，犹如一声惊雷，在大庆油田的职工队伍中炸响，让所有人都对这位年轻的采油工刮目相看。彼时的她，已在无数个日夜扎根井站，将设备的每一个零件、每一项操作流程都熟记于心，用汗水和智慧攻克了一个又一个技术难题，为破格晋升奠定了坚实基础。

仅仅4年后，30岁的杨海波再次踏上职业新高峰，被聘为高级技师。这一成就并非偶然，而是她持续深耕专业领域的必然结果。在这期间，她积极参与各类技术创新项目，提出了一系列切实可行的解决方案，她的创新成果不仅在本单位得到广泛应用，还在油田系统内推广，为整个行业的发展贡献了力量。

33岁，杨海波已成为油田最年轻的采油技能专家。此时的她，不仅在技术实操上炉火纯青，更在理论研究和人才培养方面展现出卓越的才能。她深入研究采油工艺的前沿技术，将先进理念与生产实际相结合，为油田的可持续发展提供了有力的技术支持。

岁月流转，37 岁的杨海波凭借着多年积累的深厚底蕴和积极贡献，荣获中国石油集团公司技能专家称号。这一殊荣，是对她多年来在石油领域辛勤耕耘的高度认可，也让她站在了更高的平台上，继续为中国石油行业的发展贡献力量。

这一串串闪光的足迹，见证了杨海波的成长与蜕变。参加工作 30 年来，铁人精神如同永不熄灭的火炬，照亮了她前行的道路。在铁人王进喜“有条件要上，没有条件创造条件也要上”拼搏精神的激励下，杨海波在面对工作中的重重困难时，从未有过丝毫退缩。

她荣获全国劳动模范、全国五一劳动奖章、全国技术能手、全国能源化学地质系统“大国工匠”等荣誉，这些荣誉不仅是她个人的骄傲，更是大庆油田的荣光。她用自己的实际行动，诠释了铁人精神的深刻内涵，成为广大石油工人学习的楷模。在她的引领下，越来越多的石油人以她为榜样，在各自的岗位上默默奉献，为实现石油行业的繁荣发展而努力奋斗。

“如何一步步成为全国劳动模范的？”知道杨海波这个名字的人，都会这样问。

而她的回答，只有一个字：“干。”随后，她又认真地补充道：“其实谁都能干，只是大多数人没有坚持住，我坚持住了。”

这简简单单的话语，背后却是无数个日夜的不懈奋斗。初入油田成为采油女工，面对陌生且繁杂的工作，轰鸣作响的机器，错综复杂的工艺流程，杨海波没有丝毫胆怯与退缩。她全身心地投入其中，开启了“干”的征程。

清晨，第一缕阳光还未完全照亮井站，杨海波便已穿梭在各个设备之间，仔细检查运行状况，认真记录各项数据。遇到不懂的地方，她立刻向经验丰富的师傅请教，不放过任何一个学习的机会。中午，短暂的休息时间里，别人都在放松闲聊，她却在对照笔记，反复琢磨上午遇到的难题。下午，继续跟着师傅学习实际操作，她的眼睛紧紧盯着师傅的一举一动，双手不停地模仿练习，力求每一个动作都精准无误。夜晚，回到宿舍，疲惫不堪的她，本可以倒头就睡，但她没有。微弱的灯光下，她翻开专业书籍，将白天学到的知识与书本理论相互印证，查漏补缺。遇到晦涩难懂的知识点，她就反复查阅资料，直到完全理解为止。常常，当舍友们都已进入梦乡，她还在书桌前埋头苦学。

工作中，杨海波不满足于按部就班。她发现现有的操作流程存在一些弊端，便决心通过自己的努力去优化。此后，她扎根井站，利用业余时间反复进行试验。她尝试不同的操作顺序，调整设备参数，每一次试验都详细记录数据，分析结果。一次次的失败没有让她气馁，反而激发了她更强烈的斗志。经过无数次的尝试与改进，她终于成功优化了操作流程，大大提高了工作效率。

随着经验的积累，杨海波愈加意识到团队的重要性。她主动承担起培训新员工的任务，将自己多年积累的经验毫无保留地传授给他们。为了让新员工更好地理解，她精心编写培训教材，设计生动有趣的案例。在现场指导时，她耐心地手把手教学，一遍又一遍，直到新员工完全掌握。

在技能竞赛的舞台上，杨海波同样凭借着“干”的精神大放异彩。每次备赛，她都如同面临一场艰苦的战役。每天天不亮，她就开始进行体能训练，增强身体素质，以确保在长时间的比赛中保持良好的状态。白天，她在训练场地反复练习各项技能，每一个项目她都精益求精。长时间的高强度训练，让她的双手布满了老茧和伤痕，但她只是简单处理一下，便又继续投入训练。

正是这种日复一日、年复一年的坚持实干，让杨海波从一名普通采油女工，逐步成长为行业内的佼佼者，最终获得全国劳动模范的殊荣。她用自己的亲身经历证明，成功没有捷径，只要有坚持干下去的决心和毅力，平凡人也能铸就非凡人生。

1976 年 5 月 2 日，杨海波出生在黑龙江省泰来县克利乡红旗村，虽然春天的脚步在嫩江流域的黑土地上姗姗来迟，不过着急的春风，还是吹开了村子旁边封冻的河面，吹绿了河边的柳树，也吹绿了村头那棵百年榆树。春风中，也吹来了一个婴孩的第一声啼哭。

童年对这个小女孩来说无忧无虑，在她小时候的记忆里，父亲在家的时候很少。

“海波，你爸去哪儿了？”

“我爸在大庆！”小海波骄傲地回答。

“大庆在哪儿？”

“大庆在……在……”小海波答不上来了。

等爸爸回来了，小海波问：“爸爸，大庆在哪儿呀？”

“大庆在离咱村很远的地方，有两百公里。”爸爸杨军点着女儿的鼻子告诉她。小海波想象不出两百公里有多远，只是觉得爸爸很长时间才回来一次，那大庆一定是个遥远的地方。

爸爸很疼爱海波，每次回来都把她驮在脖子上，无论是在家里，还是去串门，嘴里还时常哼着一支好听的歌：“我为祖国献石油，哪里有石油，哪里就是我的家，我当个石油工人多荣耀……”

每次爸爸要走时，小海波都拉着爸爸的衣襟不放，“爸爸，我也要跟你去大庆。”每次爸爸都会蹲下身对她说：“等你长大了，也要像爸爸一样，去那儿工作，好不好？”

转眼到了 1994 年，杨海波从技校毕业，来到了大庆油田第四采油厂第一油矿北十一队当了一名采油工。她被分配到中转站，她的师傅是站长李广志，曾和她父亲在一个队干过。

那天回到家，父亲听说女儿的师傅是李广志，既意外又高兴，他语重心长地叮嘱女儿：“广志这个人最要强，不要给他丢脸，家里对你没啥指望，就希望你踏踏实实当个好工人。”

18 岁，正是一个女孩爱美的年龄，杨海波也不例外，发了工资，除了交给家里的，她也会像别的女孩那样，给自己买一两件漂亮的衣服。可是一上班就得穿上肥大的工服，她心里很不乐意。

为了让自己穿工服也时尚些，她将工服袖子改成半截袖，衣服缩成紧身服，裤子裁成直筒裤……当她穿着“得意之作”上班并向同事炫耀时，被师傅看到了：“工服是工作的基本保障，怎么能私改？这么合身蹲下去得劲儿吗？你觉得它不好看，是因为你对它没感情！”

她没想到，一向不多言的师傅，这次发了这么大火，委屈的泪水在她眼里直打转儿。过后，她把改瘦的工服又改了回来。

许多年后，杨海波才真正理解师傅的话，当她作为劳模代表，穿着“石油红”工服在人民大会堂作报告时，才真正体会到这身工服的深刻含义。

那天，走下演讲台的她被很多人围住了：“你身上穿的这身工服真漂亮！大庆石油工人真了不起！”

彼时，她是那样喜爱这身“石油红”工服，不仅是因为大家的赞誉，更因为它是大庆石油工人艰苦奋斗、为油拼搏的象征，是大庆人精神面貌的象征。

那一刻，她回首自己走过的路，从一个稚嫩的小姑娘，成长为一名全国劳动模范的人生轨迹。

“哎呀，不好了，输油泵盘根出问题了。”

那次，大量的原油从泄漏点喷出，地上全是油。同伴要打电话报告站长，叫老师傅来处理。杨海波想：自己在技校一直学习成绩优异，毕业时也是考出了五级工，又跟师傅学了这么长时间，这点故障应该能处理。于是她急忙停泵并阻止同伴：“别着急，咱们按操作步骤处理，重新加入盘根就没事了。”

她按照书本上的步骤操作着，可是盘根就像和她们较劲儿似的，反复加了多次都没有成功。夜深了，两人在泵房忙得满头大汗。

“还是给站长打电话吧，不然停泵时间长，会影响集油输送量的，那咱们责任就大了……”同伴担心地说。

此时已是深夜，怕出事故，她硬着头皮拨通了师傅的电话。很快，师傅匆匆忙忙地赶来了，他进了泵房，什么也没说，操起工具就干活，几分钟后，盘根处理好了，拉闸开泵，输油泵里又响起了原油欢快的流动声。

师傅收拾好工具，转身就走。杨海波跟出门，想跟师傅说一句对不起，可是师傅已蹬车走了。夜幕中的启明星，俏皮地眨着眼睛，让站在那里的杨海波，脸上火辣辣的……

“跟着师傅学了这么长时间，我到底学啥了？为什么师傅几分钟就能搞定的事，我弄了两个小时也没有成功？师傅刚刚没有理我，是恨铁不成钢啊！谁也不怪，只怪自己没本事。”

从那以后，杨海波痛下决心自强自立，要像师傅一样，扎扎实实掌握过硬本领。

第一次培训被“救下台”，勤学苦练展锋芒

参加工作两年后的一天，杨海波被队长叫到了办公室。

“海波啊，厂里要举行技能大赛，我想让你代表咱队参赛，有信心吗？”队长开门见山地说。

“真的吗？太好了！”听到这个消息，杨海波高兴得差点跳了起来。

“先别高兴得太早，参加大赛的选手，都是各队的精兵强将，光有理论是不够的，还得懂操作，这段时间得吃苦备战，你行吗？”队长望着柔柔弱弱的她，有点担心。

“我体格单薄不假，但我劲儿也真大，队长，我不会给队里丢脸的。”

训练开始了，有一个项目是调节抽油机曲柄平衡。人爬上变速箱，站到抽油机上，从曲柄一端迈向曲柄另一端，时间越短越好。刚爬上抽油机，杨海波不经意地往下一看，巨大的恐惧感让她的双腿顿时筛糠般地抖，操作步骤忘得一干二净，任凭训练老师怎么喊，她都紧闭双眼，抱住连杆不敢撒手。老师见她这样，只好把她“救下来”。

“海波这是怎么了？平时业务挺厉害的，今天怎么变了个人似的。”前来观看训练的队友悄悄议论着。

其实她们不知道的是，杨海波从小就害怕登高。

“怎么办？大话都说出去了，真要退训，面子往哪儿搁？怎么向队长交代？”晚上，她反复想着白天的训练，难以入眠。

第二天，天刚蒙蒙亮，一个身影悄悄走进了练兵场，爬上了那架让她“败下阵来”的抽油机，尽管眼中仍有一丝畏惧，可她还是利索地爬上了变速箱，再一次站到曲柄上，呼吸急促，双腿如灌铅般欲抬又止。

此时，太阳渐渐升起来，耳边仿佛响起父亲的话：“你师傅可好脸儿，不要给他丢脸。”

“不就一步之遥吗？有啥难的？都是采油工，人家能行，我差哪儿了？”她咬着牙抓住连杆，迈向曲柄另一端，当她确定自己站稳后，恐惧瞬间消散，此时，阳光刚好洒在她的脸上，微微泛红的脸庞在阳光的映衬下，那么耀眼，那么好看。

采油工技能大赛考试项目中，有一个换皮带的项目，对于男采油工而言，并不是什么难事。然而对于身单力薄的女性，却没那么容易。为了增强体能，她扛着三五十斤重的皮带，一次次在磕头机上爬上爬下，肩头被皮带磨得渗出了血，她也忍着痛咬牙坚持着。

一次不行就十次，十次不行就百次，她不厌其烦地爬上爬下，戴着手套的手掌被磨破了，长出了厚厚的茧子。那段时间有人路过训练场，总会看到一个美丽而倔强的身影，在落日炽热的余晖下反复苦练。

师傅看到了，找到她："你悠着点，我没那么好脸儿，可以练，但不能不要命，瞅瞅你那手，哪像一个女孩子的手！"

那一次，这个不服输的小姑娘，获得了第四采油厂技能大赛采油工种第一名。

谁都没有想到，这个小姑娘，日后会成为全国技术能手。

21 岁的杨海波，结婚了，丈夫小何也是一名工人，正当他们要蜜月旅行时，杨海波接到了厂里通知，原来，经过层层选拔，她作为青年岗位能手，被选派参加全国青年岗位能手技能运动会。

这个通知，就像战士的号角，顿时让她热血沸腾！这可是全国技能赛场呀，她既激动又不安——刚结婚几天啊，就出去比赛？婆家会不会有想法？丈夫嘴上不说，心里会不会介意？

"我外出比赛，不知道怎么和咱妈说，刚结完婚，唉，我自己都觉得说不过去……"工作起来风风火火的杨海波，是个讲理的人，情理上，她觉得愧对家人。

"能参加这个培训可真棒。别为小事为难，我媳妇是干大事儿的人。"小何劝杨海波。

集中培训，吃住都在训练站。杨海波不想让婆婆知道自己不回家，她和小何从恋爱到结婚，婆婆没少在亲友面前夸儿子找了个好对象，她也想维护自己在婆家人心中"顾家"的形象。

新婚的儿媳妇不见了身影，这还了得。婆婆找到小何想问个究竟。听说儿媳妇封闭训练，婆婆急了，跑来看她。

"孩子，你刚结婚怎么就跑来训练，你可以请婚假啊，累不累？"

"妈，这里吃住都挺习惯！比完赛就好了，这是大赛，全国的。"杨海波拉着婆婆的手说。

这件事情过后，一起训练的人才知道这个比谁练得都多、都狠的人，竟是一个新娘子。

那次，杨海波没有白付出，最终她载誉而归，在全国青年岗位能手技能运动会上，仅用 6 分钟，就完成了换皮带操作，获得了全国青年岗位能手采油工种第 10 名的好成绩。

当她捧着奖牌回来时，婆婆说：“海波，你真厉害！我儿子更厉害，把这么优秀的你娶回来了。”

身为工人技师的公公，怜爱地瞅着海波，自豪地笑了，随后高声对妻子说：“快给孩子做点好吃的，小脸都累瘦了，海波是咱老何家的功臣！”

没有等出来的成绩，只有干出来的精彩

2011 年 7 月，盛夏的炽热洒满杏北油田。彼时，星星兰花如繁星般绽放在这片广袤的土地上，将油田装点得如梦似幻。就在这个充满生机与希望的季节里，杨海波迎来了工作中的一次重要转折——她被调到了第一油矿北六队。当得知自己即将踏入这个承载着光荣传统和辉煌业绩的“女子采油队”时，杨海波的内心满溢着兴奋与期待，仿佛一颗渴望闪耀的星星，即将融入一片璀璨的星河。

初入北六队，队长便热情地带着她参观了队荣誉室。一踏入荣誉室，杨海波的目光瞬间被墙上那一个个熠熠生辉的名字所吸引。这些名字，每一个背后都蕴含着一段动人心弦的故事，承载着无尽的荣耀与辉煌。从 20 世纪 70 年代起，这支声名远扬的标杆采油队，宛如一只英雄的摇篮，先后孕育出众多杰出人才。她们的事迹，如同一座精神丰碑，矗立在杨海波的心中，令她心生敬慕之情。

望着墙上的荣誉榜单，杨海波的眼神中闪烁着坚定的光芒，她在心底暗暗立下誓言：“我也要像她们一样，用自己的努力和汗水，为这个英模辈出的标杆集体增光添彩，让北六队的荣耀熠熠生辉！”这一刻，梦想的种子在她的心田里深深扎根，开始汲取力量。

北六队往北 10 公里，便是铁人王进喜亲自打的第一口油井。这口井，是铁人精神的象征，自来到队里以后，每当杨海波在工作上遭遇压力，感到迷茫与疲惫时，她总会独自一人，悄悄来到这口井边，静静地坐下。她望着那口油井，思绪不由自主地飘回到了那段艰苦卓绝的创业年代。她仿佛看到了铁人王进喜带领着石油工人，在荒芜的大地上，人拉肩扛运钻机，破冰取水保开钻的场景。那一张张坚毅的脸庞，那一声声激昂的呐喊，仿佛穿越时空，在她的耳边回响。

“有条件要上，没有条件创造条件也要上！”铁人王进喜的话，此时在杨海波的心中，不再是一句简单的口号，而是石油工人心底最炽热、最真挚的呐喊。她意识到，大庆油田今日所取得的辉煌成就，是千千万万个像铁人一样的石油人，用他们的青春、热血乃至生命，一砖一瓦地堆砌起来的。

每当坐在这口油井边上，杨海波的内心都会涌起一股莫名的力量。这股力量，如同春风化雨，滋润着她的心田；又似熊熊烈火，点燃了她内心的斗志。每一次起身离开时，杨海波都感觉浑身上下充满了干劲，仿佛拥有了无穷的力量，足以去战胜任何困难与挑战。

一天，她和李雪莲巡井时，发现一口双“驴头”抽油机有点儿不正常，她细心地记在本子上，等巡检完所有油井，果然发现那口抽油机“停摆”了，不等李雪莲去找技术员，杨海波已经爬到抽油机顶端。

大热的天，李雪莲怕恐高的杨海波出危险，她喊杨海波下来，杨海波像没听到一样，在上面专心检查着。

“姐，你不恐高了？咱俩上电视塔那次，你吓得腿都不好使了。”

“恐，但抽油机例外，它好像挺照顾我。”

过了一会儿，杨海波下来了。

“怎么样？”

“又是‘毛辫子’的问题，‘毛辫子’磨断股了。”

“这‘毛辫子’太不经用了，刚换没多长时间又断了，这样下去不行，既不安全又麻烦。”

听着李雪莲的抱怨，杨海波回头向上看了一眼。她想起上技校的时候，学过双“驴头”抽油机的原理，作为一种新型抽油机，其因节能在各大油田普遍应用，但其缺点是后“驴头”的“毛辫子”容易断裂，容易带来翻机的风险。

上学的时候，只把它当作一道题背，现在怎么办？

“想办法革新改造，解决这个问题。”

“我们改造？咱们是采油工，能行吗？”

李雪莲不敢相信地看着她，在她看来，革新改造那是工程师的工作。

“试试，没准就成了。不试，永远不会成。”

杨海波向小队领导做了汇报，小队领导很支持她的想法，她又跑到第四采油厂规划设计研究所，找工程师郑福森请教受力原理。郑福森很惊讶：这个只是技校毕业的小姑娘，怎么这么有想法。要知道，很多工程师在相关方面都不敢尝试。

说干就干，杨海波、李雪莲以及另外一位同事，自发组成了攻关小组，多次对抽油机进行现场勘查，对照分析。那段时间，常常看到杨海波在双“驴头”抽油机上爬上爬下。

“一个女工，太拼了，这么干图啥呀？”

“胆子真大，爬那么高。”

“不知道又琢磨什么呢，想一出是一出。”

杨海波不管别人说啥，她发现，由于加工误差的限制，相同型号的毛辫子，无法保证长度完全一致，导致最短的一根长期受力，最终疲劳断裂，从而导致翻机事故的发生。

在郑福森的指导下，杨海波带领两个同伴合力攻关，将一体式悬绳器进行结构分割，终于研制成功自适应调偏悬绳器，实验应用后效果良好，避免了翻机事故的发生。这项成果荣获大庆油田重大技术革新成果二等奖、国家实用新型专利。

从第一次技能比赛第一名，到第一项发明成果奖，杨海波也从技能型工人，转向知识创新型石油工人。这一年，她先后获得了全国妇女创先争优先进个人、大庆油田优秀培训师、大庆油田功勋员工和黑龙江省五一巾帼标兵等荣誉称号。也是在这一年，在大庆油田工会的指导下，在第四采油厂工会的帮助下，她组建了“杨海波劳模创新工作室”。

自此，她带领三十多名培训师，挑起了给一千六百多名学员技术培训和开展创新创效的“大梁”。作为工作室领衔人，她感到肩上沉甸甸的责任。

“不仅要搞好革新，也要把工作室建好。以我的名字命名，领导给了我多么大的信任，要有担当，要干出点成绩来。”

一切从零开始，杨海波一边抓工作室的建设，一边编辑培训教材，根据需要，她在硬件建设上划分出了电教区、实训区、实物展示区和现场教学四大区块。

在实物展示区，不仅有拆解的机泵、闸门，还有她和员工自主研发的创新创效成果，打造师带徒培训站，绘制了分离器、抽油机部位流程图……一张张培训设计图纸，在她手里绘制成，又反复修改完善。

培训教材的编写，对她来讲又是一场硬仗，既要有采油工种新工艺，又要结合自己多年实际操作经验，更要切合杏北油田实际。

“单位投入这么大，就要编好，既然是教材，就要做到谁看了都能懂，别弄成一本‘天书’。”这是她对自己的要求。

白天，她忙工作室的筹建，虽然有各部门的大力支持，但她不允许出现一点差错，自己当监工。晚上编写教材，实在困了就睡一个小时。终于，一本培训教材完成了。

在她获得全国能源化学地质系统“大国工匠”和“龙江工匠”的荣誉称号后，在最初这本培训教材的基础上，又编写了《杨海波工作法》一书。该书被大国工匠工作法系列丛书收录，成为中国石油唯一入选国家出版基金资助项目和国家“十三五”重点规划出版项目。

在杏北油田这片充满希望的土地上，杨海波如同一朵盛开的花朵，在星星兰花的簇拥下，绽放着属于自己的光彩。她用实际行动践行着自己的誓言，传承着铁人精神，为北六队这个光荣的集体增添了新的荣耀。而那口见证了无数历史时刻的第一口油井，依然静静地矗立在那里，见证着杨海波的成长与奋斗，见证着一代又一代石油人在铁人精神的指引下，为实现石油梦想而不懈拼搏的壮丽征程 。

严细认真，专注难题，培养数百名技术能手

杨海波以其独特的教育理念和坚定的原则，成为众多学员心中的启明星。“因需施教，因材施教，专注难题”，这简简单单的十二个字，犹如三把精准的标尺，丈量出她在教学之路上的深度与广度。

因需施教，是杨海波立足实践的智慧结晶。在石油行业，不同岗位、不同项目对技能的需求千差万别。杨海波深知，只有紧扣实际需求，才能让培训内容有的放矢，真正为学员所用；因材施教，则彰显了杨海波对学员个体差异的尊重与重视。她明白，每个学员都有独特的学习风格、知识基础和技能潜力，要“对症下药”，才会

“药到病除”；专注难题，是杨海波教学原则的核心与灵魂。石油行业技术复杂，难题层出不穷，这些难题不仅制约着生产效率，还关乎油田的可持续发展。杨海波始终将攻克这些难题作为教学的重要目标。她带领学员深入研究行业内的前沿技术和难点问题，组织技术研讨小组，共同探索解决方案。在这个过程中，学员们不仅学到了专业知识和技能，还养成了勤思考、爱钻研的习惯。

正是凭借着这三条坚定的原则，杨海波在石油技能培训领域得到了尊重和掌声。她培养的学员在各级技能竞赛中屡获佳绩，在实际工作中也成为技术骨干和创新先锋。而杨海波也用自己的行动，诠释了一名优秀石油教育者的担当与使命，为石油行业的发展源源不断地输送着高素质人才。

这中间发生的故事，也让她更加坚定做好培训的决心。

一次，她在教授学员管路组装这门课时，听到许多人反映专业符号难懂，而学习管路组装，关键在于把图示与实物形态联系起来，建立立体思维模式。可学员有时虽然记住了图示的意义，却仍然看不懂图形。尤其对于立体管道绘图，互相叠加的管道，令大家“丈二和尚摸不着头脑”。一连数天，杨海波都在苦苦思索如何找到解决的方法。

这天早上，她正要去上班，忽然瞥见儿子床上摆放的一堆积木，一个想法闪过她的脑海：这套积木都是立体的。其中一个，怎么跟管路三通弯头一模一样？她如获至宝，把这套玩具带到工作室。果然，这回学员看到她手里的组装管路演示，一下子就明白了。还有学员下课问她这套“教具”从哪里买的。

可是下班回到家，她傻眼了，儿子因找不到玩具正哭闹着。杨海波只好跟儿子说：“这套玩具妈妈拿去教学用了，妈妈有时间再给你买一套。”儿子嘟哝着说：“这是爷爷给我买的，商店里买不到了。”看着儿子委屈的泪水，她觉得自己又亏欠了儿子一次。

一次偶然的机会，杨海波接触到了 TRIZ 理论，该理论是苏联发明家根里奇·阿奇舒勒，通过分析大量专利和创新案例总结出来的。杨海波如获至宝，她和另一位革新专家汤凯，合力编写了启发油田员工创新思维的专著《高效革新》，填补了国内石油行业技术革新的理论空白，这也是第一部出自石油工人之手的革新方法专著。该书入选“中国石油千万图书送基层、百万职工品书香送书工程”，发行 6 万余册。

2019年，杨海波工作室创新发明的“新型合成密封填料技术”获得全国总工会20万元创新补助资金。

几年来，工作室累计解决现场疑难问题207项，取得专利56项，研发各项成果269项。

杨海波工作室作为全国首批示范性劳模工作室，辐射带动影响力是空前的，杨海波先后走进人民网、中工网等媒体客座交流；走进吉林油田、辽河油田、中原油田、渤海钻探等12家石油、石化企业，分享创新经验，受众2万余人次。

当杨海波登上讲台，她的每一句话都像一把钥匙，打开了人们对新一代大庆采油女工认知的大门。她娓娓讲述着在大庆油田的日常，从破晓到日暮，面对复杂设备的调试、棘手难题的攻克，那专注投入的模样如在眼前。分享创新成果时，她眼中闪烁的光芒满是自豪与坚定。谈及带队参赛，为团队成员悉心指导、加油鼓劲，尽显担当。她用亲身经历，淋漓尽致地展现出新一代大庆油田采油女工的坚韧不拔、智慧果敢，以及女劳模无私奉献、引领前行的卓越风采。

杨海波获得全国五一劳动奖章和全国五一巾帼奖章时，面对记者采访，她说出这样一番话：“这两枚奖章不属于我自己，我要把它分享给我的家人和培养我成长的大庆油田，没有这样一个荣誉集体的激励和支持，就没有今天的我，没有家人的无私付出，我也不会走到现在。我儿子曾说，‘妈妈，在我小时候的记忆里，家里好像没有你，都是爸爸给我做饭，陪我学习，送我上学……’我爱人也很优秀，但两个人总得有一个顾家呀。”

朴实的话语，道出深深的情谊。其实，在杨海波心里还有一个让她愧疚的人，那是她永远的痛。在她的手机里，保留着一个再也无法接通的号码，那是母亲的号码。

母亲病倒的时候，正赶上北十一队争夺油田公司金牌采油队称号，为了让海波安心备战，父亲、弟弟总是尽量轻描淡写地告诉她妈妈的病情，可能是病中的母亲意识到自己日子不多了吧，她忍不住给女儿打了一个电话。“妈，我正忙着呢，过会儿我就给你打。”正忙碌的杨海波匆匆挂了电话。

可是没想到这“过会儿”，一过就是20多天，为了备战，那段时间她吃住都在队里，没日没夜和时间赛跑，录取资料、比对数据、画图、制表……功夫不负有心人，最终收获了金牌。等她匆匆赶回去看望母亲时，母亲已变成了植物人。原来，患有风湿性心脏病的母亲，几天前突发大面积脑梗，人虽然抢救过来了，可再也不能说话、再也不能吃东西了。

弟弟流着眼泪告诉杨海波，母亲病情加重的前两天，父亲买回来一条鱼，都要下锅了，母亲却用不太利索的口齿说：“等姑娘回来一起吃吧，姑娘说快忙完了，先放冰箱里。”

杨海波听了弟弟的话，心如刀绞，她紧紧握着母亲的手，贴在自己脸上。“妈，你姑娘回来了，你能不能听到我在叫你？你快好起来吧，不然这道坎，我这辈子都过不去，我是真不孝。”

当杨海波埋怨父亲，母亲发病这么重为什么不告诉她时，父亲默默地转过脸：“谁能想到发病这么快，送到医院人就不能说话了，你在跟前也没用。况且队里能离开你吗？”

在母亲卧床的那段黯淡时光里，杨海波的世界仿佛被一层阴霾所笼罩。即便工作如往常那般忙碌，她的心却始终有一角系在母亲身上。只要手头的工作稍有间隙，她的手便会下意识地伸向手机，动作里满是急切与牵挂。

每一次手机屏幕亮起，有电话拨入，她的眼神都会瞬间燃起希望的火苗，眼中闪烁着期待的光芒。她多么渴望在屏幕上跳动、闪烁的号码是母亲的。那串熟悉的数字，承载着往昔无数温暖的时刻，是母亲关怀的独特信号。

曾经，母亲的电话总是带着无尽的唠叨，叮嘱她按时吃饭、休息；也会在她工作取得成绩时，送上祝贺与鼓励；在她遇到挫折时，给予安慰与支持。那些电话，是她在忙碌工作中的心灵慰藉，是她疲惫时的温暖港湾。

然而，不到 50 岁的母亲，永远地走了……

她的心中，留下了一道难以愈合的伤口，那是对母亲深深的愧疚与无尽的思念。此后的日子里，杨海波常常会在不经意间看向手机，眼神里闪过一丝落寞。她知道，母亲已经远去，但那份对母亲的思念，如同深深扎根在心底的种子，母亲虽已不在，但她的爱与期望，将永远陪伴着自己。她会带着母亲的那份期许，在工作中继续拼搏，在生活里努力绽放。

力争上游，工作室成员一个个展翅高飞

雏雁飞得高，全靠头雁带。杨海波带领着团队，用坚韧、勤奋和创新精神，让一批又一批学员走上了技能成才这条路，创立工作室的初心愿望，正在一点一点实现。

“我相信工作室会越来越好，通过这种形式带动更多的人，影响更多的人，让我们大庆油田的员工，都能在这个大好时代有所作为。”

有着光荣优良传统的北六队，一直把发挥劳模引领作用，看成是传承大庆精神铁人精神的一种方式，在全队开展“学习杨海波，当技能型员工”活动，后来全矿、全厂也陆续开展了听劳模成长故事、身边的榜样等活动，使员工看到希望、树立成长目标。

“红一连”杏一联合站采油工李春丽，由一个食堂炊事员，转岗成长为高级技师，就是受到杨海波的影响。

李春丽技校毕业后，成了一名采油工，婚后因为孩子小，自己要求转岗为炊事员。那年，她参加了职工座谈报告会，会上杨海波作为第四采油厂巾帼劳模标兵，讲述了自己的成长事迹，让李春丽特别震撼。

报告会后，李春丽报名参加了矿里的一次技能大赛，虽然她刻苦训练了一个月，可毕竟脱离集输工岗位 10 年，没有取得名次。第二年，她正犹豫要不要再参赛时，杨海波鼓励她：“取不上没人笑话你，取上了你就战胜了自己，做饭那么难，你都做得那么好，这个你也能行。”

李春丽听了大为振奋，她更加努力地训练，这次大赛她拿到油气田水处理工种第一名。第一天来站上班，她兴奋得像个刚参加工作的小姑娘，看着站里一面面锦旗、一枚枚奖牌和一张张国家领导人视察的照片，她暗暗下定决心，一定要为一联添光彩。转年厂里技能大赛，她第一个报了名，这次比赛她又获得了第一名。如今，李春丽已是杏一集输班运行班长、高级技师，2020 年获得第四采油厂“优秀教练员”称号。

1989 年出生的石晓琳，性格内向，2013 年本科毕业后，被分配到第四采油厂北三队，刚来时她想到管理岗工作，可分配她当了一名采油工，一时有些失落。培训期间她认识了杨海波，她丰富的采油工艺理论知识和熟练的技能示范本领，让石晓琳觉

得很厉害，向人打听，她的第一学历竟是技校，这又让石晓琳刮目相看了。

备赛期间，杨海波找到石晓琳：“每个岗位都有自己的价值和作用，有本领，到哪儿都闪光。”

在杨海波的开导下，石晓琳参加大庆油田青年骨干培训考试，取得了优异成绩，破格晋级为工人技师。

更让石晓琳受到触动的是，杨海波因事不能参加首届油田工匠颁奖大会，让石晓琳代她领奖。当石晓琳站在台上手捧奖杯，在掌声中看到台下无数仰慕敬重的目光时，心中不由升腾出一种自豪感。回去她对杨海波说：“师傅，我也想像你一样，成为一名工匠，而不是再代你领奖。”

从那以后，石晓琳工作上更加认真，成了杨海波的得力助手。

2022 年，在黑龙江省“五个百万”职工劳动和技能竞赛“名师带高徒”活动中，杨海波获得“好师傅”称号，徒弟董章宁获得“好徒弟”称号，师徒二人是名副其实的“名师高徒”了。

这个“高徒”起点真不高。董章宁是 2014 年 9 月从大庆技校毕业来到第四采油厂第一油矿的，参加工作第二年，她报名参加了厂里的技能大赛，赛前培训测验第一次考试，理论成绩倒数第一，当时她都想放弃了，但工作室的老师鼓励她：“努力无关名次，你今天做得比昨天好就行。”这个老师就是杨海波。

说起对杨海波的印象，孩子气的董章宁，从手机里找出当时记下的一段话：

刚分到第四采油厂时，老师给我们上课，普及上岗知识，她不仅长得好看，讲课也吸引人，后来我才知道她叫杨海波，是全国五一劳动奖章获得者，能来她的工作室培训可真幸运。经过起早贪黑的复习，理论知识过关了，可是管路安装怎么学也弄不明白，她把我叫到办公室，一对一讲解。讲解完，她说，“你今天回去不用想其他问题，这几个点琢磨透就行。”当天晚上我住在工作室，琢磨到深夜两点，不知怎么就想通了。特别神奇，其他的我也就融会贯通了。

那次是董章宁第一次参加比赛，就获得了第二名的好成绩。此后，董章宁先后参加了油田各级别技能竞赛 15 次，获得了 10 余枚奖牌。2022 年，在第四届全国石油石化职业技能竞赛采油工比赛中，她不负众望，摘得了全国职业技能竞赛采油工种的金牌。

“海波姐，还记得我第一次培训得倒数第一吗？没想到，我也能为咱大庆油田争光。”比赛回来，董章宁没有先回家，而是直奔杨海波工作室。

“这是咱们工作室的荣誉，是海波姐带得好，感谢你。”董章宁向杨海波郑重地鞠了一躬。直起身时，这个平日里大大咧咧的姑娘，已然泪流满面。

不仅在本单位传帮带，如今的杨海波，已经成为大庆油田传帮带的典范，近年来，经杨海波培训的员工已达 6600 多人次，共有 517 名一线操作员工成长为创新人才，其中 212 人被评为技术能手，89 人被聘为技师和高级技师，4 人被聘为大庆油田技能专家。

吃苦奉献，积极投身百年油田建设之中

第四采油厂所处的杏北油田，经过 58 年的深度开发，正面临着“三个转型”：一是增储对象由常规油层转向非常规油层，提采对象由一类油层转向三类油层。二是能源结构由油气并举转向油、气、新能源“三分天下”。三是企业管理由传统模式转向数智模式。

如何做好“三个转型”，让老区不老、永葆生命力、为油田稳产做贡献，是摆在每一名杏北石油人面前的课题。

作为全国劳动模范、中国石油集团公司金牌讲师的杨海波，心里想的是，必须要胸怀“国之大者”，顺应油田开采的新形势，在采油工培训上，要有新担当、新作为。

新员工上岗，杨海波总要讲明厂里面临的原油开采形势，讲明第四采油厂“越是艰险越向前”的战斗作风，引导员工树牢为厂建功立业的信心。

第四采油厂地处大庆油田中南部，大庆油田油层发育构造，是从北向南逐渐变差的，前三个采油厂均发育三套油层，但到了四厂、五厂，就剩两套油层了，在这样先天不足的情况下，第四采油厂全体干部员工精细地质研究，精准水驱调整，扩大三采规模，创出了连续 35 年保持 500 万吨以上的高产稳产纪录，2015 年以来，连续 10 年实现 300 万吨以上“硬稳产”，近三年超产 10.75 万吨。

杨海波和她的团队，把着力培养新时代“有理想守信念、懂技术会创新、敢担当

讲奉献”的职工队伍，作为自己的不变初心和职责使命，在全厂开展技能培训，助力推进创新创效，有效缓解全厂成本压力。

在人才培养上，推出“5+4”差异化培训法，获得全国能源化学化工协会职工创新方法一等奖、黑龙江省十大先进操作法。为了提高职工学习技能的兴趣，杨海波还将网络游戏融入技能培训中，自主研发了员工自助学习系统，使职工轻松学到技能。

作为一名采油技能专家，她帮助基层攻难关、解难题、提水平。带领工作室成员攻关“高含水条件下抽油机井口盘根密封不严”“抽油机曲柄销子拆卸困难”等生产难题 60 余项，杨海波工作室也先后获得国家技能大师工作室、全国首批示范性劳模创新工作室、中国石油技能专家工作室、黑龙江省技能大师工作室等荣誉称号。

这一年春节刚过，丈夫小何和儿子又看不到杨海波的身影了，打电话处于静音状态。原来杨海波白天忙培训，晚上住在工作室，研发一种手机培训软件，这个软件的开发，她受到“互联网 + 培训”理念的启发。

连续的熬夜，让她的胃病又犯了，只好灌一只热水袋，贴在腹部，手指还在不停地敲打着键盘。夜深了，寒风夹着雪粒敲打着窗户，黑暗的旷野上只有工作室她这间屋子亮着灯光……那不眠的灯光啊，多像雪野夜空中的一颗星！后半夜了，她终于困乏得抬不起眼皮。外面，启明星在悄悄地眨着眼睛，似乎怕吵醒了她……

第二天她在给学员上课时，李雪莲看到了她的黑眼圈，心疼了：“海波，你不能再这么拼了！”

她笑笑：“没事儿，过几天咱就成了。”她亮亮的眸子闪着兴奋。

又是一个启明星隐去的早上，她重重地敲下回车键，激动地说了一声：“完成了，成功了！”

此刻，她很想与人分享她的喜悦，可是好朋友李雪莲还没有来，丈夫又不在身边，她这才想起已经多日没有回家了。

杨海波打开邮箱，一封丈夫留给她的信跳了出来：

亲爱的老婆：

情人节快乐！今天你在忙什么？上次回家，你说这一段时间忙，要做一个课件，累不累？我给你发了短信，你没回复，就知道在忙，你的胃病犯没犯？现在已经是晚上 10 点了，外面下着雪，我睡不着，很想给你打个电话，又担心打扰你。老婆，明天就是情人节了，在这个属于我们的节日里，我有好多话想对你说，但又不好意思开口，就在微博里写几句吧。

老婆，在我们相濡以沫的十几年里，我感到生活是如此的美好和甜蜜，你老说这些年亏欠我太多，亏欠这个家太多，其实我一点儿不觉得的，真的。

每到过年，你都提醒我早点给爸妈送些钱去，叫他们置办年货，每次过节你都把买好的礼品交给我，叫我给爸妈送过去……儿子写的《我的妈妈》那篇作文你看到了吧，他把你当成偶像了。至于我，更不用说了，娶了你是我这辈子干的最正确的事情。

老婆，你成了功勋员工，我在为你高兴的同时心里也有些不安，因为你会越来越忙，我和儿子更难见到你了，还有你的胃病不允许你太累，你的工作专业技术性强，我帮不上忙，我只有把家照顾好，放心，家里有我。

先写到这里吧，答应我，替我照顾好你自己。夜里凉，把我给你买的热水袋贴在胃部。

节日快乐！

看着看着，两行泪，顺着脸颊吧嗒吧嗒，滴落到纸上。

早上，李雪莲刚来到工作室，就看到“海波题库通”的软件出现在手机培训平台，她激动地跑到杨海波办公室，抱起她：“海波，你太厉害啦！”

截至目前，第四采油厂每名员工都用过“海波题库通”，并吸引了石油系统10余家单位的职工学习应用，受众10万人，取得了国家软件著作权专利。该软件应用于大庆油田各级培训竞赛，涉及8000多人，节约培训费60余万元。

近年来，油田数字化转型、智能化发展驶入“快车道”，工作室瞄准数字化复合型员工短缺这一“刚需”问题，想企业所想、急企业所急，加快技能培训转型升级步伐，组织16名技能骨干，历时10个月开发油水井数字化操作等全新课程28项，举办创新人才和数字化骨干等学习班20期，培训员工达800余人次，为油田数字化建设打造强劲“人才引擎”。

作为工作室的带头人，杨海波引领员工当好大庆优良传统的传承者、实践者、传播者，以强烈的责任感、使命感，积极投身百年油田建设之中。

全国劳模，要对得起国家给的这份荣誉

2015 年 4 月 28 日，阳光明媚，杨海波怀揣着激动与自豪，再次踏入人民大会堂这座神圣殿堂。这一次，她被授予“全国劳动模范”这一光荣称号，这份殊荣是对她多年来辛勤付出的高度认可。

在大庆油田，乃至中国石油集团公司，甚至在全省、全国的石油工人队伍里，杨海波已然成为一面鲜明的旗帜，一个令人敬仰的典型。回想起过往，她凭借着顽强的毅力和对工作的热爱，日复一日地苦练技能，从一名籍籍无名的普通采油工，一步步华丽转身，成长为备受赞誉的采油技能专家，这期间的每一步都饱含着汗水与艰辛。

在专业领域，杨海波同样成绩突出。她先后主编、参编了 35 部专业书籍，其中 2015 年主编的《采油工艺流程设计与安装精解》，更是意义重大，它是大庆油田首部指导员工进行流程设计、改造、组装的专业书籍，为大庆油田的技术发展与人才培养打下了坚实基础。

遥想刚进入技校时，没能踏入大学校园的她，心中难免有些许遗憾。可此刻，站在人民大会堂，望着前方庄严的国徽，她的内心满溢着无悔与骄傲。曾经的遗憾早已被岁月的磨砺与成就的光芒所取代，她深切地感受到，自己所走过的每一步，都无比坚实且意义重大。

面对外界的好奇：“许多获得荣誉和技能大赛奖牌的人都走上了干部岗位，你有这么多荣誉，却还在工人岗位，心里怎么想？”杨海波的回答坚定而纯粹：“参加比赛是为了提升技能，而非谋取职位。我有过聘干机会，但一线采油工的岗位更适合我。在大庆油田，最看重的并不仅仅是学历，只要有技能，肯努力奋进，无论身处哪个岗位，油田都会给予足够的能量，让我们在自己的工作领域尽情绽放光彩！”

2019 年 10 月 1 日，天安门广场阳光灿烂，红旗飘扬。杨海波作为全国劳动模范代表，有幸置身于这盛大的国庆 70 周年庆典之中。她的目光紧紧追随着受阅的队伍，心中澎湃着无尽的自豪与感动。面对记者的镜头，她的话语铿锵有力，满含深情：“看到祖国如今的繁荣昌盛，石油广泛应用于全国各个领域，作为一名来自大庆油田的一线采油工，我深感骄傲！我愿永远为祖国加油，为这片我深爱的土地奉献一切。”

2022 年，一份特殊的荣誉降临到她的身上——国务院特殊津贴。这份殊荣，不仅是对她个人专业能力的高度认可，更是国家对她多年来为石油事业辛勤付出的肯定。

当杨海波将那大红的证书捧回家时，父亲的反应让她至今难忘。父亲用他那粗糙的大手将证书反复摩挲，仔细端详，眼中闪烁着激动的泪花。那泪光中，有对女儿成绩的骄傲，更有对往昔艰辛岁月的感慨。此后，只要家里来了亲戚，父亲便迫不及待地拿出证书，满脸自豪地“显摆显摆”。在父亲眼中，这份证书不仅属于杨海波，也是整个家族的荣誉，更是全体石油人的荣耀！

从父亲到女儿，同样的采油工岗位，传承的不仅是职业，更是对石油事业的无限热爱与忠诚。杨海波深知，自己今日的成绩，离不开父亲的言传身教，离不开大庆油田这片沃土的滋养，更离不开祖国日益强大所带来的机遇。她将继续在自己的岗位上发光发热，用实际行动践行对祖国的誓言，为石油事业的发展，为祖国的繁荣昌盛，贡献自己的全部力量。

父亲的话，已牢牢地印在了她的心中，“孩子，你要好好干，咱就是普通工人家庭，可国家给了你工匠、模范这些称号，你要对得起这份荣誉！”

杨海波点点头：“爸，我知道，你放心吧。咱们是采油工，采油工就是采好每一滴油，管好每一口井，赋予咱工匠称号，就要精益求精。”杨海波工作室始终坚持“企业发展需要什么，就培训什么”的宗旨，努力为大庆油田发展锻造技能人才。

“咱们工人有力量”，这句质朴而有力的话语，在杨海波的身上得到了淋漓尽致的诠释。她用无数个日夜的坚守、无数次攻坚克难的拼搏、无数次倾囊相授的无私，化作坚实有力的行动，生动地展现出工人阶级的伟大力量。

永远不骄不躁，永远知足感恩，永远奋勇当先。这种精气神儿，正是新时代劳模的崭新面貌！红彤彤的夕阳，正滚落在西边辽阔的雪野里，夕光映在院子东侧的墙上，一行醒目的标语映入眼帘：这里是你展示才华的舞台，这里是你实现理想的阶梯！是啊，这里就像一座熔炉，熔炼出一批又一批怀有匠心的技能型、创新型人才，在这里，每一个怀揣梦想的人都能找到属于自己的位置，发挥出最大的潜能，他们从“杨海波工作室”走向广袤的油田大地，走向一个个奋进建设百年油田的工作岗位。瞧，在杏北油田采油区一条雪板路上，两侧雪野中的红色和黄色的磕头机在默默律动，劳模工作室院里那个穿红工服的身影，在夕阳下跃动，那抹石油红和夕阳交融在一起，在白雪的映衬下，是那样耀眼夺目、斑斓多姿……那一抹石油红，是无数石油人的精神寄托。它代表着石油人对工作的热爱、对梦想的执着追求，以及对祖国能源事业的无私奉献。在这片充满希望的土地上，杨海波用她的行动诠释着劳模的价值与意义，激励着一代又一代的石油人不断前行。随着夕阳渐渐西沉，那一抹石油红的身影却愈加清晰。它仿佛在向人们诉说着一个又一个关于奋斗、关于梦想、关于传承的故事……

一路成光

——记第一采油厂第二作业区党委副书记 工会主席 李雪莹

一个人两个人做到严实容易，一支队伍都做到严实就不容易；一件事两件事做到严实容易，事事都做到严实就不容易；一天两天做到严实容易，六十多年如一日都做到严实就不容易。这个“不容易”，“三老四严”发源地中四采油队做到了，他们把严实变成下意识，变成好习惯，变成本能反应……这种严实文化养成的背后浸透着太多人的心血、汗水和智慧，曾任党支部书记的李雪莹，用严实的作风带出严实的队伍，用严实的队伍创造严实的业绩，随着岗位变动，她又把严实变成一颗颗种子，化为一缕缕春风，耕耘、化育、成长……

大庆油田不断弘扬优良传统，把“弘扬严实作风”作为关乎企业长远发展的“三件大事”之一，与“原油高质量稳产”“发展接续力量”共同提升至战略高度，全面推进。

全国优秀党务工作者

北二注水站。一棵棵苍劲而挺拔的松树默默矗立着，松树之下，昔日原石油工业部部长宋振明蹲坐在树下，给大伙儿开会的样子，仍历历在目。李雪莹心怀崇敬地走到石碑前，深深鞠躬，这是她调任到新岗位后，走访的第一个班组，做的第一件事。站长刘梅向她讲述着这个古朴院落里的故事，自60多年前的一场大火之后，在安全生产的两万多天里，一代代员工把“岗位责任制”融入了灵魂和血液的责任使命。

听着刘梅的讲述，李雪莹的脑海激荡着，逐渐湿润的视线，带着她穿越时空的界限，回到2021年6月28日。在庆祝中国共产党成立100周年之际，庄严肃穆的人民大会堂里，为表彰先进、弘扬正气，激励广大共产党员和各级党组织奋勇争先、建功立业，党中央表彰了一批全国优秀共产党员、全国优秀党务工作者和全国先进基层党组织。

大庆油田第一采油厂第三油矿中四采油队党支部书记李雪莹，是全国范围内唯一入选的中国石油系统优秀党务工作者，她身着正装，党徽闪耀，站在了荣耀的殿堂之上。她的面容平静而庄重，目光中透露出岁月洗礼后的从容与坚定。那是对无数石油前辈的深情致敬，对石油事业的无悔奉献，更是对党的无限忠诚。

国家领导人的亲切握手和殷切期望，使李雪莹的心情无比激动。她深深鞠了一躬，感谢党组织的培养和信任，感谢同事家人的支持和帮助，更感谢大庆油田这片热土给予她的成长和机遇。

这不仅是李雪莹个人的高光时刻，也是大庆油田乃至整个石油工业在党的坚强领导下，以高质量党建引领高质量发展取得的丰硕成果。

从北京归来，路过中四队的时候，李雪莹的大女儿对小儿子说：“弟弟你看，这就是妈妈以前工作的地方，我还去过呢，里面有个大展厅，有好多好多故事……”小儿子不等姐姐说完，就央求李雪莹：“妈妈妈妈，姐姐什么都知道，我也要去你以前工作的地方看看。”

李雪莹望向窗外，盛夏的阳光穿过云层，热烈而明亮，如熔金般洒在中四队“高度觉悟、严细成风”八个熠熠生辉的大字上……这一刻，她泪眼婆娑，那些曾经与她并肩作战，为了石油事业默默奉献的同事，如同眼前的松柏坚韧不拔，在阳光下熠熠生辉。

李雪莹的成长之路，如同一幅缓缓展开、细腻悠长的书卷，每一笔都蘸满了生命的色彩，每一画都勾勒出轮廓的蜕变。十五年间，从“永做油田精品”的中十六联合站、“原油外输西大门”的萨中供输油站、石油精神发源地中四队、“ 先导技术试验田 ”第八作业区，到“四个一样”“岗位责任制”发源地第二作业区，都印着李雪莹的足迹，她那乌黑的眼睛始终炯炯有神，像光一样柔，像光一样纯，照亮着前行的道路，一路成光。

选择挑战，追光而遇

李雪莹是军人的孩子，听过万名解放军部队退伍士兵支援油田建设的故事，听过艰苦卓绝、波澜壮阔的大庆石油会战历史，听过石油大军“三点定乾坤”终结了荒谬的“中国贫油论”的伟绩。

如果说，军人的光辉滋养守护了少年李雪莹，那么石油之光，便照亮了她的青春底色。

当高考填报志愿的那一刻来临，她毫不犹豫地选择了加入“石油军”，仿佛这是一条早已注定的宿命之路。

大庆，这座因石油而闻名的城市，对于李雪莹而言，不仅是一个地理名词，更是一个承载着石油人对国家无限赤诚与热爱的精神坐标，这与自小在军人父亲熏陶下的她对英雄主义的向往与追求不谋而合。

追光的路，必然荆棘。

按照大庆油田惯例，新入职员工不论学历高低，一律要从生产一线实习干起。李雪莹的起点是大庆油田第一采油厂第三油矿中四队，同期的毕业生对这里，既向往又害怕，因为那是“三老四严”的发源地，是个充满荣光的集体，是令人向往的标杆，但是，干工作标准高、要求严也是出了名的。

李雪莹不曾忧虑这些，她一直沉浸在第一次身着红色工服的欣喜里，看着镜子里的自己，富有朝气活力。想起小时候，悄悄穿上了父亲珍藏的旧军装，即便肥大的裤管能塞下两条小腿，她还是在镜子前面来回转动身体，感到无比神气。

无论是“橄榄绿”，还是“石油红”，都是从披上身的那一瞬间起，心里便埋下了一粒种子，并一点点生根发芽，成为她逐光前行的动力。

李雪莹从小家务活儿干过不少，是个勤劳能干的姑娘，但正式的生产劳动，还没参加过。师傅秦梅是队里的劳动模范，她不善言辞，默默从储物箱里翻出一副新的硅胶手套递给李雪莹，自己则戴着一副普通的棉线手套。李雪莹戴上后试着抓握了几下，十分服帖厚实，一股暖流同时涌上了心头。

金黄的芦苇层层翻滚着，荡漾在瑟瑟的秋风里。

这是李雪莹第一次上井看到的景象，她乖巧地跟在秦梅后边，踩着师傅的脚印，走进生产区。风总是肆意地卷起尘沙，故意弄乱整洁的井场。

在李雪莹眼里，师傅瘦小的身躯里蕴藏着“超能量”，她挥动齐肩高的铁锹，几下就把散落的黄土，塑造成了坚固的抽油机底座，而且有棱有角，整齐得像个“艺术品”。入冬前，秦梅细心地用毛毡给每口井穿上了“棉衣”，包裹得严实又好看，像对待孩子一样，穿好以后还轻轻拍拍它们。

寒冬如约而至，悄然降临在这片广袤的土地上，用它那洁白的指尖，轻轻触摸了大地的每一个角落。在冰雪雕琢的世界里，她们步履蹒跚，嘴角却挂着微笑。

“地硬，硬不过我们的决心；天冷，冻不住我们的干劲”，李雪莹的思绪飘向了远方。老一辈石油工人冬天里与冻土搏斗的英勇画面，在记忆的长河中泛起层层涟漪，如同滚滚红尘中隐约传来的低语，穿越数十载光阴，再次回响在这片辽阔的土地上。

老先进言传身教，好苗子用心领悟。心，温暖了心；光，照亮了光。

又一代人，踏着先辈的足迹，续写着不朽的传奇。

李雪莹偏爱站在无垠的旷野里，让目光穿越时空的界限，与远处那一片片井群深情对话。它们，像是身着铁甲的勇士，每一次从大地深处汲取那黑色的黄金之前，都会深情地叩拜，仿佛在表达对这片土地最深的敬意；它们，又像是被赋予了灵魂的孩童，昼夜不息地欢歌，却也藏着自己的“小心思”，会因各种原因而“耍小脾气”，甚至“生病”。

电焊工是这片土地上的缝合师，手中的焊枪如同魔法棒，为受损的管线治愈创伤；作业工是油井的守护者，化身为技艺高超的主治医生，精准“动手术”，排除一切故障；而采油工则是那最温柔的父母，日复一日，年复一年，用无尽的耐心与细心，守护在油井旁。

使命各不相同，但心中的目标却高度一致——多产油、产效益油，将守护国家能源安全的重任，稳稳地扛在肩上，就像捧着那最珍贵的饭碗，不容有失。

李雪莹的心湖升腾起了一股暖流，那些在传统教育室中熠熠生辉的故事，如同夜空中的璀璨星辰，照亮了她内心深处。“六个传家宝”精神，宛如一脉相承的火种，在一代代石油人的手中接力传递，不仅没有被岁月的风霜侵蚀，反而在新时代的浪潮中被赋予了更加丰富的内涵，绽放出更加耀眼的光芒，传递得更远、更广。

望着这片繁忙而充满希望的油田，李雪莹的心中充满了力量与信心。只要每个人都能够坚守好自己的岗位，履行好自己的职责，就一定能够汇聚成一股不可阻挡的力量，推动石油事业滚滚向前。

只要心中有光，脚下就有路。迈向未来的步伐更加坚定。

实习期结束后，李雪莹被分配到中十六联合站污水岗，成为又一光荣集体的正式一员。她深知，基层这个“练兵场”，总是会毫不客气地给“新兵”一个“下马威”，要保持住校园时期的学习劲头，在大家面前当好“小学生”。

夜班里，她盯紧岗位，研究污水处理的工艺流程。下了夜班，李雪莹找到脱水流程的“行家里手”赵荣华，请教脱水器的工作原理，她伏在一米多长的图纸前，越学越钻，竟然想钻进去看看内部构造什么样。赵荣华答应了她，等到每年一次清淤的时候，一定叫上她。她越学越感到不懂的知识真多。脱水、增压、锅炉、化验……学懂技术以后，就追着党支部书记学习油田开发历史和管理文化。联合站里到处都有她瘦削的身影，如同飞舞的雪花，只为晶莹，不知疲倦。

对李雪莹来说，任何时候都可以学习，任何人都可以是自己的老师。

面对工作中的困难挑战，身边的同事是风雨同舟的并行者，也是最直接的支持者。

2011 年 3 月，李雪莹走上了大庆油田第一采油厂第三油矿中十六联合站（以下简称十六联）党支部副书记的岗位。

干部身份转变了，李雪莹的心态没变，她仍然用“自找苦吃”的实际行动，为自己“充电赋能”。

这个远近闻名的标杆单位，一年到头，全国各地来访单位和境内外媒体络绎不绝，副书记更要肩负起讲好十六联故事的责任。

在精心设计的讲解路线上，4 个展示区，面积超过 4 万平方米，包括了图片、实物、书稿等 500 多项展示要素，用上万字讲解词一以贯之，展现了十六联的先进经验和大庆油田的科学发展。

如何当好讲解员，是一个新的挑战。

背诵讲解词是第一道关口。为了迎接不同身份的来访者，讲解词按照内容侧重点不同，备有党建工作、生产经营、安全管理 3 个版本，时长也大不一致。

而对她来说，最难的是克服家乡口音。比如，“三老四严”的“严”字，怎么都咬不准，急得她直跺脚。也许是“出身”中四队的缘故，“严”字就是她心里的一道坎儿。

每日清晨办公的书桌、写满备注的讲解词、抬落精准的手臂……在自己精心编排的训练计划下，李雪莹通过日复一日地“口腔体操”，使发音水平和讲解能力竿头直上。

5 月的阳光透过刚抽枝的嫩叶，在那被风霜刷洗了十几年的红色石碑前，洒下了斑驳的光影。

正当她信心满怀的时候，一次重要接待向她提出了新的挑战。

外部单位一行 30 多名干部走进了十六联，详细了解油田的生产设备和工艺流程，李雪莹将站内每个集输环节娓娓道来，清晰明了。来访者禁不住连连发问，大庆油田这样的联合站有多少个？抽油机有多少台？为什么大多数抽油机摆放方向不一样？这些对于基层干部来说，是“超纲”问题，李雪莹也没有答案，虽然她巧妙地回答了这些问题，但心里却过不去。

矿党委书记意味深长地对她说："无论面对什么样的参观者，我们都要像讲述家里人家里事儿一样，讲好单位的故事。你的确是个优秀的讲解员，但又不能只是个讲解员。"

李雪莹似懂非懂地点了点头，"是个讲解员，又不能只是个讲解员"，她虽然还体会不到其中的意味，但这句话从此深深地印在了她的心里。

转眼间，7 月的花朵如烈日下的璀璨琉璃，耀眼夺目，争相开放。十六联的三任党支部书记从北京回来的消息传遍了全矿。站里召开了一次以"做永远鲜艳的旗帜创永续辉煌的品牌"为主题的队会，她们分享着参加集团公司庆祝建党 90 周年表彰大会的高光时刻，喜悦之情溢于言表，她们讲述着十六联的点点滴滴，讲述着心里那面永恒的旗帜，大家投来了钦佩的目光，会场上响起了雷鸣般的掌声。这也让李雪莹对"女性风采"，有了自己更为独特的看法。

此时，李雪莹与男友也到了谈婚论嫁的时候，两家人正在精心筹备，打造一场完美婚礼。但在李雪莹看来，婚房的风格、婚礼的形式和婚纱的款式似乎没那么重要。对她来说，即将迎来的国资委所属中央企业 500 名负责人的参观接待任务才是头等大事。全站干部员工已经投入了紧张有序的筹备工作中。李雪莹把所有精力放在单位，连续半个月吃住在站上。男友心疼地说："结婚的事儿一切有我在，你不用分心，咱俩定个好日子，那天你保证能来就行。"李雪莹满意又愧疚地笑了："咱们选哪天，哪天就是好日子！"

在那条练习了上百次的参观路线上，每一个令人舒适的引领动作和笑容表情，都恰到好处，每个环节的讲解时间，都被精确控制到秒。最终，在那次大规模分批参观的"滚动式"接待工作中，李雪莹凭借充分的准备和灵活的应变，圆满完成了任务，获得了上级部门的高度评价。

回首扎根基层"蹲苗"的这两年经历，李雪莹在摸索、适应、前进的过程中，身份的转变，牵引着思想的变化，自己的目标和方向也逐渐清晰。

又是新的一年，晶莹的雪花再次准备好折射清晨的第一道阳光。第三油矿创新开展干部任用"公推公选"竞聘活动，聚集全矿党员公开选拔优秀的模范干部走上重要岗位。

李雪莹经过笔试面试层层筛选后，走到了竞聘演讲台上。正值第一采油厂原油稳产1111万吨“三年硬稳定”的攻坚之年，十六联的“亲友团”集体会战，没能到现场助阵，但十六联的荣光早已点亮了李雪莹的来时路。站在台上，李雪莹闪闪发亮，光彩夺目。她怎么也没想到，毕业三年，竟要当上萨中西部供输油站的党支部书记了。

那天，活动结束后，矿长走到李雪莹面前，鼓励道：“要继续努力啊！”李雪莹立刻做出了一个鞠躬的姿势，激动得不知道说什么好。

萨中西部供输油站是第一采油厂西部的原油总外输口，被称作“西大门”，管理责任重大。与十六联和中四队这样的标杆集体不同，供输油站的员工队伍60多人，平均年龄大，缺乏凝聚力，偶尔还有情绪焦躁的员工。李雪莹是年龄最小的，又是党支部书记，怎么团结大家站在一起、想在一起、干在一起，是个不小的挑战。

一天晚上，疲惫的李雪莹刚走进家门，就闻到了母亲做饭的香味，温暖的味道瞬间治愈了劳累。她灵机一动：“暖心工程”可以从“暖胃工程”入手。李雪莹和炊事员一起研究做菜，土豆白菜做出了饭店味，鸡肉牛肉做出了家常味，伙食硬起来了，每天忙碌归来的员工，幸福感油然而生。

一段时间下来，员工们和她渐渐熟悉起来，对她的称呼也从最初“那个新来的小书记”变成了亲切的“雪莹”，看到大家发自内心洋溢的笑容，她告诫自己，为员工办实事的初心要始终“滚烫”着。

现实总是在人信心高涨的时候，给人一击，再次考验你有没有向上挣脱的勇气。

八点钟的太阳，正把一切照得明亮，给人些许温暖和希望。李雪莹的电话却焦躁地响个不停，原来是锅炉工欣姐，那个总是沉默寡言的女子，竟然在交接班时“失踪”了。李雪莹心急如焚，她立刻安排人员替班，自己则匆匆出门寻找。

她跑到“老地方”，果然看见了欣姐，就站在墙角儿的草地里，正张开双臂，一边转圈，一边念叨着：“我是一朵小花，要接受阳光的照射。”

阳光洒在她的身上，却照不进她孤独的心灵。李雪莹缓缓走过去，脱下外套披在她身上，轻声道：“欣姐，这里晒太阳真好，下次我们一起吧。”那一刻，欣姐的眼中闪过一丝感动。回到办公室，李雪莹递过来一杯热水后，欣姐倾诉着家长里短的琐碎事让自己再次陷入了抑郁状态，在李雪莹的安慰下，欣姐也逐渐缓解了情绪，心中满是温暖。

刚按下葫芦又起了瓢，队长李发林匆忙找到李雪莹商量："老谭有些新想法，怎么办？"别人一听有想法三个字就"头疼"，李雪莹在先进队里从没经历过。但她想的是，自己果然缺课，必须赶紧补上。

40 多岁的老谭，精瘦健朗，亲和热情，工作之余关心身边人、关注身边事儿。比如，街道堵车了，行政服务流程走得慢了，孩子课业负担大了 ...... 有看法不愿意往心里搁，"侃侃而谈"不算完，坚持要反映情况。李雪莹了解之后，反而觉得"个人特点"可以变"工作亮点"。员工有新想法，说明他是关心单位发展的，是渴望进步和改变的，如果把注意力聚焦到工作环境中，那就是好事情。

于是，李雪莹把老谭的值班时间调成与自己一样。每天一起巡回检查设备，认真记下老谭的意见，遇到问题经常征求老谭的看法，一起搭建小菜园，为员工们种植新鲜的瓜果蔬菜。李雪莹空闲下来，就找老谭谈心，关心他即将高考的女儿，协助填报志愿。

在日复一日地看员工"脸色"、在意员工"心思"、与员工"打成一片"的过程中，员工心气更顺了，干劲更足了，李雪莹也更加深刻体会到了思想政治工作的意义。

随着时间的推移，老谭心里的火气日渐消散了，他凭着一股子认真劲儿，当上了班长，还被评为先进个人。"三八"国际妇女节那天，他花光了带在身上的钱，给全体女同志献花，也献上自己的谢意。他捧着一大束鲜花走在路上，十分抢眼，路人忍不住回头看他高兴的样子，仿佛也被这份喜悦所感染。

无论年龄多大，人得有个奔头儿。就像踩着石头过河，大奔头儿是彼岸，小奔头儿是脚底下的每一块石头。

老谭 20 岁的女儿也有了"奔头儿"，她把李雪莹当作自己学习的榜样。周末时间，老谭父女到李雪莹家里做客，满足了女儿与"偶像"见面的愿望。

欣姐听说，学习心理学知识，可以提升思维认知，改善情绪状态，李雪莹毫不犹豫当起了她的"同学"。原本是想"陪读"，没承想欣姐越学越钻，经常找她辅导功课，还想报名参加全国心理咨询师资格考试。可欣姐却在临考前怯场了，为了给她鼓足勇气，正在哺乳期的李雪莹，抱着三个月大的女儿，在母亲、爱人和姐姐的陪同下，带着欣姐走进了哈尔滨考场。最终，两人一起通过考试，获得国家心理咨询师二级证书。

如今，欣姐已经成了一位知名讲师，站在讲台上美丽自信、光彩照人。

李雪莹想，何尝不是身边人照亮了自己，身边人成就了自己呢?

三年时光，她倡导真心待员工、恒心做表率、诚心抓质量、铁心筑安全、齐心抓培训的“五心”文化，接续传承“三老四严”精神，形成了人人精准操作“井井有条”，精确计量“斤斤计较”，精心化验“项项合格”的“三精”标准。

供输油站空白已久的荣誉墙上，挂上了“大庆油田管理先进油库”“大庆油田安全青年示范岗”的奖牌。

重归故土，沐光而行

2014 年 8 月，第三油矿党委决定把中四队党支部书记的“接力棒”交给李雪莹。

时隔四年，重回中四队，李雪莹感到既熟悉又陌生。一个人在“三老四严”传统教育室里待了很久，细读年久发黄的《战报》，体味代代领导人留下的寄语和笑貌，一根根捋顺“三面锦旗”的黄穗子，轻轻哼唱“三老四严”队歌……一切如同一位慈祥的老者，用温暖的目光欢迎李雪莹回家。尽管已经多次作为学习参观人员回过这里，可从未感到“三老四严”像现在这样如此亲近。她深知自己接过的不仅是党支部书记的职务，更是“三老四严”新传人的使命担当。

对于年轻干部，继承发扬优良传统文化，是必须肩负的时代重任，更是没有标准答案的时代命题。

李雪莹接受的一个个挑战，难度也一次次迭代升级。

她想，有了十六联讲解员的“功底”，至少干好接待工作不成问题。

可问题还真的来了。

在一次讲解接待中，一位参观者驻足在周恩来总理第二次视察中四队时的照片前，他指着总理身旁那个开怀大笑的人，很是好奇地问道：“这是谁呀？”李雪莹尴尬地抿着嘴，答不出来。

连续几个晚上，李雪莹思绪如潮水般涌动，那幅谜一样的照片在脑海里闪动着，使她辗转反侧难以入睡。

只有打破问题，才能释放能量。

“三老四严”发源地是一片孕育了大庆油田开发史诗的文化沃土，也是沐浴着刚健激越的会战豪情的红色热土。这里充分彰显了大庆石油人的作风品格，蕴藏着“过去为什么能够成功”的基因密码，更标定了“未来怎样继续成功”的方向路标，是石油工人共同创造的宝贵精神财富。

把“三老四严”传承好、发扬好，先要学习好、总结好。

李雪莹决心学透中四队历史，丰富见证历史的“生动教材”，挖掘阐发大庆人的精神标识，爱惜这本泛着金光的、永远读不完的书。

李雪莹开始了艰难的寻访，想找到那些亲历者和史料。

从离退休名单筛查，向历任干部打探，在矿党委的大力支持帮助下，在建队 54 年千余名工友的名单里，找出了 5 位健在的老会战员工的地址。只有地址，没有电话，她只得冒昧地登门拜访。

初秋的早晨，阳光透过稀疏的云层，照在李雪莹坚定的步伐上。当年的采油工王师傅，如今已是一位卧病在床的老人。岁月在他的脸上刻下了深浅不一的沟痕，老伴儿贴着他的耳畔说明缘由，听到李雪莹的来意，老人混浊的眼底瞬间涌动一丝光亮，仿佛看到了自己年轻时的影子。他使出全力抬手比画着，在那已经含糊不清的言语中，李雪莹听得最清晰的一句话就是：“钢铁意志英雄胆，不创标杆非好汉。”

这句话，如同一声惊雷，不断冲击震撼着李雪莹的心灵。她怔住了，眼眶泛红，鼻子发酸，一位耄耋老人在风烛残年、生命垂危之际，还能如此深刻地记起当年工作时的号子，这是一种什么信念？又是一种怎样的情怀？

李雪莹没有停下脚步，生怕晚到一步，老师傅们就搬家了。

80 多岁的李师傅精神矍铄，声音洪亮。他穿着整洁的衣裳，胸前挂着几枚闪闪发光的奖章，那是他一生的荣耀。他讲述着当年中四队的往事，那些与天斗、与地斗的豪情，那些严谨求实、干工作的模样，让李雪莹仿佛穿越到了那个火红的年代。她看到了老一辈石油人的坚韧与执着，也看到了“三老四严”精神的真实写照。老人激动地挥舞着手臂，仿佛又回到了那个热血沸腾的年代：“那时候啊，我们白天黑夜地干，就是为了让国家有油用，让人民过上好日子！”

带着内心的震撼与感动，李雪莹再次穿梭于档案馆、图书馆、文化展馆之间，借阅了大量文献资料，从还原每张照片、每个人物、每项荣誉做起，收集会战传统故事逐个解读，查阅历史资料逐个研究，寻访老会战逐一请教。

无论走到哪里，只要遇到和生产生活有关的故事，李雪莹的眼神总是亮的，她虔诚地聆听，事无巨细地记录。背包里那个 16 开的记事本，密密麻麻的隽秀字体记录的都是中四队往昔的岁月和工友们的心声。几个月下来，背包学史的足迹达到了上百公里，几十万字的珍贵记录笔健墨浓，她对“三老四严”的内涵精华有了更加深切的感悟以及笃定的坚守。

老队长的徒工小孙，全名为孙凤岐，更换刮蜡片的井是西 6 排 –2 井；胡法莲制服的“气老虎”井是现在的萨 –24 井，1973 年她前往胜利油田支援建设……李雪莹补全了多处重要的历史空白，誓把更丰富、更精彩的“三老四严”故事和石油精神弘扬光大。队里人也深深地被她的严细认真、务实精干所感染。

四队的采油人都有一个根

“三老四严”是我们的队魂

做人讲求实，做事讲认真

“三老四严”好传统继承不丢根

……

每天清晨，中四队都会传来《身在四队做传人》的嘹亮队歌，旋律铿锵，声音粗犷，这是一首由采油工们集体创作的队歌，每当唱起这首歌，大家心里就亮堂，浑身就有使不完的劲。

这一年，中四队实现了安全生产两万天，连续三年获得大庆油田金牌队称号，成为大庆油田先进集体。

2015 年，秋天的蒙蒙细雨，连续几天没有停，笼罩着这片几代人挥洒热血的土地，仿佛缓缓向人诉说着过去的故事，怎么也说不完。

中四队的传统教育室里，一群特殊的来宾跟随这个身材单薄但语力铿锵的姑娘缓步移动，听得聚精会神。“三老四严”的故事不知道已经被李雪莹讲了多少遍，每次讲到建队初期克服重重困难为油大干时，都会让她眼眶湿润。所有参观人员，也跟着动容起来。

这次是胜利油田注采 304 站员工来到大庆油田的“寻根”之旅。1966 年 2 月，中四队副指导员丁德福和技术员付孝余，带领 20 余名员工远赴胜利油田支持建设，把“三老四严”的优良传统带到了那里，落地生根、开花续叶。

不同的土壤，同样的情怀，李雪莹又注入了一剂强心针：不能让标杆走样，不能让红旗褪色。这次接待更加坚定了她传承好、发扬好“三老四严”的决心。

李雪莹与胜利油田注采 304 站党支部“手拉手”共建党支部，跨越 1500 公里分享交流践行“三老四严”的工作做法，携手召开主题队会活动，支部建设双进、双推、双融、双赢。

有了“战友”的鼓励，李雪莹把更多功夫下在了“融”字上，就是要发挥党建和生产两方面优势，精准找到最佳融合点。

一个寒冷的下午，主题队会如常开展，7 名队干部接连走进会议室，最前面的李雪莹，纤细的臂弯捧着一沓厚厚的生产报表，还提着一个井上换下来的旧盘根。看到她的面颊冻得像被火烤过一般红，大家猜到他们中午肯定是在井场过的。这肯定是要有“好戏”，员工们翘首以待。

原来，抽油机井加盘根漏油的问题引发了队干部的热烈讨论。抽油机盘根是光杆旋动的密封填料，加紧了费电，加松了漏油，也就是说其松紧度会直接影响抽油机的传动效率和能耗，这里“有账可算”。李雪莹拿出这口井一周的数据，跟员工算了一笔“三老四严”经济账，她手里这个不起眼的盘根，加好了竟可以让每口井每天节电 5.5 度，一年下来，省下生产成本 40 多万元。

员工们面面相觑，发现效益就藏在容易被忽视的细节里，这个“买卖”真是划算。李雪莹号召大家从细处下实功，操作严中再严，管理细上再细，宁可多调几次盘根，多擦几遍油渍，也要把盘根加到合适的松紧度，哪怕 1 度电也必须省下来。用他们自己的话说，“宁可调千遍，不费一度电”。

不只是 1 度电，就连 0.1 的指标也要“较真”。

后来，在大庆油田金牌采油队验收中，中四队的干部员工对照验收标准严查各项生产指标水平，发现在 60 多项指标里，仅有一口注水井的压力指标出现了 0.1 兆帕的微小差距。在这小小的差距面前，只有两种选择，要么如实上报，失去一个重要的荣誉；要么忽略不报，换来有水分的金牌。李雪莹和队班子没有丝毫纠结和犹豫，要求员工如实上报数据，随后，带领全队查原因、找差距，立行立改。

李雪莹说，“三老四严”讲的就是实事求是，一个小数据不仅会影响到油田开发，更会让“三老四严”的好传统变色。金牌丢了，以后可以再夺回来，但传统丢了，却永远无法弥补。

多次“较真”后，李雪莹深刻地意识到，在新形势下，必须坚持传统教育“不断线”，只有把“严”“细”“实”这三字标准贯穿原油生产经营全过程，才能产生极大的生产力。归根结底，还是要把它们扎进人心里，于是，她提出了用“三老四严”抓党建的思路，想法一出，个别班子成员产生了畏难情绪，因为“三老四严”经过多年的丰富发展，想要再提炼再拓展，这是给自己挖坑出难题。

李雪莹觉得“闭关修炼”不如贴近实实在在的生产，走进技术骨干的工作室、采油能手的巡井路、创效尖兵的操作间、跟随抢险先锋的急现场，听鲜活故事，记先进经验，学专业知识，问心得感受。她默默开始调查研究，收集了意见建议 100 多条，验证了自己的“正确选项”后，兴奋不已。

那段时间，她赶着员工有时间，就凑到身边聊起来。大家都说李雪莹是一个随时在线的“聊天室”。有时，生产技术太过专业，李雪莹不能完全听懂，她就查资料、勤走访，多聊一些，多懂一些。李雪莹“盯住”队里工作了几十年的老员工，主动和他们约时间，听他们讲老人老事，有时赶上老员工加夜班，她就一直等到晚上。与大家畅聊，让李雪莹扎进了历史，扎进了生产生活，也更真切地感受着中四队一代代人的故事。

在第一采油厂向国家贡献原油突破 6 亿吨之际，李雪莹挖掘出为油奉献的严细小故事 70 多个，把鲜为人知的动人事迹讲给班子成员听。一次深入的交流后，李雪莹得到了“队友”全力支持，义无反顾地投入了新的“战斗”中。

编制总体建设方案是项“复杂工程”，李雪莹反复推敲、推倒重来，打磨了十几稿，最终形成了“三老四严”抓党建工作体系，为构筑坚强的战斗堡垒注入强心剂。

春华秋实，夏茂冬藏，新的一年款款而来。

2016 年，对于大庆人，对于中四队人而言，是铭记终生的一年。

同年 6 月，中四队迎来了一件大事。中国石油领导干部会议观摩点设在了中四队，上上下下各种事李雪莹都要亲自筹备，仅是展馆改陈的资料梳理就足够让她体倦乏力。

为庆祝中国共产党成立95周年，中央电视台《朝闻天下》录制了关于中四队的特别节目——“我们的好传统——三老四严”。

2016年6月，习近平总书记作出重要批示，强调要大力弘扬以“苦干实干”“三老四严”为核心的“石油精神”。这无疑让李雪莹和全队员工振奋不已，瞬间卸掉疲惫。

中四队被中国石油命名为首批以“苦干实干”“三老四严”为核心的石油精神教育基地。李雪莹把“三老四严”的故事讲给了上万人听，让“石油精神”享誉油田内外，走向全国。

秋风习习而来，转眼又是一个金秋月，带着满心欢喜的李雪莹远赴胜利油田。

行驶在荣乌高速上，广播里深情地唱着“流在心里的血，澎湃着中华的声音……”看着窗外，李雪莹思绪万千，从松辽大地到渤海之滨，因为有了石油，当年的荒原和贫穷的小村随着油田的开发而扬名四海。而这让众多国家觊觎甚至不惜发动战争争抢的黑金资源，如果国家不强大，又怎么能守护得住呢？一路特别漫长，李雪莹把兴油报国的万语千言都融进了窗外的大好河山中，也更加坚定地想成为一道连接员工和优良传统的桥梁，把对祖国的无限热爱融进每一天。

出租车载着她驶进坐落在东营市利津县垦利区的注采304站，党支部书记早就翘首以盼。

注采304站约50平方米的会议室内，坐满了老中青三代人。看见李雪莹到来，大家热烈地鼓起了掌。80多岁的丁德福老人对着大家说：“这是‘三老四严’的正宗传人。”

回忆当年，丁德福依然激情满怀：“我们坐火车、转汽车，一路颠簸，最贵重的‘行李’，就是‘复制’的石油部给中四队颁发的‘高度觉悟严细成风’‘团结的核心战斗的堡垒’‘五好红旗标杆’这三面锦旗。”临行前，丁德福郑重表态：“请组织放心！人在哪里，‘三老四严’的作风就扎根在哪里。”为了纪念“三老四严”发源地第一采油厂第三油矿中四队，胜利油田还把四队的“番号”给了他们。

丁德福神采飞扬地带着大家唱起了中四队队歌，歌声中，李雪莹终于体悟到，“是个讲解员，但不能只是个讲解员”这句话的含义。“三老四严”背后有的不仅是一个个英雄故事，更蕴藏着一种经历了风雨锤炼、岁月沧桑之后仍然熠熠生辉的精神基因。不论在哪片土壤里，都蕴蓄着发旺盛的生命力，铸就了一代代石油人为祖国奉献的精神群像，刻画着石油人不忘初心的模样。这是民族的灵魂与根基，更是前进的源泉与动力，必须代代相传，永不褪色。

李雪莹将这段宝贵的经历讲给了中四队的员工，她铿锵有力地说："光荣传统不能丢，丢了就丢了魂，红色基因不能变，变了就变了质。"大家深受鼓舞，特别是队里的年轻人。那时起，她和队班子探索总结了采油队"真细优精"四字工作法，实行标准化、精细化管理，实现万次巡检零遗漏，万张报表无涂改，万个数据无差错，年年超额完成产量任务。坚持开展样板井、红旗设备评比活动，使每口油井、每台设备、每个数据，都具化为标杆的标准、典型的形象。

秉持火种，踏光而来

与课堂里的"有字之书"不同，基层的广阔天地，是一本厚重的"无字之书"，只有在反复阅读、沉心体悟中，才能逐渐找到"从何处来""到何处去"的答案。

2020 年，低油价来袭，中四队队长王一伦号召员工们，要把紧日子过出标杆水平，让"战严冬、转观念、勇担当、上台阶"主题教育这把火在全队越烧越旺。李雪莹带头到班组"入心"宣讲，员工呼应道"油价低，但心劲儿不能低"，越是困难，越要当好标杆打好样。班子成员还总结出了开发提效、管理增效、节能促效、修旧拓效、创新创效、安全筑效的"六效"管理举措。

队里有位方萍师傅，是醉心技术革新的油田工匠，李雪莹为了更好地调动员工工作积极性，让方萍这个典型当起"领操员"，带动全队员工搞小革新、小发明、小创造，上下齐心共克生产难题。对标行业先进水平，和班子成员共同编制了以提升"质量、效率、效益"为导向的全要素绩效管理方案，给全队生产经营过程管控上紧"发条"，实现了中四队安全生产超过 22000 天的超长纪录。全队干部员工鼓足了干劲，主动为中四队发展谋思路、添温度，还确定了"五个标杆"奋斗目标，不断向更高层次、更高质量前进。

心气凝聚到一起了，什么工作都好干了。

在第一采油厂成立 60 周年之际，中四队不负众望获得了大庆油田“功勋集体”荣誉称号，方萍工作室获得第一采油厂重大技术革新成果奖 12 项，革新成果在全厂推广应用。

“三老四严”传统作风代代相传，从会战时期的“钢铁意志英雄胆，不创标杆非好汉”，到如今的“宁要一个真实数据，不要一个虚假荣誉”，中四队项项工作高标准、时时处处严要求。

精神就像一条滔滔大河，奔流不息地滋养着一代代人。

旗帜如一座灯塔，傲然挺立于狂沙暗霾中，标定航向。

如何注入活水，让精神之河流淌更远，李雪莹心存敬畏，带领中四队人从精神出发，在行动中思考，在思考中前进，让精神旗帜看得见、摸得着。

每隔一段时间，副队长陈绍峰会带着维修班，给日夜劳作的油井逐个保养。轮到采油工赵春燕的井时，已经是下午 3 点多了，陈绍峰却发现抽油机底座横向水平偏差了 1 度，用肉眼根本看不出来，合理范围的差值也不会影响正常生产。如果用铁锤敲击调整，弄不好出了问题反而耽误工作。

陈绍峰看出了赵春燕的顾虑：“问题就是问题，发现了就得立马解决，不能放在心里，更不能放它过夜。”其他维修师傅也安慰道：“放心吧燕姐，咱们手里出来的活儿，肯定板正。”说着，他们就行动起来，配合几样常用工具，边校准边调整，直到晚上 6 点半，才把水平度调得分毫不差。

落日西下，车流穿梭，多如繁星的光亮在暮色中闪烁起来，夕阳的余晖洒在红色工服上，像是给石油工人镶上了一道金光。

又是一次“故事会”，大家静静地聆听着赵春燕讲述这段故事，领悟着行动背后的动因，反思着自我的差距。

以前，中四队人聚焦工作埋头苦干，克己求实，有了“故事会”以后，苦干实干的同时，抬头环顾身边人，共鸣前行。

不久后，就推出《“三老四严”作风故事集》，每个故事都像一颗种子，在员工心中生根发芽，无形中织就了一张紧密相连的网络，连接“三老四严”厚重的历史钩沉。

很多人说，中四队出来的人，身上有一股超乎寻常的“劲”，这股“劲”默默感染带动着身边的每个人。的确，在中四队，有种精神，无论谁，来了就会被深深感染；有种力量，无论谁，加入后，就会被铸铁成钢。

接过这一棒，在李雪莹和队班子的带领下，中四队保持了“干部无违纪、员工无违规、安全无事故、荣誉无水分”的纪录，并让这成为干部员工的工作标准和行为准则，一代又一代人的继承和坚守。大庆油田党委在全油田做出向中四队学习的决定，还把中四队的纪录作为基层党建目标，写入了《大庆油田振兴发展纲要》。

中四队以卓越的表现和深厚的底蕴，成为大庆油田乃至整个中国石油的标杆示范，为大庆油田高质量振兴发展作出了积极贡献。

2021 年，又是一个阳春三月，晶莹的雪花曼舞在轻盈的春风里，又被开化的大地拥抱，李雪莹也开启了新的篇章。她被组织提拔任命为第一采油厂第八作业区党委副书记、工会主席。

值此中国共产党百年华诞之际，大庆油田也传来振奋人心的消息。

李雪莹被授予“全国优秀党务工作者”荣誉称号。

这不仅是大庆油田的骄傲，更是全国石油系统党务工作者的骄傲。

比李雪莹更开心的，是李雪莹的孩子们。北京，对于任何年代的人来说，都是心之所向。他们多想钻进妈妈的行李箱里去。

静谧的深夜里，窗外丝丝凉风吹进来，轻轻拂动案角的书页，昏暗的灯光下，是李雪莹清瘦娇小的身影，她高卷发髻，脊背挺拔，十分利落地归整好手边资料。党课课件、主题党日活动方案、党员学习计划、家有中考生的员工疏导……她再次细捋出差期间支部的项项工作，确定安排妥当才走进卧室，不舍地抚摸着两个孩子稚嫩的脸颊。第二天一早，她还要乘火车去北京，参加庆祝中国共产党成立 100 周年“七一勋章”颁授仪式、全国“两优一先”表彰大会。

李雪莹多么渴望能身着红色工服走进大会堂，但由于党务工作者需要着正装出席，她便将那套崭新的工服细心熨烫，放入行李箱，像是在收藏一份珍贵的物品，陪在身边。

6 月 28 日，全国“两优一先”表彰大会在北京人民大会堂举行。李雪莹胸戴大红花，手捧荣誉证书，神采飞扬。6 月 29 日，在观看“七一勋章”颁授仪式时，先进模范事迹令李雪莹肃然起敬。听到习近平总书记强调，“全体中国共产党员！党中央号召你们，牢记初心使命，坚定理想信念，践行党的宗旨，永远保持同人民群众的血肉联系，始终同人民想在一起、干在一起，风雨同舟、同甘共苦，继续为实现人民对美好生活的向往不懈努力，努力为党和人民争取更大光荣！”那一刻，李雪莹感到自己与祖国血肉相连，想起了铁人王进喜的话：“讲进步不要忘了党。”大会结束后，李雪莹的心情仍然久久不能平静。

从北京回来以后，李雪莹正式投入第八作业区工作。

第八作业区肩负着“百年油田 试验先行”的职责和使命，努力探索产量更高、效益更好、环保更优的采油技术，而一系列重大试验项目，像一场马拉松比赛，需要把眼光放在五年、十年甚至更长远的周期里看成效，这需要一种坚定信念支撑的科学精神，而“三老四严”正是这把金钥匙。

改革带来了新的机遇和挑战。

拿采油化验班来说，由全厂 8 个作业区的化验班组整合而成，105 名员工从四面八方会聚而来，形成了一个“大拼盘”。大家对“新环境”还不适应，对未来工作不免感到迷茫和焦虑，队伍专业性增强了，管理难度也增加了，现如今的化验班宛若一个新生儿，需要建立全新的“免疫系统”。

采油化验班全部是“娘子军”，只有党支部书记是个“铁血男儿”，他当过 10 多年保卫队队长，带出来的是清一色的“罗汉”，也和刑事罪犯正面交锋过，成天成宿巡逻蹲守是家常便饭，家里的大事小情都是妻子照顾。因此，理解女员工的“不容易”。俗话说，三个女人一台戏，现如今，百名女工“唱大戏”，老书记不怕难，难的是一直想要创个标杆集体的愿望还没实现。

上任第一天，李雪莹就了解了情况。她给党支部书记肯定和信心，但没有着急给出答案。在摸清了具体情况后，她就把基层联系点选在了采油化验班，要把光给予渴望光的人。

作为“娘家人”，李雪莹用她润物无声的工作方式，春风化雨，员工们对她感到亲近，也能感受到她是真心想帮助大家解决问题。她们可以在李雪莹面前轻松畅快地表达自己的想法和困惑。

一个个看着是问题的问题，背后是对管理制度的探索和想法，对想要提升技能却又迷茫无助的困境。

光，在黎明前一点点升起，在花醒鸟惊时闪耀起来。

宿舍焕然一新，内务井然有序如军营，地面光洁，映人影如镜，还有如云朵般柔软洁白的床品，而那缠绕于暖气管上，竞相绽放的向日葵小花，更是为这方小天地添上了一抹温馨与雅致，让人心生暖意，忘却尘嚣。

员工们在劳累之余，有了家一般的温暖安宁，心灵也有了栖息地。

随之而来的是，健身室的跑步机与动感单车，激发着她们的活力与激情；静谧雅致的瑜伽室里，每一次呼吸和伸展，滋养着她们的身心；书香弥漫的阅读室，智慧的灯塔，照亮前行的道路；心理咨询室给人松弛感，沙盘用具为她们释放压力拂去心灵尘埃；手工作品展示托架上，每一件作品都闪烁着她们的巧思与匠心。

李雪莹没有想到这里都是藏龙卧虎的艺术家。在员工活动室里一幅幅笔精墨妙的作品特别“吸睛”。石油人的素描肖像线条流畅、质感细腻；生产现场的工作白描形象生动、还原度高；色彩淡雅、意境深远的国画莲花，象征了本班女工高洁、纯净、坚韧和优雅的形象；凡·高的油画《星空》临摹得非常像，充满动感，仿佛星星在不断地闪耀和运动；还有圆润厚重、古朴典雅、刚劲有力、充满气势的书法作品，让你很难想到是出自女同志之手。

有了归属感与幸福感，才想创造荣誉感。

这股凝聚在一起所爆发出的强大合力是难以想象的。

她们不是半边天，而是“一片天”。

李雪莹深知，打造出光荣的先进集体，强大的精神引领才是“内核”。

在这个以数据精准为生命的化验室里，更需严实作风，更需以“三老四严”精神创造一流。

大海航行靠舵手，干好工作靠思想。大家从李雪莹身上，感受到了组织的温暖，也在李雪莹的指引下，传承“三老四严”，形成了“诚信化验责任心，品质淬炼巾帼魂”的文化理念，无论面临怎样的风险挑战，都能沿着正确的航向破浪前行，抵御惊涛骇浪。

面对黏度值的微妙波动，员工丁慧勇把诚信化验当成信仰，坚持分毫不差的标准，用一丝不苟的态度确保了数据的准确无误，为大庆油田开发提供了坚实的数据支撑。

以“一滴油”铁娘子的称号闻名遐迩的张晶，用半年时间练就了“倒油样”的绝活，每一滴油都精准控制在0.20至0.25克之间，不仅赢得了全厂原油含水比赛的冠军，更展现了细微之处见真章的精湛技艺。

全厂71个采油队、万余口油井原油含水、采出液矿化度、含聚浓度、黏度等的化验监测工作，年提供原油分析数据48万余个，采出水质数据43万余个，项项数据都出自诚信的责任心和巾帼品质的淬炼。采油化验班用当之无愧的实力，获得了黑龙江省最美女子化验班、大庆油田效益型银牌化验室、大庆油田巾帼文明示范岗的荣誉称号。

总有一股温暖的春风，会吹散心中的阴霾，也总有一座坚实的灯塔，可以照亮前行的道路。

“三老四严”再次释放了星火燎原的生命力，更多党支部被点燃了，干部员工们更加自信地坚守在自己的岗位上，用智慧和汗水书写着属于自己的辉煌篇章。

试验五集输班高举“东征西战勇担当，精细调配强三采”旗帜，书写三次采油技术应用新篇章；萨中二配置班坚守“精准配制、永铸精品”信念，严细对待每一滴药剂、每一份配比；试验四班心怀“坚守试验心、精耕试验田”核心理念，用实际行动诠释着科研一线的工匠精神。

“三老四严”孕育出更多的精品队伍，标杆站队如雨后春笋般涌现，各自闪耀，又相互辉映，共同谱写着每位员工在这片热土上的辛勤付出与无私奉献。

2022年的春风里，中国石油在所属8家油田公司选择10个代表不同油藏类型的示范区正式启动“压舱石工程”，引领带动原油开发业务高质量发展。大庆油田南一区西部就是这场能源革命中的一颗璀璨明珠，镶嵌在黑土地的心脏地带。

第八作业区的聚南一配制班组下辖的四座站所宛如四座坚固的堡垒，是“压舱石工程”母液配制的第一道关口，也是决定原油开发质量的关键命脉。

南一区“压舱石工程”火热上产，点滴不弃，这就是本质严实。

每一滴母液的精准调配，都凝聚着聚南一配制班组人的智慧与汗水，为后续的原油开采注入源源不断的活力与动能，让“压舱石工程”源头活水清澈而充沛。

“真正的‘压舱石’，不仅要产量上得去，更要质量过得硬。”李雪莹的话语中透露出坚定与自信。她带领工友们，不断探索新技术、新方法，持续优化母液配制流程，仔细分析数据，寻找优化方案，确保每一批母液都能达到最佳状态。

在李雪莹的带动下，聚南一配制班组逐渐形成了“压舱石强支撑，南一区立标杆”的核心理念。在这里，每个人都是主角，每个人都在为“压舱石工程”贡献着自己的力量。他们不仅高质量完成了各项配制及调配任务，还先后荣获了大庆油田有限责任公司“管理先进站”“先进集体”“先进党组织”“模范职工小家”等荣誉称号。

有人说，大庆油田有两笔财富，一笔是埋在地下的，从大庆油田的深处而来，滋养着国家的经济命脉，自开发建设以来，这片神奇的土地已经累计为国家建设生产原油超过 25 亿吨，推动着国家机器滚滚向前；另一笔是精神上的，以“爱国、创业、求实、奉献”为主要内涵的大庆精神、铁人精神，把“三老四严”作风融入了每一个石油人的血脉。

回望历史，六十多年前，面对如何在荒原上建设大油田这一没有参考答案的难题，会战职工们以坚定的信念和顽强的毅力，凝聚在“三老四严”“四个一样”的作风之下，协同作战，攻克了一个又一个难关。他们用汗水和智慧，在短短三年内就成功开发建设了大油田，让这片荒原焕发出了勃勃生机。从此，来自五湖四海的几万会战者，有了一个共同的名字——大庆石油人。

如今，大庆油田在新的时代背景下，全力抓好原油高质量稳产、弘扬严实作风、发展接续力量这“三件大事”，“自我革命永远在路上”的理念深入人心，优良传统和优良作风的深度回归，思想观念和行为准则的深刻蜕变，让新时代的大庆油田焕发出了新的生机与活力。

在这片热土上，大庆油田不仅在传统领域持续发力，更在新能源、新业务领域不断开拓，开创了“忠诚向党、举旗树标”“稳油增气、常非并进”“多能互补、绿色发展”“内外并举、开放合作”“业务归核、治理现代”“员工幸福、企地和谐”的新格局，让大庆油田从辉煌的历史中汲取力量，向着更加光明美好的未来迈进。

从秋的斑斓到冬的静谧，季节的更迭不仅带来了自然的变化，更让每一个石油人的心灵得到了历练和升华。

2023 年 6 月，李雪莹有幸被抽调到大庆油田第一采油厂第二巡察组任副组长，虽时间不长，但巡察期间的学习经历让她感悟颇多、倍加珍惜。

巡察作为党内监督的战略性制度安排，犹如一把利剑，直插问题根源，对维护党纪国法、净化政治生态起着极为关键的作用。

刚从事巡察工作时，基础工作的繁杂使李雪莹深感自身存在短板，这让她倍感压力和挑战。她积极调整状态，主动学习巡察工作流程，快速适应高强度节奏，以“空杯”之心谦逊学习请教，似海绵吸水般汲取知识，像工匠雕琢精品般严细对待每项任务，将巡察的责任稳稳扛于肩头。

李雪莹将“三老四严”作风带入谈心谈话、问题收集、线索梳理等工作，不仅对各类资料进行整体分析，还从基层党支部“一斑”窥探作业区党委工作全貌。这使她对党建、财务、经济、管理等多领域业务的认识了解，从模糊走向明晰，练就了一双精准发现问题的“火眼金睛”，学会从全局视角洞察问题。

她带着巡察所学所思所获，认真履职尽责，从严从实工作，持续沉淀积累，实现了新的成长。

谈起李雪莹的心路历程，她丈夫说道：“‘三老四严’精神已经不知不觉塑造了雪莹，无论是工作还是生活，她总觉得不如别的妈妈陪伴孩子的时间多，但她无形中对孩子的言传身教，也是其他人很难给予的。”

十五年的磨炼锤打，让这个看上去五官清秀的恬淡姑娘，眉眼间愈加透出一股柔韧坚持。荣誉背后沉甸甸的担子和代代传递下去的使命，始终是李雪莹和身边同志并肩作战的动力，他们用超高质量、超高标准的协力工作，使“三老四严”这个大庆人心中的图腾形神俱升。

在岁月的长河中，每一滴石油都承载着历史的厚重与未来的希望。大庆油田，这片被“石油之光”照亮的土地，不仅见证了无数石油工人的辛勤与汗水，更在时间的洗礼下，孕育出了特有的精神血脉——那是一种将“岗位责任制”融入灵魂与血液，代代相传的坚韧与使命。

2024 年 11 月，李雪莹被组织任命为大庆油田第一采油厂第二作业区党委副书记、工会主席。

第二作业区是“岗位责任制”的发源地，而“三老四严”“四个一样”正是大庆石油人在践行岗位责任制中逐渐形成的优良作风，追根溯源，一脉相承，精神之光璀璨生辉。

站在北二注水站古朴的院落里，站长刘梅的声音如同穿越时空的低语，将一段段尘封的记忆缓缓揭开。60 年前的那场大火，如同一次洗礼，让每一位员工更加深刻地理解了安全生产的分量。从此，无论岁月如何更迭，“岗位责任制”如同一座坚定的灯塔，指引着每一代石油人的前行之路。李雪莹的眼前，刘梅的身影渐渐与记忆中的师傅秦梅重叠，她们都是“三老四严”精神的传承者，用实际行动践行着油田职工对岗位的忠诚与热爱。

时光荏苒，岗位或许会变，但那份初心却如同磐石般坚定。

在大庆油田这片热土上，每一位石油工人都在用自己的方式，干好本职工作，发光发热。他们将好传统带进了建设百年油田的新征程，共同擎起了大庆红旗。这面旗帜，不仅承载着“石油工人心向党，我为祖国献石油”的豪迈誓言，更映照出无数石油人心中那蕴藏的光芒。

这份光，在“红色网格”治理模式下，映进了北一二排区块产能建设项目，这一模式不仅发挥了党建政治优势，更实现了生产建设与生态环保的和谐共生。

党员们作为网格责任人，用实际行动诠释了责任与担当。他们因地制宜、分类施策，创新性地实施了“拆、清、扩、开、疏、修、建、平”的新方法，让建后的环境焕然一新，展现出了一幅天蓝水秀、“井”“景”有序的美丽画卷。

当冬日寒风吹过这片土地，650 余口新油水井与老井老站融为一体，仿佛在诉说着一个关于传承与创新的故事。

新时代催生着新思想，新思想引领着新征程。

在这片春意将至的大地上，在人企和谐、员工幸福的民之大福里，在建设世界一流现代化示范厂的征途中，第一采油厂万余抹“石油红”面对困难激流勇进，分析矛盾有的放矢，解决问题咬定青山，踏平山海披荆破浪，以热血融冰的斗志凝聚成一块坚硬的钢铁，以众志成城的气势集聚锻造了阔步远征的硬核支撑，更铸就能源保供强劲有力的国之重器，经济效益贡献卓著的企业脊梁，红色精神根植血脉的魂之丰碑。

他们，用奋进的身姿，画出企业成长“第二曲线”更加强劲的增长态势，在建设世界一流现代化百年油田宏大叙事时空中扛红旗、当标杆。

如同无限春光，充满生机与活力地赶来。

那株格桑，那片花海

——记第四采油厂注水泵工 朱华

爱，是大庆油田人格化的深情抒发，是凝聚在石油人灵魂深处的炽热力量。爱党，铁人队伍的信念坚定如磐；爱国，能源强国的动脉油流奔涌；爱人民，大爱炽热的暖流泼洒……

18 年漫漫公益路，朱华与团队持之以恒，开展 850 次公益活动，惠及 4 万余人。捐资助学的善举，为 417 名孤儿寻觅到爱心“妈妈”，点亮了孩子们的希望之光，让笑容重回他们脸庞。

花开成海，一束光成为一片光，她帮助过的孩子也成了志愿者，爱的传承，如此神奇，这不正是大庆石油人爱的生动注脚！

大爱无疆，大庆有情；铁人队伍铁骨铮铮，铁人情感爱意浓浓；大庆精神有硬度，更有温度，激励着一代又一代石油人，心怀热爱，奔赴未来。

全国民族团结进步模范个人　　全国最美家庭

志愿者,《现代汉语词典》释为自愿为社会公益活动、赛事、会议等服务的人。

关键词：自愿。

也就是说，没有人要求他们这样做，可以这样解释他们的行为——这样做，只是听从自己内心的声音，践行精神层面的助人为乐的追求，且出自一种善意的本能。

说他们普通，因为他们就生活在我们身边，只是帮助了一些人，做了一点事而已；说他们不普通，他们也有家人，也要工作，却愿拿出时间和精力，去帮助与己无关的人。

正是他们的暖心之举、公益之心，让人与人之间拉近了距离，心与心之间有了温暖。他们润泽并予以他人希望，他们一路向前奔跑，收获的是一颗颗喜悦、充满爱的心，更有内心的坦然、开阔和气度，更是对社会的回馈、对国家的回报。

所以，成千上万的人聚在一起这样做，会形成巨大的合力，获得无穷的力量，就像全国最美家庭获得者、全国民族团结进步模范个人朱华所说："我一个人能干多大事呢？大家在一起，光亮多了，才能汇成大江大河，这样特别有意义。"

格桑花，寓意"爱与吉祥"，18 年里，一朵盛开在油城大庆的"格桑花"，在大庆油田，在其所在单位——第四采油厂的扶植下，成为高原地区孤贫孩子温暖的依靠。她和她的团队，凭着一腔热爱，形成强大合力，帮助了成百上千个孩子。她称这些孩子是自己家的孩子。

不是单纯地捐钱资助，她为没有走出过大山的孩子们，建立了科学实验室。

不是单纯地予以"微心愿"，她让想得到某种物质的孩子，先要完成一项目标。

不是单纯地送衣物，她让孩子们先学会搞好自己的个人卫生，干净地活着。

……

还有太多的“不是”与“是”。

她说，做公益不是一味给予，更不是一味做老好人，而是让施助对象有尊严地活着，长大了能够拥有生存的能力，乐观地面对一切。

这是她和千千万万个志愿者共同的意愿。

她就是大庆市杏北爱心志愿者协会会长朱华。

“妈妈去世了，命运又给我派来一个妈妈”

清晨，迎着朝阳，身着石油红，坐上通勤车赶往单位；晚上，坐上通勤车回家，相夫教子，收拾房间；到了周末，看看婆婆，看看妈，和朋友小聚，一家人吃饭、看电影、逛街、去图书馆，这是 2006 年以前，朱华的生活写照。那时，她是大庆油田第四采油厂第五油矿的一名女工。

平常的日子，因朱华无意间在网上看到一张衣衫破旧的孩子用沾满尘垢的手捧读书本的照片而改变。那双清澈的眼睛，充满了对知识的渴望，也满是自卑和怯意。看着躺在身边撒娇的儿子，再看看那个孩子，朱华的心，蓦地一紧。

“儿子，你看这个小哥哥和你一样大，可他不确定自己明天还有没有书读，他失去了爸爸妈妈，被寄养在亲戚家。我们一起帮助想读书却没有条件读书的孩子，好不好？”

“好，那是不是要把咱家的钱都给别人？”七岁的儿子仰起脸，天真地问。

“那倒不是，我们做好事，是要在能力范围内帮助别人。”

“唉，现在还有这么可怜的孩子。媳妇儿，这是正事，你找一下孩子们的联系方式。”丈夫李慧峰听着妻儿的对话，凑过来说。

那日，大庆室外北风呼啸，零下二十五六摄氏度，而他们一家人的心，热烈而激动。他们做出一个决定——力所能及地帮助几个特困孩子。

几个孩子，背后就是几个家庭；帮几个孩子，就能改变几个家庭的命运。激动过后，想的是现实，朱华和丈夫的月收入，当时加起来不足 3000 元，孩子要读书，双方老人身体都不怎么好，不知道什么时候就要用钱，如果拿出一部分给“别人”，日子必然会紧张。

“明天回娘家，试探一下爸妈的想法，看看他们怎么说。”朱华在心里对自己说。

“若有正规途径，助学当然好，咱们少下一次馆子，少买两件衣服，可能就能改变一个孩子的一生。闺女，你有这样的想法，爸高兴。我闺女格局大，我和你妈也能出点。”父亲的一段话让朱华泪流满面，同时也更加坚定了助学的决心。

经过多方联系，朱华与那里的一个男孩阿扎建立了联系，承担起阿扎上学、生活的全部费用。

此后，一张张汇款单，一个个包裹，一封封信，从黑龙江大庆寄向遥远的高原地区。一个学期过后，阿扎来信了。他说，早就想写信给大庆的爱心妈妈，可是不会写的字太多了，若满篇都用拼音，怕大庆妈妈笑话。他这些天一直在“使劲儿”认字。

信里，阿扎写了 10 道算术题，整整齐齐地排列在稿纸左右。此外还有一幅一个孩子趴在地上画画的铅笔画。阿扎写道：“我会做算术题了，我也能画画了。感谢大庆妈妈。如果没有妈妈，我没有机会上学，也不可能会画画。我原来一直认为自己命不好，现在我不那么认为了，我一定要好好学习，不让妈妈白在我身上花钱……”

孩子怎么想的，就怎么说了，朴实的语言却直击内心。

那天，拿着阿扎的信，朱华走在回家的路上。她走得很慢很慢，她在想，帮的只有阿扎，还有那么多和阿扎一样的孩子渴望读书，渴望别人拉一把，往下的路，该怎么走？

“再紧一紧吧，能帮几个是几个，和上不起学的孩子相比，我们的生活实在是太好了……”

此后的 6 年间，包括阿扎在内的 4 名辍学的孩子，在朱华的资助下重返课堂。

每个月开工资，掂量着手里的 3000 元钱，留下必要的生活费、学费，剩下的就是给孩子们存着。加上自己的孩子，朱华成了 5 个孩子的妈妈。

哪个孩子考得好了，奖励；哪个孩子过生日了，事先要买礼物；哪个孩子思想有波动不爱学习了，及时和老师、监护人取得联系；要换季了，阿扎要添件羽绒服……

当妈的人都不想让孩子失望，心心念念着，让孩子快乐；小孩子又有什么心思呢？他们最怕的是大庆妈妈帮着帮着就不管他们了，怕再次失去上学的机会。

他们所怕的，却都需要钱去“维持”。

朱华当时 30 岁出头，正是一个女人爱美的年龄。此前，虽然也不怎么爱化妆，但衣服买的也是品牌的。助学之后再买衣服，很少超过百元，朱华舍不得，说：“穿啥不行啊？干干净净就好。”而为“别人”的孩子花钱她却舍得，几年时间，仅汇款单就装满了 3 个鞋盒。

朱华的事迹，无意间被单位领导和同事们所知，领导深受感动，专门和她谈话：“咱干的是好事儿啊，单位无条件支持。有做公益的机会，领导班子也和你一起干。这才像话，这才是咱大庆油田员工的风采。”

原来做公益，工作时间接到求助电话，朱华怕领导和同事们听见，只能偷偷摸摸接听；得到领导的支持后，她如释重负的同时，胆子也“大”了。她要让更多和她有同样想法的人，参与到爱心公益活动中来，因为做公益以来，她发现很多同事、朋友也都是志愿者，经常在一些活动中，看到他们身穿红马甲的身影。

“我一个人的力量是有限的，大家做一件事就容易多了，而且大家在一起做好事，多好啊！”

有了这个想法并得到单位领导的大力支持后，2012 年，“朱华爱心志愿者协会”（后更名为杏北爱心志愿者协会）应运而生。

女孩阿丁，因为朱华，命运被改变了，她在日记中写道：“都说妈妈去世了，就到天上去了，永远回不来了。我多幸运啊，命运又从遥远的大庆，给我分来一个妈妈，我又有了妈妈。很多次我坐在课堂上，以为在梦里，使劲地掐自己，很疼，才相信这是真的。”

姐妹俩不远不近地跟着她，用眼神求助

2013 年 10 月，朱华和丈夫怀揣着复杂的心情，踏上了西部助学调研之路。

说复杂，是因为她还没真正掌握受助者的第一手材料，不清楚那里的真实情况。

“这些孩子的家庭情况，属实吗？”

“有没有更贫困的孩子，需要我们帮助却被忽视？”

带着这样的疑问，2013 年 11 月 2 日，朱华夫妇来到了高原地区。

当地受地方习俗和家境限制等诸多因素影响，教育不被重视，特别是女孩子的学业，常常被忽视，有些孩子随时面临着辍学。

在阳光福利学校，校长拿出 46 名孩子的家庭情况书，希望朱华为这些孩子找到捐助人。

“朱华老师，我先替孩子们谢谢您，46 个孩子，我哪一个都放不下……”

托着沉甸甸的 46 个孩子的资料，听着校长对孩子们的介绍：父亲患有疾病，母亲离家出走，和残疾奶奶生活；家里没有收入，孤儿，靠亲友接济……

善良的朱华，听着听着流泪了。他们可都是孩子啊，却要承受那么多，可当时协会才成立一年半。她知道，眼前的每一张纸，都是一个孩子的一生。接过来了，这个孩子的命运，几乎就在自己手里了。

朱华望了一眼身边的丈夫，丈夫此刻也望向她，并向她坚定地点了一下头：“没事儿，咱俩每个月到日子就开工资，身后是协会众多的志愿者，还有领导支持，回去一起想办法。”

那一刻，朱华觉得莫大的幸运——协会有那么多人，和她在做同一件事；家里有父母和爱人支持。协会、家、单位，有一方不支持，她做这些事底气都不会足。

朱华对校长说：“我先走访七个家庭，看看具体情况，这 46 份材料我都带上。”

那天，天格外阴沉，乡村空旷的街道上鲜有行人。偶尔有一两个人经过，都抄着袖子，愣愣地看着他们，看他们一行人走向哪一个院落。由于日子大多过得不富裕，当地人知道，只要有校长陪同客人来，就一定有好事，这次会是谁呢？

朱华从手中的资料里抽出一份，上面的孩子从此与她“拴”在一起了。

这个孩子在父母双双去世后，与妹妹生活在叔叔家。叔叔是善良的人，可是家里生活也不富裕，但叔叔还是把她们接了过来。

“一个羊也是赶，两个羊也是放。”

朴实的叔叔，喜欢把孩子比作羊，孩子多了吃饭都难保证。

叔叔家两间房子，里间住人，外间做饭。寻遍碗柜，也没有什么好饭菜。朱华落泪了。

孩子的叔叔见校长领着两个人进来了，眼睛一下子有光了。他高兴地向朱华介绍两个侄女多么懂事，学习多好，甚至多么仁义。

“我一定教育她们不要忘了恩人，长大了好好报答你们，这俩孩子可仁义了。”

这样的语言，朱华听过无数次，也理解这位叔叔的心情。

一行人离开的时候，姐妹俩跟了出来，不远不近地跟在他们身后，当看到朱华回头的时候，姐姐赶紧拉着妹妹的手转过身去，一动不动。然后，再不远不近地跟着。姐妹俩可能也知道朱华能帮到她们。

“不能让孩子们为难。”

想到这里，朱华把手中这对姐妹的资料，折下一个印记。

第七个家庭是一个小女孩，父母双亡，留下包括她共十个孩子，十兄妹被不同的亲戚收养。小女孩很想她的哥哥姐姐，特别是大姐。小女孩想和大姐每天都在一起，可收养大姐的亲戚也无能为力，只能收养大姐一人，想姐姐也只能自己悄悄地哭。

上一次大姐来看小女孩的时候，告诉她，长大后能挣钱了，十兄妹就能在一起了。小女孩每天睡觉的时候都想着姐姐的话，每天都盼着自己长大。

冬天很冷，朱华看到小女孩的时候，她躺在一张破旧的海绵垫子上，蜷曲着瘦小的身体。垫子下没有床，没有木板，而是凉凉的地面。收养她的亲戚没在家。见校长领着两个陌生人进屋，小女孩赶忙坐起来，两只大眼睛怯怯地看着众人。

见此情景，朱华鼻子一酸，问校长：“怎么没有床呀？”

校长告诉朱华，小女孩的亲戚也有孩子，生活并不宽裕。

完成这个家庭的走访后，朱华默默叹了口气，心想一定要为这些孩子做点什么。

朱华对校长说：“这 46 个孩子的资料我带走了，我会帮他们找到一对一的捐助人，我保证他们能上得起学。”

每一个字，朱华说得都很清晰，甚至可以说是郑重。因为 46 个孩子的命运在她手里了。校长如释重负，朱华呢，如坠千斤。

回大庆的路上，朱华的心很沉重，也很着急。她恨不得一下子飞回来，找领导汇报，与大家商量，只为让这 46 个孩子尽快穿得更暖些，吃得更饱些，有书读。

联系资助人，一对一落实，谈话要“口供”。不管包管的孩子学习好坏，都要保证他们完成 12 年的学业，不能半途而废。

不到 20 天，46 个孩子，朱华都帮着找到了一对一资助人。这些人都是协会会员，其中大部分是大庆的志愿者，还有小部分是外地人。

忙完这一切，朱华的心，暂且安慰了许多。

“数说”这些年所做，她没辜负每一份信任

树叶绿了又黄，黄了又绿，岁月更迭中，受助孩子的日子，也在悄然改变。

阿旺：兄妹四人从小失去父母，跟爷爷一起过日子。他在上小学四年级的时候，爷爷突发疾病去世，后来由叔叔抚养，叔叔家没有房子，一大家子租房生活。阿旺从小就承担起照顾弟弟妹妹的任务，家里煮饭、洗衣，都是由他来完成，被朱华所在的志愿团队捐助。

如今，考上了当地的职业技术学院。

小西：从小不知道父亲是谁。母亲改嫁，男方家不让带着孩子，交由姥姥照顾。姥姥没有劳动能力，靠政府救助和乡人接济。性格内向，在一对一捐助人的帮助下，变得阳光自信。

如今，在广州读技术学校。

小南：父亲去世，母亲一个人抚养 5 个孩子，没有固定收入。小南患膝盖结核，无法行走，几次辍学。一对一捐助人出钱寻医问药，重返学校。

如今，在北京大兴第二中学读高中，成绩年级名列前茅，曾荣获国家奖学金。

这些，仅仅是杏北爱心志愿者协会帮扶下的三个孩子。实际上，协会这样一对一帮助的孤儿，就有 417 个。

朱华夫妇，每个月的工资是固定的，钱寄出去一部分，日子就得精打细算。没有从事志愿工作前，孩子还没等放假，她就开始计划假期领孩子去哪儿旅行；现在孩子不张罗，她从不敢提；原来每个月总有那么一两天，和好朋友聚一聚，可她现在舍不得把钱花在请客上。

“这是图啥呢？对外人可大方呢，越是亲戚朋友，反倒越抠门儿了。”难的时候，朱华也自嘲。可日子照旧，钱还是源源不断地寄往每一个需要帮助的家庭。

随着杏北爱心志愿者协会会员的增多，社会影响力逐渐增强，身为会长的朱华，

反而感觉身上的担子更重了。她不想让每一份爱被辜负，也不想帮助的家庭言不符实。

“不能把好心人的钱，花到背阴处，每一分钱，都要花到最需要帮助的人身上。”

2013 年以来，朱华带领协会成员，实地走访西部帮扶儿童的家庭情况，核查协会捐赠物资的流向。

钱和物，必须真正落实到孩子手中，而不是寄过去就完事了，这样她才放心。

李方，100 元，不定向捐助；张璇夫妇，325 条棉被，用于更换寄宿学校棉被；王淑霞，一对一捐助阿吉……

协会平台上，每一笔捐赠由谁汇入、如何支出、援授情况、物资追溯，都有明晰的记录。对捐助人公开、接受社会监督、制定会员“铁律”，是协会不变的信条。

朱华说：“必须善待每一份信任，我们是志愿者，我们做的事，每一件都要向阳。”

朱华和协会成员，先后 7 次前往高原地区，走访落实一对一捐资助学的孩子。开展各类教育项目，覆盖 3 万多名孩子；通过系列活动，构建东西部公益慈善事业常态帮扶机制。

经过 12 年的发展，协会从最初只有 19 名志愿者的队伍，成为拥有 2690 位会员的公益组织。成立 4 个学区，与 20 所学校，1 所托老所形成长期帮扶关系，为 417 名孤儿和特困孩子，找到爱心妈妈。注重推动西部地区健康教育和女童保护观念，共帮助 3936 个女孩。

协会成立 12 年来，朱华个人先后为孩子捐助 10 万余元。

开展“小桔灯”募捐、“棉雨靴”计划、“爱心饺子传递孝心”、阳光跑鞋、暖心棉裤、微心愿等志愿服务 850 次，受益 4 万余人，捐资 185 万余元。

这些数据，也只是一小部分。

朱华帮助过的一个老奶奶，说朱华是大好人。每次听别人这么说，朱华都会强调，“协会一对一的会员，才是活菩萨，他们把这些孩子当成了自己的娃。从小学一年级管到大学毕业。我本身也一对一，我知道其中的不易。太难了，自己孩子有的，这些孩子就得有，虽然做不到是最好的，但大家都尽力了，都是工薪阶层，都在靠工资生活，支持大伙儿做公益的信念是什么呢？是善良”。

“管这个字，说起来容易，可他们一坚持就是 12 年，不是谁都能坚持的。我向我的所有会员致敬。没有他们，我坚持不到今天。我的身后若没有大庆油田，没有强大的祖国，我只是我，我获得不了这些荣誉，我的荣誉是油田的、国家的。国家和企业这些年所做的公益事项领引着我，感召着我，疫情医护驰援、地震奔赴救助、自然灾害捐款，哪里有事，哪里就有大庆油田的救援队、支援车，我，只是油田千千万万个志愿者的一分子。”

说这些的时候，朱华忙着整理即将寄往远方的羽绒服。正午的阳光透过窗棂，照射在她的身上，溢出光，亦如她的心灵。

“我属羊，长大了放羊”，实验室因此而诞生

助学，仅仅是帮助孩子们上学吗？

近年来，朱华渐渐意识到，随着国家对教育投入力度的不断增加，特别是“两免一补”的全覆盖，孩子们上学难的问题，基本解决了。

两年前，身为会长的朱华，开始尝试助学转型，其中，还有一个故事。

“我属羊，长大了我就放羊。”

这句话，是朱华、项红梅等一行人去调研的时候，他们向一个男孩子问路，那个男孩子说的。

那天，朱华、项红梅还有几名志愿者，去一个村庄走访。

高原地区的路真不好走，很多时候一条路只能容得下一个人，两边都是陡壁，交通很不便利。去村屯，多数情况下没有车，只能靠双腿一步一步挪。他们去往一个山村的时候，向一个在苍原上踽踽独行的男孩子问路。

“小朋友，山那边是什么地方？”

“山那边还是山。”

“你长大了，想干什么？”

“我属羊，长大了我就放羊。”

那个男孩，穿着和自己年龄不符的衣裳，一只袖子长长地甩着，一只袖子挽着，脸上皮肤皲裂，卷曲的头发里全是灰，眼睛却像天空一般澄澈。

听到他诗一般忧伤的话，几个人的心像是被蜇了一下。朱华和项红梅彼此对视了一下，都从对方的眼睛里，看到一抹心疼。

“做公益不是一味施舍，还要打开孩子的视野，给他们看不曾看到的世界，山那边不只是山，理想也不应该局限于放羊。”

回来后，几个人聚在一起，研究在当地搭建科学实验室的想法。

联系学校负责人，配备天文望远镜、显微镜等器材，让孩子们近距离地触摸科技，领略科学领域的星辰大海。

物资，开始源源不断地运送。对接、联系、筹备、建设、调试，安全问题更是不能忽视。每一环节，朱华都得过问，好在那边也有志愿者。终于，实验室达到能够开放的标准。

这个山村有了历史上第一个实验室。朱华向校长提出：“咱们既然建立了实验室，就不能让它长期锁头把门，我们建立实验室的目的，不是作为你我的功绩，更不是成为迎接检查的摆设，而是让孩子们真正受益，一周至少要为孩子上一堂实验课。”

校长理解朱华，从事多年教育工作的校长，和朱华一样，渴望帮助山里的孩子打开眼界，渴望雄鹰一样勇敢的孩子，飞出大山，飞向更远的地方。

“放心吧，在孩子们完成正常课程的前提下，他们想什么时候上课，就什么时候上课，我保证。”

实验室开放那天，第一节实验课上，校长打通了朱华的手机，听筒里传来了孩子们的雀跃声——

“妈妈，妈妈，我看到了蝴蝶触角上的绒毛！”

“它的翅膀上，竟然有那么多美丽的颜色，像锦缎一样！”

“妈妈，电灯泡亮了。不用推电闸，好奇怪，两根线一挨上就亮了。”

听着孩子们的声音，朱华笑了，笑着笑着，她又哭了。她把手机默默地递给了项红梅，项红梅再递给林志祥，接下来是张雪婷、郑晓蕾……

“咱们的想法是对的，没白挨累，值了！”

这一天，在场的每一个人都泪光莹莹。大庆油田的志愿者，和山里的孩子们，因为同一件事，兴奋不已。

通过显微镜，观看昆虫的翅膀；通过微型发电机，了解发电原理；通过力学实验，了解惯性……这些简单的实验，极大地激发了山区孩子对知识的渴求。

受益的孩子们涌进校长办公室，央求增加实验课的次数；放假了，依然跑回学校，请求校长给他们上课。

“我想把我能抓到的虫子，都拿到显微镜下，看看它们在镜头底下是什么样子。”

“为什么我们的眼睛看它们，与显微镜那么不一样？”

“电是从哪儿来的？它长什么样子？人能看到电吗？”

通过小小的实验室，他们的世界不再是头顶上那一方天地，不再只是山。

有了实验室这个成功案例，朱华和会员们又开始为孩子们组建图书室。他们把图书室建在学校楼梯拐弯处，这样可以 24 小时阅览，想看就看，在楼梯口等小伙伴放学的几分钟，也能翻翻书。

“开卷有益”，这样的几分钟多了，世界也就大了。

几年的时间里，朱华牵头为当地的三个村级小学建立了实验室、图书室、音乐教室，为县里的学校建立洗漱间、保健室、游艺室。由此，也打开了山区孩子的视野，让他们感受到了读书的快乐、音乐的魅力，让他们认识到保持好个人卫生，其实是个人素质的一种体现。

“大庆妈妈说，想了解世界有多大，就得好好学习多读好书。就像鸟儿，飞得高了，才知道外面还有更大的世界，也才知道，什么季节该飞到什么地方；以前，我不太喜欢洗脚洗衣服，是大庆妈妈告诉我，一个人要干干净净地活着，这个干净，不仅是内心纯净，还包括身上穿的衣裳和身体各部位，这样才会有幸福感。”一个孩子在日记中写道。

“哗哗放水的声音啊，咋像唱歌一样好听”

男孩小朗加的微心愿，是想得到一辆蓝色的自行车。

2024 年，他给朱华的信中写道：“四年级的时候，我看到同学的自行车，两眼放光。一个月后，那辆自行车被同学骑坏了，当时，我比同学都心疼，心像是被针扎了一下……为了能有一辆自行车，我从两年前就开始存钱，可是离买一辆自行车的钱，还差很多很多，假如我有了自行车，爸爸妈妈就不用接我放学，他们太累了，我可以自己蹬着车回家。试想一下，蓝蓝的天空下，一个男孩骑着和天空一样色彩的自行车，该是多么美妙。”

收到信后，朱华和协会会员开始寻找蓝色的自行车。

网上、实体店、蓝色。那段时间，大庆的自行车经销商们都觉得奇怪，这几天咋有那么多人找蓝色自行车？还得是和天空一样的颜色？

历时多日，当协会会员张璇把这辆自行车推到小朗加面前的时候，这个平日里羞涩寡言的男孩，连连发问：“这个，真的是给我的吗？真的给我了？真的吗？”

小朗加的那封信，如今就陈列在大庆市杏北爱心志愿者协会基地的展柜里。

还有一个小女孩，她的愿望是想有一支自动铅笔。

给小女孩一个“机会”的时候，她的愿望却是那么小。那一次，朱华和协会会员给小女孩买了全套的学习用品。

“我没有妈妈了，我可以叫你妈妈吗？只有妈妈，才会我要什么她给什么。”捧着一大堆学习用品，这个小女孩问协会副会长项红梅。

“和朱华去调研的那些天，我俩天天哭，这些孩子看到生人那个怯怯的样子，让人特别心疼。”项红梅说。

协会会员向孩子们征询心愿的时候，一个男孩不好意思表达，而是用脚一个劲儿地触碰张璇的裤脚。原来，他脚下穿的鞋子，是他刚刚用自己的特长“换来”的微心愿礼物。他用脚触碰张璇，是想显摆一下自己的新鞋。

微心愿，顾名思义，微小的心愿，私人化的礼物，不像书包、棉衣、书本等是每个孩子都需要的东西。多年的志愿工作经验让朱华深知，捐资助学是让孩子们成为阳光独立的人，而不是吃等食。要让他们知道，只有通过努力，才能得到想要的东西。这些年，朱华和她的会员们为微心愿，没少费心思。写作、书法、唱歌、跳绳……每个孩子都有自己的所长，微心愿活动成了孩子们展示自己才华的机会，想实现心愿，就要演节目。

多年来，朱华联合大庆油田第四采油厂工会、大庆油田勘探开发研究院、大庆景园中学团委、大庆市图书馆等单位，举办点亮微心愿、送知识暖童心等活动，累计为2440名高原地区的贫困儿童，分送了微心愿礼物。

可是，也有孩子的心愿，朱华“没有”帮助完成。

有一所只有28名孩子，5名教师的学校。2019年，朱华和项红梅来此调研，走进学校，映入眼帘的是一扇扇新刷的蓝色油漆铁门，校长说教室的木门先前破得不成样子，找人用铁皮重新包了一下，刚刚刷完油漆。

28名孩子中，有8名属于学前儿童，孩子们没有玩具和教学用具。家长送来时说，在这里只要保证安全就可以了；其他20名孩子，有7名智力障碍。孩子们平时上课一、二年级一个教室，三、四年级一个教室，五、六年级一个教室。

还有一个孩子的家特别远，老师要送教上门，走一个多小时的山路去孩子家上课，可见这里的老师，真的不放弃对每个孩子的教育。

当地缺水，孩子们握着水瓶的样子，就像城市里的孩子握着手机一样，不撒手。水，是家里水窖里储存的雨水。

微心愿活动中，一个小女孩说：“我想和电视机里城里的小朋友那样，想喝多少水就喝多少水，可以每天在家洗澡，哗哗地放水，放水的声音，咋像唱歌一样好听呢。”

这个“特别”的心愿，让朱华沉默了。这不是微心愿，而是大心愿，是整个西部缺水地区人们的心愿，是国家的心愿。

当天，朱华还去了村里刘粉梅家。这个孩子家里八口人，爷爷、奶奶、爸爸和五个孩子，妈妈因产后大出血而不幸去世。房子是政府帮盖的，屋里虽然只有一些简单的生活用品，却很干净整洁。

和孩子父亲聊天，朱华发现他们家养了三只兔子。

朱华说：“养兔子是为了繁殖卖钱吗？”

孩子爸爸说：“不是，是给孩子们吃肉。”

朱华说：“兔笼子旁边是什么？”

孩子爸爸说：“黄鼠。”

朱华说：“黄鼠干什么用？”

孩子爸爸说：“是我们这里的一种野生动物，也是给孩子们吃肉。”

朱华说：“家里养羊了，羊会给孩子们吃吗？”

孩子爸爸说：“一般不会，家里五个娃，那是要拿去卖钱供娃们读书的。”

再看看院子里跑来跑去的鸡，朱华沉默了，她知道那也一定是给娃们增添营养的。那一刻，她对这个父亲充满了敬意，虽然孩子们失去了母亲，但是他们有一个爱他们的父亲，这个家庭虽然不富裕，但很温暖。

那天，朱华在调研笔记中写道：

当地缺水导致土地严重减产，一个拥有50多亩地的家庭，年收入去了吃的，只能剩几千元，没亲眼见到很难想象，当我看见他们喝的雨水才理解。这里的人，很爱他们的娃，普天下父母对孩子的爱都一样，只是能力不一样。

这个世界很大，我们无力改变的东西很多，但是我愿意与协会所有的家人们一起，尽自己所能帮助这些孩子，在他们的求学路上做一棵大树，为他们遮风挡雨，陪伴他们长大。

希望越来越多的人关心这里，关注失学儿童。

去外地做敬老公益，更是有意义

做公益，尽管做的是好事，但也有不被理解受委屈的时候。

2014年的冬天，朱华和几个志愿者去养老院，为那里的老人包饺子。

饺子刚端上桌，老人们上手就吃。看到这一幕，朱华心里很不是滋味，那天中午，为了把饺子省下来让老人们多吃几口，她和协会会员们没在养老院吃饭。

回大庆的路上，天空飘起了鹅毛大雪，想到大家忙了半天还空着肚子，朱华提出请大伙吃饭。当时一个副会长还说呢："吃啥吃，你一个月才挣几个钱，别在自己人身上搭钱了。"

"咱们一人来碗热乎面条吧，要是不吃我心里真的过意不去，这大雪，到家不得两个小时啊。"

在朱华的坚持下，在安达的一家小饭店，每个人吃了一碗热汤面，感觉这一趟特别有意义。

可是要管老人，也不能放弃孩子，怎么办？新的问题让朱华犯了难。

"那些孩子咋办？你可是向他们承诺过，要管他们到上大学的。那些孩子管你叫妈，供到这份儿上你中断，会坑人的。”

以前丈夫和朱华去调研过，特别理解妻子一路走来的不容易，也更清楚那些孩子在妻子身上寄予的期望，同时，他更知道妻子不会撂下这帮孩子不管。

丈夫的一句话，把朱华拉回了现实。都要管，就是要委屈家人了……

刚做公益时儿子还小，有一次考试得了满分，他怯怯地向妈妈要奖励——想吃一次肯德基。这个愿望，对于大庆油田一个双职工家庭来说，太容易了。但对于同样是双职工的朱华家来说，却成了奢求。

吃一次肯德基，够一个资助孩子半个月的伙食费；要换季了，高原地区的孩子得买棉衣；有两个孩子的手脚前些年冻坏了，这个冬天得给他们买好一点的手套、棉鞋。

那次，朱华对儿子说：“小哥哥小姐姐都没有你吃得好，每天上学还要走几公里的山路，妈妈这几天得给他们寄生活费……”

没等朱华说完，儿子跑进自己的房间，抱起储蓄罐跑到她面前一倒：“这些钱给哥哥姐姐买手套吧。妈妈，阿扎每个月上学能花多少钱？我想帮妈妈供阿扎。”

更让朱华心疼的是，那天以后，儿子盯上了小区垃圾箱，把邻居们丢出去的纸壳，都拿回了家。

“开什么花结什么果，你怎么做的，孩子都瞅着呢，我这里有两万块钱，你拿去吧，挑最困难的帮。”

善良的公公听说朱华在助学，一下子拿出自己的积蓄。要知道，平时公婆十分节俭，买菜都是等超市快关门时再去，却能一下子拿出两万块钱给陌生人。

别看朱华不舍得给孩子花一顿肯德基的钱，但看到寄宿学校的孩子们，在轮流使用一支笔，夫妻俩立即购买了 1.3 万多元的学习用品送过去。

从小玩到大的闺密曾对朱华说：“你是外星人，你们全家都是外星人。做公益也行，至少让自己活得舒服些吧？至少不能委屈自己的孩子吧？”

“你是没见过那些孩子，见到了，你就会觉得把钱浪费在无谓的事上，是一种罪过。”朱华说。

2010 年，对于朱华来说，是饱受磨难的一年。父亲因病住院，需要高额的手术费；她自己又在检查身体时，被医生告知疑患胃癌。

就在这时，一个噩耗传来，高原地区发生强烈地震，受地震影响，她捐助的 4 名孩子都想辍学回家。

朱华顾不上自己的病，和丈夫一边四处筹钱为父亲治病，一边了解受灾情况。她甚至做了最坏的打算，如果自己真的得了不治之症，那就放弃治疗，把余下的钱捐给 4 个孩子，帮助他们完成学业。

后来，父亲病愈，她患胃癌的可能性被排除，朱华和家人都虚惊一场。

那天，从医院往家走的路上，朱华觉得天是那么蓝，风是那么柔，空气中都弥漫着花香，她对丈夫说："活着真好啊，活着才能帮到别人。那几个孩子的书，能念下去了。"

夫妻俩手拉着手，感受到前所未有的轻松。

做公益收获多吗？我们收获了太多太多

"比起我们做的，其实，一路上遇到的这些人，给我们的更多。"

朱华，个子不高，圆圆的脸颊，透着朴实。身上穿的衣服是多年前的款式，但很整洁，言语有亲和力，更有感召力。她和同行们说起她们的一对一助学对象，都目光盈盈。

"今年过年的时候，孩子们开演唱会，看着视频里孩子们的表演，我这当妈的热泪盈眶，一个人捧着手机傻乐！"

"儿子为了给我打电话，爬了半座山，说山上信号好，一晃，儿子长大了，懂事了。"

"有个臭小子，居然给我寄来了中草药，装在缝制的小花布包里，说是自己采的。"

朱华 18 年的助学之路，协会 12 年的爱心奉献，改变了无数个孤贫学子的命运。这些孩子中的一部分人，也从一个受助人，成为一名援助别人的人。

卓卓，2013 年以优异的成绩考入西宁一所重点高中，因家庭贫困，难以继续学业，正当她伤心难过的时候，是大庆妈妈向她伸出援手。三年后，卓卓考上大学就申请加入杏北爱心志愿者协会。

如今，卓卓已经是家乡一所乡村小学的教师。一次班会上，她向学生讲述了自己的故事。卓卓告诉孩子们，很多年前她也坐在这样的课堂上，心怀忐忑，不知道自己的求学路还能走多久，随时都有辍学的可能。

我现在之所以有机会教你们，是因为有了大庆妈妈的捐助。我们这些娃不能忘了大庆，我也有机会去大城市工作，可是我想回来，回家乡教孩子们。因为我永远记得在遥远的东北有一个大庆，那儿有一群好心人，不图所求地帮助着我们，他们有一个共同的名字，大庆油田。

这里有很多这样的孩子，他们曾受捐助，最终也成为捐助别人的人，成为一道道光。

吉儿，大学毕业后，成为当地一名教师，现在还和他的一对一捐助人紧密联系着。母亲节、春节、生日等重要的日子，都会发微信，早早地给“妈妈”准备礼物。

小金，朱华夫妇帮助她七年。当她见到朱华，扑到怀里叫妈妈时，朱华觉得很自豪。那么美丽的女孩，那么大的姑娘在管自己叫妈妈，朱华觉得自己的腰板一下子挺拔起来。

朱华说：“帮助别人，是一件快乐的事，能够得到受助人的信任，是一件自豪的事。”

当地淳朴的民风也让朱华和她的团队成员深受感动。

副会长项红梅说，在调研结束后，她们住在乡里的“宾馆”，说是宾馆，只是一排小平房，有鸡舍、猪圈，卫生间是室外的旱厕，房间没有锁。女同志出门在外，总归要注意安全，她们向宾馆老板娘要锁时，老板娘笑了：“不用锁，我们这里几十年没丢过东西，没有人随便进别人的房间，在这儿锁门，会让人家笑话的。”

那一次调研，朱华她们还发现，村里有三棵苹果树，就长在路边，可是成熟后主人若不摘，没有人会去摘。还有来自敬业的感动——工作人员蒋师傅，是一位拥有40多年驾龄的老师傅，全乡12个村2593户，每一户住在哪里，从哪个沟到哪户人家，都在他的脑子里，比导航还管用。

几年前，协会一名一对一捐助人突发心梗去世，这种情况下，协会给这个孩子找了新的妈妈。可几天后，先前这位捐助人的女儿女婿找到了朱华：“母亲的后事料理完，我们赶紧过来了，母亲生前捐助了一个小男孩，我们全家一直把这个孩子当成家庭成员，虽然母亲去世了，但是我们想完成妈妈的遗愿，继续捐助他。”

李馨是一个女孩的一对一助学人，有一天，李馨接到一个电话，里面传来了小女孩气喘吁吁的声音：“姐姐，谢谢你一直以来对我的帮助，我爱你……等山上开花的时候，我就去给你挖草药，你不光要对我好，对自己也要好好的。”

原来，小女孩家住的地方信号不好，为了找到一个通信顺畅的地方，孩子爬了半座山，只为说这一句话。

协会的范丹婷身患癌症，心理有了负面波动。她捐助的孩子得知大庆妈妈饱受化疗之苦，就想到用自己的歌声，鼓励妈妈勇敢地面对病魔。丹婷看见孩子录的视频哭了，她知道千里之外，自己还有一个孩子，千万不能倒下，从此积极配合治疗。如今，她的身体已经痊愈。

还有一个孩子，父亲挖窑洞时遭遇坍塌被砸死，爷爷、奶奶、妈妈领着兄弟俩生活，母亲为了给兄弟俩提供更好的学习环境，在乡里租房陪读，每个月房租 120 元。每个周末，妈妈都会带着兄弟俩，走一个多小时的山路回家，帮爷爷奶奶干地里的农活，孩子们学习成绩很好，每次考试都名列前茅。

这些人，这些事，是朱华和千千万万个像朱华一样的志愿者的收获——坚强、敬业、乐观、努力、感恩、质朴，这样的人多了，这样的场景多了，也就成就了更好的自己。

优秀的人在一起是彼此成全，他们从对方身上获取着光亮，共同进步着。

这些，就是收获，无上的收获。

“我们的身后，拥有一个博爱的大庆油田，更有一个强大的祖国”

18 年的助学之路，她改变了很多孩子的命运轨迹。

18 年的无私奉献，让孩子知道了有个地方叫大庆油田。

18 年的守望坚持，让人们再次见证了大庆精神、铁人精神。

朱华，这名大庆油田第四采油厂第五作业区的普通女工，把公益二字，重新进行了定义。助学不是当老好人，助学是让孩子成为阳光、自信、独立的人。

一个人想获得别人的尊重，不仅要行得磊落，也要穿得干干净净。在资助地，朱华最先提出建“洗漱间”，改变了山区个别孩子个人卫生问题。

朱华的关爱女童行动，不仅给女孩送去了卫生用品，更推动了当地的健康教育观念。朱华告诉她们，来月经不是一件丢人的事，要正确对待身体发育。很多学校在她的感召下，开设了生理课堂。

朱华说一个女孩大概率要做母亲，所以女孩必须受教育，有了文化，将来她的孩子才有未来和希望。

朱华倡导家长做公益时带上孩子，耳濡目染，让公益在大庆成为一种传承。

对西部助学工程，她坚持一对一施助。帮就帮到底，并定期回访帮扶对象。

在这场爱心助学马拉松中，她把弘扬社会主义核心价值观和铸牢中华民族共同体意识主线，贯穿在志愿服务工作的过程中，不断推动大庆与西部地区青少年全面交流、深度交融。

如今的大庆油田，越来越多的年轻人，成为志愿服务人员，这说明杏北爱心志愿者协会这个样板，打得好，说明第四采油厂给予了协会太多的支持，说明大庆油田给了像朱华一样的志愿者底气和空间，说明国家给予了我们强大的支援和力量。据统计，大庆这座城市，志愿者就有数十万人。

“我一个人能搅起多大的风浪呢，协会里那么多的会员，一对一的捐助人，协会的副会长付出了很多。”

这些年，她本人也获得了太多的荣誉。全国最美家庭、“感动龙江”年度人物提名奖、黑龙江省巾帼建功标兵、黑龙江省优秀青年志愿者、大庆市十大巾帼奉献奖、大庆市“助人为乐好人”、大庆油田十佳青年志愿者、2021 年第二季度“龙江好人”、全国民族团结进步模范个人等多项荣誉。

朱华说：“这是一辈子的荣誉，不是我了不起，是祖国了不起。”

杏北爱心志愿者协会先后荣获 2022 年黑龙江省 100 个优秀志愿服务组织、全国示范性青年之家综合服务平台、黑龙江省关爱高原地区儿童优秀志愿服务品牌、中国石油集团公司青年志愿服务先进集体、大庆市“阳光关爱”志愿服务队、大庆油田青年志愿者服务示范基地、黑龙江省民族团结示范单位等荣誉。

朱华说，当看到高原地区的孩子蹲在地上，用稚嫩的小手小心翼翼地捧起书本时；当她行走在山路上，感觉漫长到沮丧的时候，她就在想，助学，是给一个孩子一个人生选择。

其实，公益更是一场接力，无穷无尽，一朵格桑花开了，这一朵花能帮助无数朵花开。这样，越来越多的孩子的命运就发生改变，他们长大了，也会促使花开下去。

花开四野，汇聚成海，才美丽，才更波澜壮阔……

迎风执炬点亮燎原星火

——记中油电能供电公司党委副书记兼星火一次变电所党支部书记浦秀双

“星火一次变燎原星火，光伏示范地引领光伏。”浦秀双，以高质量党建保障高质量发展，像一个永不懈怠的铁犁耙，在新能源沃野上拓荒耕耘。

她用星火精神治愈，用思想教育暖心，把党建工作做实生产力，做强战斗力，做细凝聚力；她用蜡烛品格传播，用春蚕执着吐丝，把党建经验，传播到井场、车间、课堂。聚是一团火，散是满天星，她的工作实践正是新时代油田创新开展党建工作的缩影。

此时驻足回望，在悠悠岁月中，大庆油田始终坚持抓基层、打基础，不断夯实党建工作根基。如今，构建“红色网格治理模式”的守正创新之举，将基层党建政治优势与现代企业管理、优良传统文化优势融为一体，使其在不同历史时期都有所发展，既一脉相承而又独具特色。

全国五一巾帼标兵　　　　中央企业劳动模范

“月黑见渔灯，孤光一点萤。微微风簇浪，散作满河星。”清朝查慎行的《舟夜书所见》，穿越三百年文化长河，带着独特魅力，吹进大庆长垣中北部的星火一次变电所 。诗中从“一点”渔灯到“满河”星光的奇妙变化，与星火一次变电所中的“星火”精神不谋而合。这里秉持“在岗一分钟、尽责六十秒，工作有激情、人人是火种，聚是一团火、散是满天星”的理念，恰似火炬，点燃了员工的热忱，在这里，每位员工都是一粒火种。古老诗词的描绘，赋予了星火精神别样意境；而星火精神，也在新时代为传统文化注入活力。在这片土地上，二者交融激荡，化作奋进力量。这股力量，持续升温，照亮前行之路，助力星火一次变电所不断迈向新高度，在大庆油田的发展篇章中，留下熠熠生辉的印记。

2013 年元旦后不久，三九节气很快来到，虽然温度持续下降，可是 36 岁的浦秀双却没感觉到一丝寒冷，她刚踏进星火一次变电所大门，就被眼前热火朝天的清雪景象“暖”到了。院子里，许多身着天蓝色工服的人，正穿梭不停，有的拿着撮雪板，一个人推雪，还有两三人一组，合力推，有的拿着扫帚，跟在后面扫。他们头上冒着热气，手里却没有慢下半分，有的干脆敞开棉衣，将手中的工具舞得更欢。

1981 年成立的星火一次变电所，仿若一颗璀璨之星，闯进了浦秀双的心房。初来乍到，面对这个优秀的集体，她的心中难免忐忑，然而，集体中洋溢的温暖与奋进气息，又让她感动不已。

组织的殷切嘱托，时刻在她脑海中回响：“要当好星火带头人，筑强支部堡垒，带好队伍，扛好红旗，推动星火创新发展，不断取得新业绩，让星火红旗永不褪色！”这沉甸甸的话语，既是信任，更是责任。为了不负所托，浦秀双陷入了深深的思考，思考如何规划党支部建设路径，思索怎样凝聚团队力量，她试图用这一份份思索，为肩头如山的压力找到释放的出口。

那时，恶劣的天气成了他们面临的首个挑战。冰雪持续不断，整个世界银装素裹，却也给工作带来了极大阻碍。但浦秀双没有丝毫退缩，她与新同事们一道，投身于战天斗雪的忙碌工作中。在漫天风雪里，他们齐心协力清理积雪，保障设备正常运行。每一次挥动铁锹，每一次检查设备，都凝聚着大家的团结与坚韧。

很快，浦秀双便在这个集体所释放的强大能量中，找到了归属感，彻底融入其中。她深深感叹，这个集体仿佛有着一种天然的魔力，吸引着每一个人，让大家不由自主地为它奉献力量。她开始在一次次的探索与尝试中，寻找着最合适的工作方式与切入点。

能够参与到这样一个先进集体的团队建设中，浦秀双深感庆幸。这份庆幸，化作了她加倍努力的动力。她深知，自己肩负着传承与发展星火精神的重任，唯有拿出更饱满的热情、更扎实的工作，才能不辜负组织的期望，不辜负这个光荣集体的荣誉。

6 月到了，院墙内外的树木匆匆抹绿。那个上午阳光明媚，浦秀双一身“电力蓝”，英姿飒爽，庄重地从刘冬波书记手里接过中国石油百面红旗单位的奖旗以及测量设备间隙使用的塞尺，她非常清楚，这就接过了星火一次变电所第 11 任党支部书记的重担。

“希望你继续弘扬星火优良传统，用星火精神建队育人，让星火旗帜更红。”老书记的嘱咐情真意切，浦秀双心潮起伏，当着在场的几十名员工郑重承诺：“请老书记放心，我一定倍加努力，珍惜荣誉，筑强支部堡垒，勇闯星火新路，和大家一起，强管理，提素质，打造优良团队，为油保电，优质服务，确保电网安全运行，让星火品牌更亮，旗帜更红。”话音刚落，全场顿时响起热烈的掌声，老书记也投来赞许的目光。

用智慧引燃凝聚之火

新老书记交接仪式结束了，浦秀双知道，她的星火之路才刚刚开始。

“怎样带好这支具有优良传统的队伍？怎样让星火红旗永不褪色？”她不断在脑海里画着问号，也不断在星火的历练中寻找答案。

2012 年，大庆油田无人值守运行管理模式开始全面推广，9 月 3 日星火运行中心成立，星火一次变电所率先迈开朝向数智化油田电网的脚步，成为油田发展的先遣队。2014 年，随着智能化向变电所延伸，更多无人被控站纷纷改建起来，星火一下子拥有了 21 座被控站，人员也翻了一倍，达到了 70 多人。老员工、新员工，老党员、新党员，老星火、新星火，一个个问题随之而来。

新来这么多人，矛盾在所难免，可怎样磨掉彼此之间的“尖锐”，既要让新员工快速融入星火，又要让老员工接纳新员工，两股绳拧成一股绳。想到这几个问题，她眉头紧锁，陷入深思。夜晚，她习惯看书学习，有时看一段党的历史故事，有时看一则大庆油田会战传统故事。这天，突然灵机一动，她放下书，望向窗外，不禁思忖：

“在中国共产党成立 90 周年的时候，大庆精神与井冈山精神、长征精神、延安精神、‘两弹一星’精神、雷锋精神、改革开放精神，一同被称为中国共产党的伟大精神。大庆精神之所以永放光芒，就在于历史潮流的孕育和时代的激荡、发展。”

想到此，浦秀双浑身蓄满能量。何况大庆油田一直有“抓生产从思想入手、抓思想从生产出发”的优良传统，而星火精神展厅内“星火精神就是传承‘三老四严’的严细作风；落实岗位责任制的尽责态度；恪守‘四个一样’的行动自觉；坚持‘两分法’前进的创新意识；践行‘为油保电’使命的奉献情怀”的价值观念，她看了不知多少遍，已经深深刻进脑海。有了这些精神支撑，便有了底气，她决定把培育队伍凝聚力放在首位。早会是每天工作的开端，也是一个非常好的时间节点，她觉得应该做点什么。经过几天思考，她拟定了一句口号，在早会结束时，举行一个简短的仪式，提振士气。

这天早会，按照惯例布置完生产任务，她叫大家先别走，说出了自己的想法，领着大家，一句一句地教。开始，大家都不好意思喊，更别提放开喉咙，她就率领班子成员带头喊。看到干部带了头，大家也就跟上，开始小声附和，渐渐地，她洪亮的声音感染了每一个人，从几个高音，到一群人的高亢，声音拧成一个，心也就拧成一股。每天早上都能听见交接班室传出整齐响亮的声音：“我们的星火精神是工作有激情、人人是火种，聚是一团火、散是满天星，星火，加油，加油，加油！”日久入人心，面对同一项工作，同一群人，逐渐拥有了同一种热情。喊着喊着，员工们肚子里那股子“燥火”，慢慢失去了温度，取而代之的是实实在在的一团“星火”。

看到这个方法有效果，每逢重要工作，她都会发动党支部制定明确目标，还起了个名字，叫“目标凝聚法”。“目标凝聚法”渐渐成为培育队伍凝聚力的固定方法，在党支部建设上，确立了“支部一团火、书记一面旗、党员一颗星”的党建目标，还有立足星火长远发展，提出了“智能星火、人才星火、精神星火”的建设目标。有了目标，就有了干劲，大家朝着一个方向用力，力量源源不断，历久弥新。

到了星火，就要做星火人，可星火的标杆形象使许多人望而生畏，不免心生嘀咕：“这么先进的集体，标准一定很高，我岁数大了，恐怕适应不了。”“我是外来的，肯定不能很快被接受，我还是走吧。”

这天，浦秀双正在写材料，听见敲门声，她头也没抬，说了句“进来”。门一响，浦秀双抬头一看，进来的是一个 20 多岁的小伙子，身材高大魁梧。他叫张磊，这个人属于肚里有话不轻易说，说了，谁都管不住的主。刚调来没几天，看到先进集体处处标准高、要求多，对自己没有信心，就动了调离的念头。

张磊进屋看到浦秀双，闷头一句：“书记，你看我技术不行，人又笨，学又学不会，你让我走吧，别给咱们先进集体拖后腿。”

浦秀双装作不知他想调走的事情，回应说：“学不会，慢慢学，别着急，有那么多师傅教你呢。”张磊不死心，坚持说：“看着被控站那么多设备，我就头晕，根本学不进去。”看他态度坚决，浦秀双就没再多劝，知道他正在“倔劲”上，劝也白劝。于是说：“我知道了，你先回去吧。”张磊以为浦秀双同意了，就回去等消息。

见张磊眼睛炯炯有神，浦秀双心里想：“这个小伙子，精心培养一定是个好苗子。”她侧面了解了一下，张磊特别喜欢打篮球，而且是星火工区篮球队的主力，比赛经常拿奖。打篮球能打好，干技术也错不了。她又找来张磊，对他说：“你打篮球那么好，学技术差什么？”张磊说：“打篮球和学技术能一样吗？我没事就练习，自己练，也找对手比赛，下了不少苦功夫。”“你下功夫能把球打好，为什么就不能下功夫把技术学好？”“变电技术太难了，我学不会。”浦秀双没给他找借口的机会，“你把打篮球那股劲用到学技术上，肯定错不了，我给你找师傅，你只管跟着学，咋样？”这回张磊见浦秀双态度坚决，便没话了，回去后没敢再提调走的事情。

不提调走，事情并没有完，畏惧学习技术的思想“疙瘩”还要解开。畏惧学习技术不仅是学习技术本身的问题，更多的是思想问题。她有了想法，给他找来两位师傅，一位提高思想作风，另一位传授技术。跟班子成员一商量，所长决定抓这个“典型”，打开他的心结。所长有空就找张磊谈心，还请教他篮球技术，两个大男人有了篮球作共同兴趣，很快就成了好朋友。

浦秀双又找到值班长贾丽。贾丽是位扎根运行岗二十多年的老班长，技术和思想作风都非常过硬，张磊交给她，一定让人放心，贾丽也爽快地答应了。果然，贾丽不负所望，为张磊量身定制学习计划，给他讲解技术，由浅入深，先提起他学习的兴趣，然后教他如何巡视变压器、开关柜，读取电流表、电压表的数据，测量设备温度，确认刀闸和开关状态。老班长的耐心和细心，使张磊从过去对学习技术望而生畏，到现在有了主动学习的冲动，像打篮球一样，入了门。

浦秀双趁热打铁，鼓励他工休时间组织所里的员工，教大家打篮球，张磊也痛快答应了。她还了解到，张磊母亲脑出血后，一直瘫痪在床，张磊大部分心思都在照顾母亲上，这也是想调离的原因之一。浦秀双登门探望，在治疗和护理上出主意想办法，逢年过节带领党员到家里嘘寒问暖，令张磊一家很是感动。张磊有了进步，浦秀双就大会小会表扬，提高他的自信，看他技能水平提高了，就给他压担子，让他在实践中不断成长。人心都是肉长的，看见浦秀双这么费心费力，同事们又这么帮助自己，而且自己的技能水平确实有了很大提升，他畏惧学习技术的心理不知不觉就没了，干劲也越来越足。在检修和清雪等重体力劳动中，他主动参加劳动会战，抢着干，不顾自己有低血糖的毛病，难受了，嘴里含上一块糖，从不叫苦叫累，大家说他像个“拼命三郎”。他再没说过调离的话，还被选为党小组长，参与支部管理工作，为大家服务。

2015 年，星火一次变电所面向全工区选拔技术负责人，张磊第一时间把这个消息告诉妻子张玉莹，动员她。赶紧报名吧，这么好的集体，锻炼人，培养人，工作舒心，由心向外，每天都有使不完的力气。妻子早就心仪星火一次变电所，这次正好是个机会，积极准备竞聘，结果从 30 多名竞聘者中脱颖而出，如愿以偿。夫妻二人在同一个先进集体，业务上互相帮助，思想上相互鼓励，成为星火一次变电所的亮丽风景，获得了中油电能“最美家庭”的荣誉称号，张磊还被评为中油电能优秀共产党员、中油电能“最美青工”。

就这样，浦秀双用智慧解决了一个又一个难题，探索出一个又一个方法，先后形成了目标凝聚法、亲情关爱法、赏识激励法、谈心谈话法、双师带徒法、示范带动法、教育引导法、批评警示法、寓教于乐法、文化熏陶法，共同组成“星火思想政治工作十法”，成为星火党建工作经验的一大亮点，并向全油田推广，后来得到中国石油的认可，推广到整个石油石化系统。

2016 年，赏识激励法的升级版“星火吉尼斯”推出，以突出员工优点命名的“最踏实肯干的人——李雷”“最勇于担当的人——王咏梅”“最坚持标准的人——张淑杰”等几十个“星火之最”新鲜出炉。人人皆有专属“之最”，每位员工的优点都被精准聚焦。

这一举措意义非凡，不仅让员工的价值得到充分认可，更在团队中营造出积极正向的氛围。大家发现自身闪光点后，工作热情高涨，团队凝聚力也愈加强大，恰似点点星火被逐一点亮，汇聚成炽热光芒。

2017 年 10 月，中油电能（即中国石油集团电能有限公司）成立，星火一次变电所作为下属基层站队，面向绿色发展、奉献能源，凭借“星火思想政治工作十法”带来的活力与对绿色理念的坚守，不断迎接挑战，在事业发展的道路上，开始了迎风前行的追求。

用创新赋能思想之火

创新基层党建，始终是大庆油田厚植政治优势的金钥匙，对于星火一次变电所党支部这个先进集体，创新也是它的特质之一。

2016 年 2 月，中共中央办公厅印发了《关于在全体党员中开展“学党章党规、学系列讲话，做合格党员”学习教育方案》，“两学一做”学习教育也随之在大庆油田全面推进。处在这样的时代浪潮中，星火一次变电所党支部深知自身肩负的责任与使命。在这片充满挑战与机遇的舞台上，不创新就意味着退步。传统的集中学习虽有成效，但难以充分满足每名党员的个性化需求，为了让学习教育在星火一次变电所落地生根、开花结果，浦秀双积极探索，开启了创新之路。

午饭后，浦秀双习惯在院内小路上散步，一边散步，一边脑袋不停地思考。从2013年开始，连续讲了三年党课，自己一人讲党课，效果总是不尽如人意，怎样让学习不流于形式，并且人人都能有所收获呢？有空的时候，她就翻阅书籍，上网查找相关资料。

“如果改变形式，把书记自己讲，变成全体党员讲，把自上而下灌输，变为横向互动分享，一定能产生不同以往的效果。”她将自己的想法向上级党委作了汇报，上级党委肯定了她的方案，鼓励她，“弘扬星火精神的一项重要内容就是创新，大胆创新吧，我们支持你。”

有了上级党组织的支持，浦秀双带领班子成员研讨方案，会上，她谈了自己的设想，决定在“两学一做”学习教育中，大胆尝试全体党员讲党课的学习形式。班子成员都很支持，并积极出主意，纷纷想办法。让党员讲党课，由于每个人能力不同，讲的水平也各不相同，不能做太多硬性要求，使大家没有信心，不敢上台；时间上，太短了，讲不明白，太长了，又成了长篇大论，不容易记住重点。她集中大家的建议，将讲课时间定为20到30分钟，为了不影响大家休息，党课时间安排在午饭后的半个小时。为了消除大家顾虑，浦秀双带领班子成员一同去帮助，教党员怎样讲，怎样做PPT课件，并将拟好的题目和要讲的内容制定好计划，让大家照此准备。

按照计划，每个月都有1至3名党员讲党课，由于是第一次参与讲课，都没什么经验，紧张、磕巴、忘词是常事，但是只要坚持讲下来，浦秀双就带头鼓掌。年底，按照表现好坏，打分评比，有三分之一的党员获奖。有了第一年的经验，浦秀双组织制定了“微型党课大家讲”制度和评比办法，同时，又丰富了讲课内容，不仅讲党的创新理论、形势任务，还可以讲身边先进事迹、所思所想和学习心得，讲课者用自己的视角讲述，新颖别致，鲜活生动，大家听着亲切，都爱听。课后，还增加了党员代表点评课程环节，一下子活跃了学习气氛。

2017年初，党员高玉萍刚调入星火一次变电所党支部不久，她性格直爽，看到大家都在准备党课，自己没讲过，急得直跺脚。一天，高玉萍按捺不住，来到浦秀双办公室，干脆地说：“书记，是不是每名党员都要讲党课，我是不是也要讲？”“是啊，新来的党员也不能例外，已经给你安排了内容。”浦秀双放下手里的书，看着这位胖乎乎的新同事。“可是，我没讲过呀，也不会做 PPT，这可咋整？”见高玉萍急得两眼含泪，她微微一笑，亲切地说：“别着急，不会讲不要紧，我教你，不会做 PPT，咱们有党小组长，他会告诉你怎么做。”“那我，感觉还是不行。”看高玉萍有些紧张，浦秀双就坐到旁边安抚她，随口问道：“在这里还习惯吗，大家对你怎么样？”提到这些，高玉萍头一扬，来了情绪。“我觉得星火特别好，班组也不错，班长班员对我都很好，技术上帮助我，生活上也关心我，来到这里，我觉得自己特别幸运。”看到高玉萍满脸的真挚，浦秀双也被感染了。突然，她心中一动，何不就让她讲讲自己来到星火的感受，这样既能锻炼她讲党课的能力，又能通过讲身边的人和事，对党员进行一次星火精神教育。她对高玉萍说出了自己的想法，高玉萍高兴地答应了，并为党课起名叫《我的班友我的班》。准备期间，高玉萍一有空闲就练习讲课，没事就向书记请教语气、体态，还学会了如何使用 PPT 软件。

1 月下旬，高玉萍的党课如期开讲，她的声音在小小的“党员之家”轻轻回荡。刚开始是紧张的，渐渐地，她从大家的眼神里，看到了鼓励，越讲越兴奋，讲班长带着她熟悉现场，教给她巡检内容，讲同事经常给她指出记录上的问题，帮助她改正，大到技术上的难题，小到一杯热水，她还超出班组范围，讲到了所长的帮助和浦书记的关心。在场的每一个人，都被她深深地感染了，屋里的热度令窗外的寒冷逊色了几分，也为即将到来的农历新年，增添了家的温馨。

讲完党课，高玉萍的信心开始“爆棚”，不仅讲课水平得到提升，而且党性也越来越强。2018 年，她利用带薪休假的机会，特意去了趟湖南，走进红色教育基地，参观刘少奇故居时，在刘少奇《论共产党员的修养》一文前站立良久，反复观看学习国家领导人对《论共产党员的修养》的评价，被深深触动。回来后，她马上找到浦秀双说：“我不想讲原来的题目，想讲一下共产党员的修养。”“好啊！”浦秀双满心欢喜，党员有了这样的觉悟，说明微党课不仅受欢迎，还能够给大家带来启发，好上加好。“那就把你的感悟，分享给大家吧！”高玉萍兴冲冲地准备去了。看到高玉萍满脸溢出的喜悦，浦秀双心里也美滋滋的，像吃了一块巧克力。

从这以后，高玉萍上班空余时间准备，走路念叨，下班通勤路上还在背，班长问她：“小高，你是不是魔怔了？”她也不吭声。

在庆祝中国共产党成立 97 周年主题党日活动上，高玉萍精心准备了题目为《加强党性修养，做合格党员》的党课，从自己在湖南的见闻开始，与大家分享了党员应具备的品格，如何进行党性修养，以及解读党性修养的内涵等内容，并时不时分享自己的感悟。她讲得绘声绘色，大家听得有滋有味。十几分钟很快过去，大家都意犹未尽。此次党课又是非常成功，在课后进行的重温入党誓词环节里，大家的声音整齐高亢，在党员之家的小屋里回荡许久。从大家坚定的眼神中，浦秀双看到“党员”这个共同的名字，正深深地刻进每个人的心房，她无比欣慰。

大庆油田有线电视台对这堂党课进行了报道，许多基层党支部争相学习，这堂党课也成为当年党课的样板。

2019 年初，随着被控站划归，党支部又来了一位老大哥——56 岁的党员姚成林。和最初的高玉萍一样，他看到党员们准备党课，也犯了难。有一天，姚师傅敲开浦秀双办公室的门，倒出了一肚子苦水，而且还张嘴拒绝了讲党课。“书记，千万别让我讲，56 岁了，眼花了，脑袋也锈了，现在这个手机都摆弄不通，就更别说做 PPT 了。”浦秀双见姚师傅说了这么一大堆，还没想好怎么劝。又听他说：“书记，听大家讲可以，我保证认真听认真学，我自己真讲不了，不如这样，你给我多安排些活儿，啥脏活累活，我都不怕。”听见姚师傅连珠炮似的一顿说，浦秀双笑了。“姚师傅别急，我相信凭你的经验，什么脏活累活都难不倒你，还能给年轻人当榜样。可我也相信，你是老大哥，在讲党课这件事上，对你来说，也不算啥困难。”听书记这么一说，姚师傅一愣，本来寻思，只要他说了，就不用讲了，又听见浦书记说：“我们几个支委之前研究了一下，你的党课不仅要讲，还要第一个讲。”看姚师傅满脸疑问，浦秀双接着说：“现在讲解放思想，推进企业创新发展，星火的党员能不能解放思想，你这个老大哥、老党员要带头，你是关键，你能带头，咱们星火的党员就都会解放思想。”姚师傅明显听进去了，话语也软了。“书记，你的想法挺好，可我不会解放思想，脑袋里没有一点东西。”姚师傅显然答应了。浦秀双说：“那好办，我找些资料，你先看着，看能不能有思路，有什么问题，咱俩一起研究。”随后，她查阅求是网、中国共产党新闻网，找到许多有关解放思想方面的资料，发给姚师傅。她相信一脸憨厚、性格耿直的老姚师傅，不会令人失望。果然，不到一周，姚师傅兴冲冲地推开她的办公室门。“书记，那些资料我都看了，真让我找到了一个思路，我想结合国家的发展变化，谈谈我这些年工作经历和思想认识，不过，你要给我把关。”看到姚师傅转变这么快，浦秀双由衷地高兴，连说："没问题，没问题。"姚师傅又说："我可是从改革开放之初过来的人，每个时代国家的变化，我都是见证人，也是发展成果的受益者，我相信这种发展会越来越好。我想了又想，这堂党课就叫《解放思想没有休止符》，咋样？""太好了。"姚师傅连名字都想好了，这个名字还非常恰当，浦秀双对姚师傅顿起敬佩之情，不愧是老党员、老师傅，觉悟高，一点就透。又听到姚师傅说："不过，书记，PPT 我不会做。""没关系，我来帮你做。"浦秀双的声音更加干脆。

于是，当 2019 年的新年曙光刚刚洒下，星火一次变电所党支部的第一堂党课，在姚师傅绘声绘色的讲述中拉开了帷幕。数九寒冬，窗外的腊月天寒风凛冽，可老姚的话语却似熊熊燃烧的火焰，驱散了冬日的酷寒，让室内暖意融融。

在讲台上，姚师傅将自己几十年在工作中的所见所闻、所思所想，与解放思想的理论紧密融合，真实的经历与深刻的感悟，让台下的党员们身临其境，他们一笔一画地记录着老师傅多年积累的宝贵工作经验，一字一句领会着老党员对国家发展、个人成长的深刻认识。在这一刻，每个人的心都被深深触动，内心犹如翻涌的浪潮，久久不能平静。

浦秀双坐在台下，同样思绪万千。她深知，这不仅仅是一堂普通的党课，更是一次精神的洗礼、思想的升华。这堂党课完美地为新的一年开启了一个充满希望的好头。姚师傅，这位优秀的老党员，成功完成了人生中的第一堂党课，他的精彩表现，无疑也为星火一次变电所的创新工作带来了启发。

如今，"微型党课大家讲"被大庆油田基层党支部广泛借鉴，一堂堂生动的"微型党课"，是无数油田党员听党话、跟党走的最美缩影，星火一次变电所党支部也被评为大庆油田新时代党员教育示范阵地。

2019 年 9 月 26 日，大庆油田迎来发现 60 周年的重要时刻，习近平总书记的贺信如同一束明亮的光，照亮了油田前行的道路。信中对大力弘扬大庆精神、铁人精神的要求，以及对肩负起当好标杆旗帜、建设百年油田重大责任的嘱托，成为全体石油人奋进的动力源泉。

就在这意义非凡的一年，星火一次变电所党支部积极响应号召，将创新作为发展的核心驱动力，在创新的道路上大步迈进，连续取得丰硕成果。一系列富有创意与实效的工作和学习方法相继“问世”。“倒闸操作‘双一’举措”，极大提升了操作的准确性与安全性，为电力供应的稳定运行筑牢了坚实基础；“安全经验分享进班组”，通过分享日常工作中的安全经验与教训，让安全意识深深扎根于每一位员工心中；“雁阵人才计划”，如同精心打造的人才培养摇篮，以老带新，培养出一批又一批专业过硬、素质优良的电力人才；“星火夜校”则为员工提供了持续学习、提升自我的平台，利用业余时间，让知识的火种在夜晚也能熊熊燃烧。

这些创新举措让员工们收获满满，党员的思想觉悟与业务能力显著提升，带动整个变电所的管理水平实现质的飞跃。全体员工心往一处想、劲儿往一处使，共同为变电所的发展拼搏。在这一年，星火一次变电所凭借出色的表现，成功获得“中国石油先进 HSE 标准化站（队）”荣誉称号。这一荣誉，是对浦秀双努力与创新的高度认可，更是激励她和伙伴们在未来继续砥砺前行，以实际行动践行大庆精神、铁人精神，为建设百年油田贡献更多力量的强大动力。

2023 年初，红色网格加强基层治理模式在大庆油田上下快速推进，浦秀双率领星火一次变电所党支部积极探索冲在前面。她组织班子认真探讨，结合多年的党建工作经验，认为要突出“六大员”的作用，既要培养“六大员”担当尽责的能力，还要以“六大员”作为支点结对帮带，形成共同治理的合力，还要对“六大员”进行评比。星火一次变电所党支部热情高涨，一开始，最仔细认真的人被选为安全管理监督员；然后，心思最细腻的人又被选为维稳信访调解员。纵向，“六大员”对接班组员工，解决生产热点难点问题；横向，联系社区、延长油田、昆仑银行等单位开展党建联建，“六大员”考评和班组工作深度融合，更使红色网格治理成为加强基础工作、提升党支部凝聚力的坚实手段。“学带评”机制，在星火一次变电所党支部迅速发挥效应，被连续三年评为中国石油先进 HSE 标准化站（队），安全平稳运行超过 15700 天。

用传承续写发展之火

星火精神犹如她的名字一样，自 1958 年 5 月 16 日松辽石油勘探处维修队电工班成立那天起，就开始孕育生长。星火具有特殊的“点燃”品格，1981年12月22日，大庆油田第二座110千伏变电所在星火村建成投产，星火一次变电所因此得名，积淀的石油会战优良传统，带着大庆精神、铁人精神的厚重，逐渐凝聚成一片浩瀚的海洋。

建所初期，由于星火地势低洼，一下雨，开关场就出现内涝，电网安全受到威胁。所里上下动员，学习人拉肩扛精神，人工运土垫高场地。两个人一根扁担，抬一筐，一个人端着铁锹运，人累了换人，人歇扁担和筐不歇，下班了，干部不回家，工人也不回，女同志和男同志一样干。筐烂了，用铁丝绑绑，扁担折了，就换个粗点的杠子继续抬。这一抬就是三年，将3200平方米场地，垫高30多厘米，每人每天平均抬土方22立方米，这就是“一根扁担传作风”的佳话。

此后，老星火人又在实践中形成塞尺精神、风扇作风、线圈原则和电容品格四个岗位价值观，和“实干、公正、廉洁、奉献”四个形象一样，被星火人所遵守。

浦秀双接过党支部书记重担的那一刻，传承星火精神的使命，让她深感责任之重大。从那以后，思索从未停歇：星火怎样才能更好地传承大庆精神、铁人精神？新一代星火人又该如何接过这根精神的接力棒，让星火精神薪火相传、熠熠生辉？这些问题始终在她脑海盘旋。

几年来，大庆油田飞速发展，成立于2012年的星火运行中心，无人值守的被控站增多，智能化将成为大势所趋。伴随星火精神代代相传的节奏，党员们的精神风貌有了很大改观，可是星火党建、星火精神需要与时俱进，与新时代油田发展接轨。每进行一次深度思考，她都有灵光一闪的发现。

这段时间有点忙，她忽略了一件事，国庆节过后，有了空闲，她赶紧拨了一个电话。电话那头却传来悲痛的哽咽声：“我父亲上个月去世了，去世前告诉我们子女，不能惊动星火人。”浦秀双听完呆住了，才两个月没和林子成老先生通话，就发生这样的变故，她心痛不已，以后再也听不到林老的教诲了。

是林老主动开启了和她的渊源，是林老给了她决心和信心。

担任党支部书记第二天，她接到一位老人的电话，这位老人就是星火的第一任技术员林子成。她听说过这个星火一次变电所的“老前辈”，康世恩曾评价他所帮带的青年职工为“大庆的青年人，胜似老革命”。没想到，他能给自己打电话。林老跟她聊了一个多小时，尤其是“干好星火书记要记住六个字：‘懂生产、暖人心’”这句话，她一直记在心里，默默执行。此后，每隔一段时间，林老就会打来电话，关切地询问工作情况，不厌其烦地给她讲做人做事的道理。她将林老请回星火一次变电所，与新入职大学生座谈，这也是他们第一次见面。林老年过八旬，可精神矍铄，声音依然有力，他给大家讲述了自己来到星火担任技术员的故事。

星火一次变电所刚建立虽然苦，技术也不行，多数都是新毕业的技校生，但大家干劲足，立下了“克服一切困难，事事争上游；传承‘三老四严’，人人当骨干”的誓言，肯学习，勤钻研，业务能力一下提高了一个层级。林老讲了“跟撵问”培训法，还有“整直溜”的小故事，这些事过去许久，仍历历在目，像风扇一样，推动星火人自我加压、主动工作，由此诞生了“风扇作风”。他带领工人们排除了电网运行隐患，参加技术比武，一举夺魁，建所不满一年，星火一次变电所就被破格评为大庆油田“金牌变电所”。

林老语重心长，不管是新毕业的大学生还是新老星火人，都对林老投去火热的目光，有崇敬，有向往，有热情，更有坚定。是啊！先辈付出的努力为星火精神孕育出了火种，为星火一次变电所贡献着星辰。星火一次变电所永远保持年轻的热情，保持与时俱进的姿态，作为大庆油田发展的排头兵，新老星火人始终勇立潮头，浦秀双暗自感叹。从作为电力人才培训基地的星火一次变电所走出去的400多人，都成为油田各条战线“主力”，在油田流传着“凡有变电处、必有星火人”的赞誉，这就是星火一次变电所几十年发展的真实写照。

座谈会后，浦秀双和林老经常通电话，过年过节，还去林老家里探望。没想到林老突然离开，她难舍悲痛。第二天，她和所长一块儿去祭拜林老。在林老墓前，浦秀双献上一束鲜花，像往常一样，汇报了星火的工作进展，让林老放心，她会遵照他的嘱咐，牢记星火优良传统，将星火精神代代传下去。

秋意正盛，墓旁的那些槭树翠松，有的渐红，有的油绿，都赶趟儿似的，似乎有许多话，要对星火诉说……

2017年刚过完年，浦秀双想着应该继续创新基层党建载体，在主题党日活动上下点功夫，琢磨研究个新东西出来。她把想法向上级组织做了汇报，得到供电公司党委的大力支持。

为了这次主题党日，她和班子成员研究策划，并让全体党员参与探讨主题党日活动形式。有的建议，用情景剧演绎星火故事；有的说，“朗诵我拿手，给大家诵读咱们星火传统故事”。新来的所长李卫星说，要向即将开展的生产任务发出倡议，还要为党员先锋突击队授旗；浦秀双提议要有重温入党誓词的环节，还要为党员之星颁奖，结尾咱们要一起唱响《踏着铁人脚步走》，大家纷纷点头，对她的意见表示赞成。时间定在中国共产党成立96周年之际，主题党日的名字也定了下来，叫作“弘扬星火精神，当好标杆旗帜，争做改革发展先锋”，涵盖了星火党支部发扬传统，立足当下，当标杆、争做改革先锋的雄心壮志。很快，紧张的准备工作就开始了，大家忙得不亦乐乎，每天都是一张张激情洋溢的脸，工作起来也是劲头十足，好像一个个都上满了发条。

“七一”前夕，供电公司100名党员会聚到星火一次变电所，参与这次党支部活动。大家虽然有些紧张，但是带着荣誉感，把紧张化作动力，尤其是“苏宝山夜巡”的星火传统故事，一下子将人们的思绪拉回到建所初期，星火老所长严实认真，交接班不能差一点，不行，就重新交接。“一根扁担传作风”“聊出来的塞尺精神”“杨丽莎的遗憾”等星火传统故事，在星火人声情并茂的讲述下，为党员们呈现了一幅敬业奉献的画面，虽然故事耳熟能详，但是在视听感觉的冲击下，大家都有了新的感悟。

朗诵倡议书的时候，浦秀双激动了，每念一句，心都颤抖一下，她在努力控制，句句抑扬顿挫，重音似锤：“让我们恪守‘风霜雨雪是军情、用户需求当军令、保障有力建军功’的服务理念，为油保电，优质服务。让我们高举红旗，奋勇向前，为建设百年油田，振兴龙江发展贡献力量！”最后全体齐唱《踏着铁人脚步走》，唱响前辈的战歌，向新时代进军，浦秀双和她的“战友”们热血沸腾，感染了台下的100名观众，大家齐声跟唱，个个成了整装待发的战士。

一个月后，浦秀双讲了题为《石油精神——我们前行的力量之源》的微党课，和大家分享这几年的思考和探索。弘扬石油精神有哪些意义？石油精神有什么样的溯源？如何弘扬石油精神？浦秀双清晰悦耳的话语，积极阳光的姿态，令这堂党课事半功倍，新时代星火人该做什么，该怎样去做，渐渐汇入大家的心坎。最后，她讲道：“石油精神既是中国石油人攻坚克难、赤诚奉献的动力源泉，也是中国石油人渡过难关、深化改革的精神基石。无论过去、现在还是将来，石油精神一直是鼓舞石油人砥砺前行、夺取胜利的强大精神力量。”这些话，似乎有了生命，久久在员工心中萦绕。

课后不久，这节党课就被铁人学院列为培训课程，每年在大庆油田党员中讲授。2020 年，黑龙江省“党课开讲啦”活动将这节党课评为省级精品党课，浦秀双也荣获党课“十佳主讲人”称号。

精神具有穿透力，它能够穿越时空，将过去与现在联系在一起，青年值班长李雷就接到了这一物理感应。2018 年 6 月，向阳智能被控站投产送电期间，他脑海中浮现出李龙副所长用塞尺测量刀闸触头的画面，也记着浦书记指着塞尺，给他们讲述严细认真的星火故事。他下定决心，严格把关，一个个开关柜，一颗颗螺丝，一个个接点，不放过一丝一毫的问题，反复查找，查出问题，他就像一块磁铁，吸在上面，反复监督整改，反复验收，直到查不出任何问题。大庆油田第一座智能化变电站高质量高标准，如期投产运行，又创造了一段严实佳话。还有帅德利和冯云传夫妻俩，同在星火一次变电所工作，一个夏天的周末晚上，陪父母在家吃饭，突然窗外雷声大作，顷刻，下起倾盆大雨，单位打来紧急电话，两人撂下碗筷，开车就往单位赶，查找故障点、模拟操作、验电……两人配合默契，为恢复供电争取了宝贵时间。还有老党员王咏梅，在医院陪护爱人，多次抽出时间，去附近的被控站巡检。这些新星火人对工作的热忱，再次传为美谈。

都在学星火，星火怎么办？浦秀双经常对自己发问，她也把这个疑问作为支部“两分法”反思的一个问题，供全体员工思考。一时，星火一次变电所上下，员工主动想办法，创新解决生产难题，蔚然成风。员工们火一样的激情，让浦秀双又产生了一个新念头。

2020 年 1 月 2 日，浦秀双为党支部首批 14 名星火文化传承骨干挂上胸牌。从此，星火文化传承典型被树立起来，他们来自不同岗位，让星火一次变电所处处都有星火传承的讲述者、践行者和传承人。2023 年，星火文化传承骨干张玉莹被聘为大庆油田大庆精神铁人精神特约宣讲员，成为星火文化的优秀接力者。

2020 年 9 月 22 日，习近平总书记在第七十五届联合国大会一般性辩论上发表重要讲话，提出中国将提高国家自主贡献力度，采取更加有力的政策和措施，二氧化碳排放力争于 2030 年前达到峰值，努力争取 2060 年前实现碳中和。随后，国家加快碳达峰碳中和工作步伐，大庆油田全面贯彻落实中国石油集团党组部署，积极“领跑”。

回望过去，一幕幕经验做法在心里更加夯实，展望未来，浦秀双常常陷入沉思。越是在企业改革发展的关键时期，越需要基层党组织发挥战斗堡垒作用，需要党员发挥先锋模范带头作用。2022 年初，她紧跟大庆油田党委推进党建工作与生产经营深度融合的步伐，找到了党建促发展的有效渠道，在“智能星火、人才星火、精神星火”目标的基础上，第四个目标“绿色星火”随着大庆油田中油电能快速推进绿色低碳发展，应运而生。2022 年 6 月，大庆油田星火水面光伏示范工程经过三个月的施工，如期建成，绿色星火踏出了新路，站在了大庆油田绿色发展的潮头，浦秀双兴奋不已。

星火水面光伏示范工程的成功投产运行，使星火从单一的供电业务向发供电一体化业务转变，从传统供电模式向绿色低碳发展模式转变，此项工程为大庆油田新能源项目开发提供了坚实的技术储备和有益的建设经验。

2023 年 3 月 25 日，中油电能传出喜讯，大庆油田首台风机并网发电，迈出聚焦碳达峰碳中和目标，加快构建“多能互补、绿色发展”新格局坚实步伐。在新能源领域迈进一大步的大庆油田，像只一跃升空的雄鹰，展翅飞翔。紧接着，5 月 9 日，隶属中油电能的新能源研究开发分公司揭牌成立，中油电能成为大庆油田新能源业务的领跑者。

2024 年 1 月 30 日，大庆油田六届三次职代会提出使命愿景“当好五个标杆、建设五个百年油田”，浦秀双深知，其中“当好绿色低碳转型的标杆，建设创新引领的百年油田”的要求，星火一次变电所义不容辞。

2024 年 11 月 23 日再传捷报，位于林甸县境内的大庆油田 60 万千瓦风光发电项目首台风机基础浇筑完成，首个集中式风电项目正式进入风电场主体施工阶段。

用真情辐射温暖之火

有一种温暖，叫“星火在你身边”。走进星火一次变电所，见到事、遇到人，时时刻刻都能感觉到星火温暖的存在，关爱、团结、和谐几个词，在星火一次变电所，是实实在在的，且抬头可见。

浦秀双全心全意帮助员工、服务员工，把支部的温暖送给每一名员工。员工感冒时，她会熬上浓浓的姜汤；员工操作错过吃饭时间，她会下厨为员工做上一桌可口的饭菜；员工家里有困难时，她会及时伸出援手……星火一次变电所党支部的温情在这些点滴中越来越浓。

2016 年，星火一次变电所分来一名大学生王远博，是位“90 后”。浦秀双发现他不爱说话，工作劲头也不高。浦秀双先不找他谈话，而是让同事多去和他交流，自己加了他的微信，多方位了解他。原来，王远博的同学大都去了北京、上海等大城市工作，他拗不过父母，回到大庆油田心里一直赌气，工作有情绪，心思也不稳。浦秀双还发现王远博的朋友圈里经常晒微雕作品，他喜欢在铅笔芯上雕刻，直径三五毫米的铅笔芯，在他手中变成了一个个精美的工艺品，像中国结、十二生肖等，栩栩如生。浦秀双为之惊喜，她知道这个技艺不是平常人能够具备，需要天长日久的揣摩和磨炼，一定经历了无数次失败。发现了王远博的优点，浦秀双把他找来谈话，并布置任务：“给你提供两个素材，一个是咱们的星火图标，还有一个就是门口的抽油机，你雕出来，咱们党支部要用。”王远博爽快地答应了。浦秀双觉着有门儿，只要能够把这两件东西雕刻成，就能够悟到星火精神的精华，王远博会爱上星火的。鉴于这段时间的了解，她有信心。回头她又安排了两位师傅，所长当他的业务技能师傅，宣传委员当他的思想作风师傅。果然不出所料，不到半年，王远博的作风和技术水平都快速提升，不仅能够独立顶岗，还抢着加班，让大家看到了“风扇作风”的传承，称他为“小风扇”。他也很快成长为入党积极分子，微雕作品也如愿完成，不仅形似，还有很强的艺术感染力，令大家惊叹不已，被“星火吉尼斯”评为“最精雕细刻的人”。

年底，王远博的成长经历和创作作品，在“星火耀油田”平台推出宣传。他的故事走出星火一次变电所，《大庆日报》、《大庆油田报》、大庆油田有线电视台分别作了报道，中国石油集团官方微信和黑龙江广播电视台《新闻夜航》栏目也对他的成长经历进行了深度报道。后来，他成长为一名优秀的团支部书记。再后来，喜欢剪纸的高玉萍、爱画画的王宏州也加入了星火“民间艺术家”之列。浦秀双把这些具有艺术气息的员工，都纳入星火人才培养计划中，让他们的优点得到最大释放，将这份热情延伸到业务能力上，同样相得益彰。

星火一次变电所有一名女员工，怀孩子比较晚，又遇到早产和难产，双胞胎儿子一个先天视力为零，另一个脑瘫，生了孩子，家里就成了困难户。浦秀双比谁都急，时不时就去家里看看孩子，号召大家共同帮助。其中一个孩子三岁的时候，需要去杭州做人工晶体植入手术，她再次发出捐款倡议。全所上下齐力捐款 10000 多元，她的倡议还得到上级响应，中油电能和供电公司两级领导班子和本部负责人也纷纷捐款，筹集善款 35000 多元，解决了孩子的手术费用。孩子手术非常成功，戴眼镜能看清一米以内的东西。听到这个消息，就像自己的孩子病好了一样，大家都非常高兴。

解决了后顾之忧，这名员工工作干劲更足了，家庭负担小了，她就利用一切时间学习提升，很快就竞聘为值班长，担起了星火生产任务的重担。执着地追求美好，美好就会回报。2024 年 9 月，患有脑瘫的皓皓，经过多年锻炼，自己能够独自蹒跚地走出二百米，这名员工欣喜若狂，马上给浦秀双发了一个视频报喜，并两眼含泪地说道："这一路，都是浦姐您和许许多多爱心人士帮助，孩子才能迈出人生的第一步，浦姐您是我们家的大恩人，感谢您！"看过视频，浦秀双满脸泪水，为这个坚强的孩子，也为这位坚毅的母亲，此刻她备感欣慰。

星火一次变电所有了名气，就应该始终做出样子，浦秀双又把党支部志愿服务活动进行了拓宽。2019 年春天，浦秀双率领党支部走进星火一次变电所所在的社区，开展志愿服务活动。她有自己的主意，这次活动，不仅要加强星火一次变电所与社区的横向联系，带领星火一次变电所的党员走近群众，还要完成一次帮扶和一次学习体验，重要的是他们要见的两位主人公，都有不同寻常的革命战争经历，要抓住这次特别难得的机会，进行一次爱国主义教育。他们首先见到了 88 岁的李广生，他参加过辽沈战役、平津战役，还渡过鸭绿江参加过抗美援朝，当过侦察连连长，多次立功受奖，现在身患多种疾病，几个孩子有的早逝，有的疾病缠身，一个孙女照顾他和老伴儿。不过，老人没有被生活打垮，仍然开朗健谈，他为星火一次变电所的党员们讲述了自己亲历的战争故事，将与敌人斗智斗勇的场景描述得惟妙惟肖，讲到激动时，一边讲一边抹眼泪。

大家都被老人的情绪感染，深深陷入浴血奋战的情境中，不能自已。浦秀双趁热打铁，连忙说："没有老前辈抛头颅洒热血，就没有我们今天的幸福生活，让我们向老革命致敬。"大家站直身子，怀着崇敬的心情，向李广生老人深鞠一躬，表达敬意。党员冯儒迫不及待地说："我们永远都不能忘记，当下的和平年代，是老一辈革命者用生命和鲜血换来的，我们一定要建设好、保护好。"他们又来到104岁的王玉福家中。王玉福老人参加了抗日战争和解放战争，因为身体原因，语言表达已经不够清晰，他儿子向党员们讲述了老人的战争故事，尤其是中国人民抗日战争暨世界反法西斯战争胜利70周年，老人接到邀请去北京参加阅兵式，可惜身体不便，没有去成，留下了遗憾。

党员们为老人送来米面油奶等慰问品，并帮助打扫了卫生，两位党员还用黑管吹奏了一曲《我和我的祖国》，党员们也随曲哼唱，看到老人的嘴嚅动着，满是皱纹的脸，此刻也绽开了，透过那些沧桑，依稀还能看到当年激情四射、奋勇杀敌的豪情。再看看党员们年轻的脸，浑身上下充满活力，浦秀双很是欣喜，这一次志愿服务活动，收获颇丰。

同事们朝夕相处，你的困难中有我，我的提升中有你，工作和生活两不误，过成了一家人。2021年，"90后"常虹来到星火一次变电所党支部，看到这个年轻人聪明好学，浦秀双好像看到了曾经的自己，有同样的宣传工作经历，让两个人一下子亲近了许多。浦秀双把常虹当作徒弟来培养，给她压担子。常虹很争气，每天不是在学习讲解词，就是在星火墙边转悠，在"党员之家"一关就是一小天。浦秀双在旁边观察，时常过来指导常虹，讲解时的语速、语调、手势、体态，怎样用好肢体语言，让外行的听者一听就懂，对待不同的参观者，怎样调动他们倾听的兴趣。她手把手地教，不厌其烦地指正，常虹也很争气，迅速成长，成为星火精神的优秀讲解员，累计讲解300多场。浦秀双把常虹带入编书的校对小组，参与《看标杆党支部书记如何抓党建》的校对工作。常虹拿出跟师傅学到的严实作风，一边学习，一边逐字逐句推敲，20多万字的内容，一个标点符号都不放过，优秀地完成了校对工作。2021年底，常虹又被师傅委以重任负责新展厅升级验收工作，在实践中体会星火严细认真、一丝不苟的精神，出色地完成了任务。看着她的成熟，浦秀双由衷地为她高兴。有一次撰写星火故事，常虹写了一篇题为《长大后，我想成为你》的故事，以此表达对师傅的感激之情，透过字里行间，清晰可见星火人那令人赞叹的特质——"聚是一团火，散是满天星"。

在星火所及之处，那些闪耀着光芒的特质无处不在，恰似一粒饱含生命力的葵花种子，奋力向土壤深处扎根，绽放出绚丽花朵。“是啊，党建工作做实了就是生产力，做强了就是战斗力，做细了就是凝聚力。一定要把党建推动高质量发展坚持下去！”这句话像一个闹钟，定时在浦秀双心中震响，又每每令她沉思。思维的洪流一次次冲开羁绊，带上她去追逐新的浪花。

用深耕燃旺燎原之火

星火精神接地气的品质，很快在大庆油田内外得到强烈的共鸣。星火精神不仅成为中油电能的企业精神，星火一次变电所党支部也成了大庆油田基层党建工作的典范，先后作为中国石油企业精神教育基地、石油精神教育基地和大庆油田传统教育基地，经常迎接单位集体的参观学习，年参观者上万人次。

由于工作突出，2016 年，浦秀双获得黑龙江省“优秀党务工作者”荣誉称号。2018 年，星火一次变电所党支部被评为“中央企业基层示范党支部”。有了更高的荣誉，反而促使她更加冷静地思考党建工作的意义和深度实践探索的途径。

2018 年 11 月 20 日，冬意渐浓，美丽的胜利油田所在城市东营，迎来国务院国资委召开的中央企业基层党建座谈会，作为基层示范党支部的带头人，浦秀双登台领取奖牌，还要发言。2015 年到 2017 年，浦秀双曾经三次带领星火宣讲团队登上大庆油田铁人大讲堂，宣讲星火精神，可是在这么大的讲台上领奖是头一次，发言更是没有过。面对台下全国各大企业负责人以及国务院国资委领导，难免紧张。可又想，自己代表着中国石油唯一获此殊荣的党支部，这是一次难得的交流机会，必须拿出百分之二百的精力，将自己几年来的工作心得呈现出来，求得批评指正，回去再继续提高党建业务能力。而且，这不仅是一次党建经验交流，也是一次讲述大庆精神、铁人精神，弘扬大庆会战优良传统的机会。接过奖牌之后，她深吸一口气，平心静气，作了题为《小星火照亮大油田》的发言，在讲到争做党员思想的星火一次变电所时，她说：“我们始终把思想政治建设放在首位，以‘支部一团火、书记一面旗、党员一颗星’为目标，坚持学习、作风、规矩‘三个从严’，建设火一样温暖、火一样激情、火一样斗志旺盛的集体。”此刻，她不再是自己，更不仅是星火人，而是大庆油田的代表，中国石油的一员，讲到这里，台下传来热烈的掌声。国务院国资委领导在随后的讲话中，对她的发言给予了高度认可，称赞说，星火党支部的“三个从严”将从严治党落实到基层，很有代表性，小支部立起了大志向，小星火照亮了大油田。国务院国资委领导的肯定和赞赏，让她一想起来，就激动不已，决心将“三个从严”的经验做法持续坚持下去。

2019 年 2 月 26 日，全国总工会在北京人民大会堂举行全国先进女员工集体和个人表彰大会，浦秀双荣获“全国五一巾帼标兵”称号，为黑龙江省十名获奖者之一。这一刻，她暗下决心，对自己的工作经验要做进一步探索。

2020 年初，大庆油田要在全油田打造一批“星火式”示范党支部，她深感肩上的担子更重了。星火精神不仅是星火一次变电所的，星火经验已成为大庆精神的深度实践，令人无比自豪。她开始琢磨星火经验普及的方法，既然要普及，必须要有一套行之有效利于传播的经验。白天忙完日常工作，她抓紧时间看书，上网查资料，夜晚到家，孩子和父母睡了，就趴在餐桌上对着台灯梳理总结党建经验，经常写到凌晨一两点钟。老父亲半夜醒来，发现她还在写，不禁心疼，“你这是写的什么书，成宿不睡觉，身体还要不要了？”她安慰老父亲：“写完这点就睡”。见老父亲睡去，就又沉浸在撰稿中。

一天，她正端坐写着，一抬头，突然感觉到天旋地转，继而颈部酸痛不已。到医院检查发现，颈椎出现多处突出，可她没有过多休息，一边做理疗，一边继续总结归纳。九个月后，星火党建十大模板“出炉”，包括“三会一课”如何有效果、党建载体如何去创新等，每个模板分为理论回顾、星火经验、星火案例、星火模板四个方面，全面系统地对党建工作和经验做了解读梳理，具有极强的指导意义，一经中国石油“铁人先锋”平台推出，在基层党支部中反响热烈，她的讲课视频纷纷被党务工作者们收藏转发，好评不断。同时，20 多万字的电子书在“中油阅读”平台上线。可是大家仍不满足，纷纷来电想要纸稿。在石油工业出版社老师的帮助下，纸质版书籍《看标杆党支部书记如何抓党建》在中国共产党成立 100 周年之际与读者见面，掀起学习热潮。

2021 年注定是个收获之年，星火一次变电所党支部时隔 18 年再次获得“中国石油基层党建百面红旗”荣誉。带着激动的心情，浦秀双登上飞机，奔向革命圣地延安。

走在延河旁，清澈的河水仿佛流动着时光，对面的宝塔山隐约传来悠扬高亢的信天游，浦秀双情不自禁地随着旋律轻轻哼唱。7 月 13 日，第一届全国石油石化企业基层党建创新论坛召开，浦秀双代表大庆油田登上讲台。有了在东营的发言经验，她这次更有信心，更有底气。她仪表端庄，姿态轻盈，口齿清晰，作了题为《“四个强化”做好基层党建工作》的经验分享，每每讲到特色做法取得的成绩，台下就会传来阵阵掌声。星火经验得到认同，是她最大的欣慰。分享结束，下台入座。旁边挨着的延安市党务人员仍旧激动不已，连连称赞她的工作方法新颖独到，更重要的是务实、操作性强，回去一定认真学习大庆油田的星火经验，在基层党支部中开展实践。说到这里，她还热情地拿出一小布袋特产——延安小米，送给浦秀双，感谢分享经验。浦秀双接过这袋小米，一股强烈的自豪感涌上心头，多年的努力和付出在这一刻都化作感动，她的眼角湿润了。

2022 年，浦秀双的讲课视频在中国石油“铁人先锋”平台播出，成为基层党支部和党员的必备课程。她被聘为中国石油党校客座教授、大庆精神铁人精神研究会研究员，先后受邀到北京、广东、陕西、新疆等 20 余个省市自治区的院校、企业授课。2024 年，她所讲的《“四个强化”做好基层党建工作》课程入选中组部全国干部教育培训好课程，星火党建经验在全国央企国企广泛传播。

时光悄然流转，精心梳理着星火的故事，如今已累积成近半个世纪的厚重篇章。星火精神，是石油人传承不息的红色基因，是党建引领下的强大奋进力量。未来，还会有无数年轻的身影加入，他们会以热血激情，书写更多感人至深的故事，一代又一代如浦秀双般的执炬者，将不断涌现，释放出耀眼光芒，让红色火焰熊熊燃烧，照亮星火前行的道路。

听，那首《星火耀油田》的激昂旋律，从历史深处袅袅而来，承载着往昔峥嵘，更传递着对未来的无限期许。歌声悠悠飘荡，时远时近，却愈加清晰，在这片被信仰浸润的土地上余音绕梁，成为星火人心中永恒的战歌。

腾飞吧，

小小星火闪烁光芒，

用大庆的标准，去塑造形象，

用户的笑脸，感受你的真诚，
让星火的激情就传遍四方。
腾飞吧，
小小星火展翅翱翔，
让内心的呼喊在空中回荡，
紧握住你手，暖流就涌心头，
有你与我同在，让星火耀油田！
……

把血加热

——记第三采油厂集输工 宋佳

井场又是实验室，红工衣又是白大褂，宋佳用责任与智慧打磨成一把把金钥匙，打开了一道道铁门坎，绵延了一条条坦途……

她，带着近万字的调研报告，敲开领导办公室，开门见山“我有个想法”；她，不畏分享自己的“黑料”，在苦干蛮干的“惭愧”中豁然开朗，深刻感悟“干活要动脑，要巧干精干”；她，浑身洋溢着新时代青年的蓬勃朝气与无畏勇气，那股子自信，恰似初升朝阳，势不可当。

她，走到哪里，哪里就会荡起浩荡春风，哪里的大地就会怦然心动，这就是“90 后”采油女工宋佳。自信、革新、数智化，是大数据时代贴在她身上的鲜明标签，也是打在新时代大庆油田青年身上的鲜活“烙印”，在青春的舞台上，绽放出更加璀璨的光芒，为能源事业的未来开拓出无限可能。

全国五一巾帼标兵

她总是对世界充满好奇，不论多少荣耀加身，依然马不停蹄地奔跑，依然绽放邻家小妹的真诚笑容。作为新新人类，她也是喜欢吃鱼头的干饭大王，爱刷抖音的搞笑青年，写网文的文艺博主，爱骑摩托车兜风的耍酷女生，用油管边角料自制一支“冲锋枪”的淘气宝贝。宋佳，一位朝气蓬勃的“90后”女生，她走到哪里，哪里就会荡起和煦春风，哪里的大地就会怦然心动！

热情拥抱变化的世界，永远追逐光的方向，从喜欢里得到欢乐和力量，而不是花光所有的力量和欢乐去喜欢。动起来，创造时代；用起来，不负天生我材。身上有光的人，光芒一定来自内在的自信与魅力。这是精彩的人生，出彩的青春应有之模样！

有一种选择，叫翻越山海

宋佳总是在不熟悉的领域跃跃欲试并很快找到“感觉”。前面有人领跑，她会自问，“为什么那人不是我？”安于舒适，会觉得“没意思”。她总是试图够到别人的“天花板”，为此给自己平添很多“麻烦”，但心甘情愿，在所不惜。因为，奋斗的生活，有意思。

2024年12月14日晚上，中国石油首届培训师大赛组委会正式公布了“入围复赛选手名单”，大庆油田党建人资组有5人晋级，第三采油厂的“90后”宋佳名列其中。而十天前，大庆赛区该组前20名名单出炉时，人们惊讶地发现了这匹横空出世的“黑马”，所有选手中她年纪最小。综观所有赛课内容，唯有她独树一帜。跻身于诸多资深专家和优秀油田培训师中，只有她一人 2023 年才当上厂级内训师。

1990 年出生，22 岁参加工作，32 岁成为大庆油田第三届新时代青年先锋、第四届油田工匠、黑龙江省好师傅，宋佳都是“最年轻”的那一位。

2023 年，她的名字出现在中国石油集团公司首届创新方法大赛报名表上，并在残酷的淘汰赛制中“活”到了最后，捧回工程技术类银牌，获奖者中，她最年轻。

2024 年 1 月，还是这个名字，出现在 2023 年全国职工“五小”优秀创新成果答辩名单中，并一直“战”到最后，成为黑龙江省、中国石油的唯一获奖者，依然是全场“最年轻”。

小小年纪，宋佳已是 10 项专利、26 项革新成果的研制者，5 本石油技能专业书籍的编写者，12 篇技术论文的作者，第三采油厂青年创新联盟的带头人。

而今，“00 后”的后浪涌来，她已“不再年轻”，却忽然“换赛道”，站上更高潮头，再次成为新阵地上“最年轻”的那颗星。

2024 年夏天来了，大庆油田铁人学院某间教室里，集团公司培训师大赛进行第 N 轮比赛。按照规定，很快将有一半人被刷掉回家。

“下一个选手是 12 号宋佳。”

台下，没有掌声，只有评委的严苛和挑剔的眼光。

宋佳走上台前，深鞠一躬。她身穿黑色西装、白色衬衣，马尾辫，个子不高，脸上还带着婴儿肥，目光清澈，像一棵挺拔的小杨树。看不出连日备赛、牺牲睡眠的影响，俨然最佳状态的运动员。也没人知道，就在十天前，赛程和标准突然调整，连夜修改课件的“刺激”。两天前抽签，一天前彩排，此时开赛。

比赛的内容是讲课。讲什么内容自己选。技能操作、生产管理、技术创新、安全管理、党建人资等，门类齐全。作为小有名气的“工匠”，讲讲换阀门、换水表是她的强项，然而她却偏往“党建人资”赛道插上一脚。

“闯”进来才发现自己在和什么人比，同台竞技的，不乏中国石油优秀党支部书记、上级单位的团委书记等“厉害角色”，讲党史的，讲基层党建的，讲基层党支部建设的，都是讲党课高手。她想来想去，选定了“工匠精神与技能人才迭代”这个主题，要讲一讲“工匠精神是怎么影响年轻人的”。说实话，怎么干，和讲好“怎么干”，用力是不一样的，需要总结、提炼、升华，她似乎干了一件“自讨苦吃”又挑战权威的“傻事”。

宋佳的课程设计，是根据自己的成长轨迹量身定制的，放眼望去，再没有第二版，所有人都佩服这个小妹妹，这个课就得宋佳来讲。

宋佳作为培训师的资历实在太浅了，成为第三采油厂内训师才不过两三年。开讲之前，宋佳用三句话介绍了自己。

首先，我是一个土生土长的大庆孩子，能成为一名石油工人我很自豪。其次，我参加工作 12 年，一直在一线生产岗位，以最快的速度晋升为大庆油田集输工技师。最后，我就想当个好工人，我拜“大国工匠”刘丽为师，有幸成为全国五一巾帼标兵、大庆油田工匠。

接着，她话锋一转，说下去：

我发现，身边许多在技能操作岗位的青年朋友，包括我自己在内，都会遇上很多问题和困惑。其实，归根结底，无非就是遇见了“俩事儿”。第一个，我不知道应该做什么；第二个，我不知道应该怎么做。这基本上是我们所有烦恼的来源。那么，我们该怎么办？“十六个字”，就是习近平总书记讲的“执着专注、精益求精、一丝不苟、追求卓越”。这十六个字，就是工匠精神的内涵，告诉了我们怎么才能成为一个更好的石油工人……

评委以点头和注目回馈这位选手。

回望来路，2015 年，从大庆油田技能大赛赛场上走出来的宋佳 25 岁。换阀门、换压力表、换水表，动作行云流水，无可挑剔。此后成绩单年年刷新，越来越优秀。到了 2020 年，宋佳有两个重要赛事的时间发生冲突，一边是自己熟悉的技能大赛，另一边是没有任何经验的创新方法大赛。

站在路口，她需要一个决定。

参加技能大赛？这是自己用五年的汗水沁透的一块“熟地”，放眼望去，她绝对是拔尖的存在，优势很明显。老师、教练都劝她还是来这个吧，稳妥，胜出机会大。宋佳犹豫了很久，最后还是决定去试水“创新方法”，原因只有一个，这个没接触过，有点儿意思。

这次又是，另起一行，跃跃欲试想“冲”一下培训师领域。

有人替她惋惜：“你看你，多吃亏。就算当不上培训师，平时你也有机会完成培训任务获得积分，就算你拿个金牌，回来该干啥还是干啥。如此折腾，用处不大嘛。”

确实，为了这件“有意思”的事，她失去了很多。由于备赛期间需要参加密集的现场调训，油田技能鉴定考评员没当上，还有一次，宝贵的考前培训机会也错过了。

既耽误时间，又“用处不大”，这是很多人权衡利弊后选择退出的原因。宋佳偏不，她横下一条心，要把事情做到底。

对她来说，新赛场上，吸引人的东西太多了，何况又是“首届”，通常的首届总是稍显混乱的，从学员到承办方，大家都是“头一回”，前面没有任何经验可循，都是现摸索，规范正在形成的过程中。然而，也正是这种“头一回”所体现出来的突破常规的思维与行动，推动事物向前发展的澎湃动力，充满诱惑和挑战的新鲜感，强烈吸引着宋佳，她深信，此程为之奔赴，值得。

有一种追问，叫全力以赴

宋佳外表娇小，却是一个热气腾腾的“行动派”。在拦路的困难面前，她从不气馁，说干就干，直到扫除障碍，继续前行。她总是信心十足，把小事做好，把难事熬过，把大事磨成。每次破题都是一次破茧，每次抵达都连着新的出发，永远向更高更深处挺进。

无论是站在讲台上，还是在私下里，宋佳常和大家讲起刚上班时自己干的一件糗事儿。那是一次夜班，由于设备的问题，离心泵出现渗漏，总有来液顺着轴封的部位一点点往下淌。宋佳观察了一下，情况不是很严重，设备还能继续运转。正常报告后，等到第二天白天，就会有厂家来维修。但是，地面上的污水越积越多，怎么办呢？又不能马上停泵。

于是，宋佳拿起了拖布，紧盯着地面，只要有一点污水流出来，她就马上处理干净，过一会儿，再拖，过一会儿，再拖。结果呢，整个晚上，她就围着这台泵，原地不停地拖啊拖啊，直到天都亮了。干净整洁的泵房地面保住了，她又困又累，腰都直不起来了。早上班长来接班，见宋佳垂头丧气的狼狈样，很纳闷儿，这是咋整的？

班长得知缘由不禁哈哈大笑，只见他随手找了一只矿泉水瓶，剪开了瓶口的半边做成简易漏斗，走过去，把瓶口稳稳地卡在设备漏失的地方，原本肆意流淌的污水被乖乖地引流到了污油盒里了。

宋佳惭愧得无地自容，脸红一阵白一阵，她猛然悟出一个道理，所谓的“艰苦奋斗”可不是苦干蛮干，更不是死干，干活要用脑子，要巧干精干。

在第三采油厂“铁人王进喜诞辰100周年”读书分享会上，宋佳给书友们讲了一番肺腑之言。“我们一直在学铁人精神，但是铁人可不是蛮干的，他老人家也是很聪明的，他带着大家改进游动滑车、泥浆泵，发明钻机自走，研制井队整托搬家，听声音就能辨别钻头的磨损程度，有了这些动脑筋的巧干精干，钻井生产效率大大提高。我们不光要学他苦干实干，更要学他创新思变，得用一项项革新成果实实在在地解决生产难题，这样的劳动才是最光荣的劳动。”

2024年秋天，在第三采油厂新时代产业工人创新阵地，来自中组部等14个国家部委和黑龙江省总工会的领导，听了宋佳介绍她和团队研发的革新成果连连点头，小姑娘不仅讲得好，对这些机械、对阀门的操作完成得也很好，是个很能干事的年轻人。

宋佳这项革新是一个锁，用在采油井上，防盗油的。是在2021年的时候，宋佳和师傅合作研发的。虽然现在看起来，这么个小东西与后来的迭代产品相比，显得过于简单，但是当初着实费了宋佳很多心思。经过一次次的苦思冥想，推倒重来，宋佳从汽车防盗螺丝获得了最初的灵感，最终实现了锁的功能。宋佳一直认为自己的创意点还是挺好的。

这把锁从诞生的那天起就交上了好运。从2021年底在大庆油田获奖，2022年在黑龙江省获奖。到了2023年，全国总工会评选职工“五小”优秀创新成果，又获奖了，一把小锁闪闪发光。宋佳自己心里明白，这东西远远没有达到她的预期，有些“小家子气”。回来之后，她开始埋头研究，进行技术迭代。

不久后，10套产品做成了，装在采油井上。一天，宋佳正在给学员讲课，下课才发现手机一连串的未接电话和信息。原来，厂长没打招呼直接去现场了，同事代理操作，不太熟悉，堵头没拧上，锁的“防盗”效果没出来，还需要继续改进。这回宋佳坐不住了，继续下功夫，说啥也要把锁做得更好使，更实用，证明给大家看。

一个月后，针对第一代锁的问题，第二代产品着重解决。把采油井锁上后，一定打不开。厂党委副书记看后，提出新时代产业工人要紧跟新质生产力发展，能否将这个革新与厂数字化平台相融合的意见，宋佳大受启发，接着研究第三代产品，日复一日地试验，每天都特别赶，这次增加了报警功能，结合数字化做了可以远程报警的锁，一旦有人碰锁，马上能报警，就连报警方式也同时上线了三种。只要一碰，现场的警铃就会“哇哇”作响。同时，手机马上收到报警短信，哪口采油井，在哪个位置，什么时候去的，一目了然。此外，生产指挥中心大屏幕上的联动生产的数据网，会发出提醒。警铃、手机短信、生产指挥中心，三保险。

到了第四代产品，宋佳觉得更“厉害”了。以前有人动锁才能报警，现在任何方式的犯罪，都能报警。线被剪折了，电断了，都能报警。每一天，宋佳整个人都是兴奋的，虽然很忙，但是心时刻被脑子里新冒出来的想法和不断接近目标的快乐所填满。

继续马不停蹄研究第五代产品，一个更加大胆的想法冒了出来，干脆把这个锁消灭掉。天天往井上跑，宋佳发现，到现场装这个东西，给采油工多了一个麻烦。作业洗井的，得先开锁，得先解除警报，还得有钥匙。于是，她以传感器代替了有形的锁，井口看起来和以前一模一样，但是如果有人来偷油，就会马上报警，一点儿不影响正常生产。

试验每天都在令人兴奋的心跳中进展着，宋佳和小伙伴自我感觉不错了，就把厂党委副书记请来，现场模拟，给他演示了一下。厂党委副书记看完心里有底了，回去即向厂长发出邀请。

有一天，没有任何征兆，厂长突然出现在宋佳的实验井上。他身后跟着很多人，有管生产的、有搞技术的、有机关的。天刚下过雨，大家深一脚浅一脚踩着泥泞的路面，来到了宋佳的“地盘”。看完之后，厂长很满意，连说，“不错，不错”。很快，经过层层审查，厂里决定扩大推广第五代产品。

小丫头，果真干了大事了。

山回路转，千锤百炼，到了这个时候，宋佳才觉得很过瘾。真要推广的话，过程肯定会很难，还会有这样那样的问题，到时候再逢山开路，见招拆招吧。她也做好了思想准备，能把想法变成现实的，只能是行动。

这一路上，所有的现场试验都是亲自做过来的。且越做越有意思，越做越有信心。2021 年 6 月，顶着 30 多摄氏度的高温，宋佳和团队的三个人在大荒野上跑车，找井，找配电箱，一人扛着一把大铁锹，拿着一把大电钻，上井装锁，装传感器，在太阳底下，挥汗如雨，安装调试，汗水把口罩都浸湿了。

天下大雨，通往井场的道路泥泞不堪，人只能下车步行进去。过程中，手机总响，很多任务扎堆往一块儿赶，好像非要考验人似的，那是一个多么杂乱、忙碌，焦灼而充实的夏天。

革新遭遇瓶颈期，团队一次次困在“牛角尖”里找不到突破口。太多问题接踵而来，需要反复试，来回改。在工作室，传信号的时候，咋试都好使，一到现场装上就不好使，无论如何就是不报警。可是拿回工作室又好使了，再拿回现场又不好使了，改来改去，不得其法，日思夜想，不得其解，整个人都要崩溃了。但是必须要找到问题，查了一溜十三招，终于发现是电压不稳，又加稳压模块。加了模块，回到现场，又出现别的问题，拿回来再改再试。

回想这段“战事”，宋佳手机里至今还存着当时工作的照片，小伙伴一起整理管线的，手里拿着排线的，手机终于收到报警短信的……一幕幕，在最酷热的夏天，留下了酷酷的记忆。

事情千头万绪，所有的沟通、协调、运行，宋佳都承担起来。召集碰头会，出创意，安排每个团队成员的任务。王君负责做软件开发、编写程序、电路板焊接，博文负责现场安装。先在一两口井上试，后来逐渐扩大规模，先推 10 口井，再推 100 口井。

革新的脚步，伴着日复一日地苦思冥想，求而不得的焦虑和一点点走向成功的激动贯穿了整个夏天，蔓延了整个雨季。

宋佳有一个心爱的笔记本电脑，那是她三年前专为自学 CAD 制图入手的宝贝，花掉了整整两个月工资的“大件”，她常亲昵地称其为“兄弟”。这台笔记本电脑就像她自己，从当初的一张“白纸”空空如也，到现在桌面上遍布文件夹，C 盘、D 盘两度爆满。

老伙计随主人日夜征战，什么都知道。80 余次生产隐患和 12 次次生事故是如何被主人亲手消灭的。20 余项生产难题是如何解决的。“油气集输用管道封堵器”等专利 8 项是如何通过申请的。“抽油机变速箱防盗看窗”等 10 项革新成果是怎么孕育诞生的，5本集团公司、油田公司技能教材，12篇技术革新论文是怎样一遍遍反复修改、论证，直到最后定稿的。几十次集团公司、油田公司培训授课课件是怎么从最初的不成样子到最后完美呈现的。

宋佳也很心疼老伙计，从一开始的每天开机学两个小时制图就OK，抽空还能下个电影看看，到现在24小时枕戈待旦，埋头苦干，无数次陪她问候午夜月光，致敬清晨曙光。有时，女主人会顽皮地安慰说：“兄弟，这几年跟着我遭罪了。”

关山千万重，山高人为峰。回头看做过的所有的事，哪一个在开始的时候不难呢？虽然过程有时候会叫苦，“我时间太少了”“我太累了”，但只要努力，问题都能解决，宋佳心里始终是笃定的。

有一种“小灶”，是被厂长提问

在厂里，宋佳有一位特殊的老师，就是厂长。两人可以围绕某一个革新项目展开“平等”切磋，会针对一些概念进行技术讨论。宋佳像一株幸运的小苗，在一次次向老师“作答”的过程中，越“憋”越茁壮。她沐浴在明媚春光里，愈加闪闪发光。

第一次被厂长提问是在三年前，宋佳这辈子也忘不了当时紧张的心情。那天，在厂党委副书记的引荐下，刚刚获得“全国五一巾帼标兵”荣誉称号的宋佳，生平第一次走进厂长办公室，坐在厂长对面那幅硕大的《萨北油田开发区井位图》下。

一开始聊天氛围很轻松。厂长早知宋佳是个革新迷，一见面就兴致勃勃地聊起了自己刚毕业在小队当技术员的时候，也喜欢研究这些东西，抽油机皮带经常断，就千方百计地想办法，发现“抹油”效果不错。

大领导这么随和，宋佳本来紧张的心情放松很多。可是没想到，接下来的话题越来越难“接住”。厂长问：“你们北十五站现在水质怎么样？前期的老化油是怎么收的？老化油从哪个站来？”

宋佳心里暗暗叫苦，自己刚调到北十五站不久，对站里的工作流程还不是特别了解，好在到岗后做了不少功课。她起身在地图上找到自己的站，开始有板有眼地介绍起来，厂长边听边点头。

刚松口气，厂长又抛来一个更棘手的——中转站加热炉的问题，宋佳想了想说："三合一最主要的功能是实现油气分离，我认为……"

领导越问越深，宋佳如坐针毡，手心冒汗。恰好有人找领导请示工作，宋佳赶紧告退，"逃"了出来。她想起早上开会听队长说过，现在厂长抓水质抓得很严，果然如此。幸亏自己还知道一点儿，差点儿被领导给问住。第一次照面算是勉强通过小考，但是心里有了一点点小阴影，以后再去见厂长，心里会提前建设一下。

宋佳和厂长的第二次见面是在不久后的一次座谈会上，会议是厂群团工作部、技术发展部联合召集的，厂长亲自坐镇，会上邀请了很多基层老师傅和劳模工匠，请大家畅所欲言，讲讲工作中的经验，也谈谈对生产上一些问题的看法，厂长和"土专家"交流，氛围特别好。宋佳就坐在厂长对面，所有人中她年纪最小，但是想法却不少。针对中转站"偏流"问题，她说了自己的看法。"为什么会产生偏流？是因为看不见流量，最好的解决办法是加流量计，就像给一个没有眼睛的人装上了眼睛。但是实在没有条件装'眼睛'，就只能通过耳朵、鼻子等其他器官代替眼睛去感受。要不用气压，要不用温度。原理是一样的……"厂长点头。

会后，厂里安排了两个工作。一是群团工作部在全厂寻找征集一线生产"土专家"。二是技术发展部搞一批技术难题揭榜，不限岗位、身份，"土专家"可以揭榜，宋佳一咬牙，揭了"偏流"的榜。

"偏流"，实在是一个令人头大的课题。宋佳从上班就在站上倒班，深知"二合一"偏流有多难搞定。几台炉子同时进水，同时出水，很容易形成偏流。她曾有个绝活，通过听阀门走水声的大小，就能把阀门开关掌握好，进而控制好三四台同时运行的炉子保持平稳，不"偏流"。

小型站场无人值守，大型站场少人值守，这是厂长要实现的目标。要想小型站场无人值守，最麻烦的问题就是加热炉的偏流。人天天盯着都控制不好，更别说要在无人值守的自动控制下解决"偏流"了。可是，如果把这个问题解决了，那就是把未来中转站运行推进一大步。这不仅对第三采油厂，就是对整个大庆油田也是非常有意义的。

有一天，厂长问宋佳，"偏流的事情干得怎么样了？"

厂长一直没忘，每次看见都问，"得整啊。"

"可难了，嘴都起疱了。"宋佳暗中叫苦。所有中转站的实验项目中，"偏流"是最难解决的，在全油田都是“老大难”。可既然揭榜了，就得干出样子来。厂长支持排兵布阵，宋佳团队和第三采油厂工艺研究所团队强强联合，从分析“偏流”形成原因开始，一步一步来，几个月后形成报告，先翻过了一座小山头。宋佳深知，万里长征刚开始，路还长着呢。

学生和老师之间，也有火花四溅的时候。一次，宋佳给厂长作革新成果汇报，讲到截止阀和闸板阀的功能和区别，两个人竟然进行了一场小小的辩论。厂长认为宋佳的观点正好相反，而宋佳依然坚持自己的观点。

“你确定啊？”

“确定。不信咱俩现在就查查！”众人都看呆了。

“行，我就想要你们都这样能叫得准！将来你给大家讲的时候，也要有这个自信。”

小丫头倔劲儿就上来了，天不怕地不怕。因为之前专门查资料研究过，宋佳特别自信，所以才敢当场叫板。听汇报的时候，厂长问了很多问题，问得特别细，宋佳对答如流，厂长越听越高兴，觉得年轻人“可以”。有一天，厂长亲自交代部门，把自己动议研究的“移动培训大篷车”革新项目，全权交给第八作业区宋佳牵头来搞。从一开始的不放心，不太满意，到非常信任、精心栽培，一株小苗迅速成长。

2024 年下半年，宋佳和厂长还有两次短暂的照面。一次是 14 个国家部委来产业工人阵地参观调研，宋佳负责一部分讲解。另一次是宋佳在自己的工作室迎接全国总工会女工部调研，自己做主讲。那天，厂长提前到了一会儿，特意请宋佳单独给他介绍了一遍。厂长一再嘱咐，“工作室要实用，不要搞花架子”。这也是第三采油厂工会一直要求的，宋佳连连点头。

平时宋佳和厂长很少见面，但是宋佳随时能感到厂长的工作部署一直在推进中，厂工会统计安装革新产品的生产井数量，又是结合生产部门怎么安装，又是结合数字化运维中心联系厂家进货，怎么推广。为此，宋佳还自主制作了电路板。

厂长人不来，但一直关注着宋佳的实验进展，每次见面，他都会给宋佳提各种问题，在不断地“接招”中，宋佳越来越自信。

转眼一年过去了，宋佳作为大庆油田技师协会育苗工程里的“苗”，要交一份 2024 年度总结。回想这一年真挺忙的，可仔细一想，好像并没有干成几件漂亮工作。

正在进行中的事情暂时没有结果，这些事情是有更高含金量的，跟所消耗的时间是成正比的。潜下心来，做有用的事情，不搞花架子，耐得住寂寞，不急于求成，这也是厂长师傅教她的。

对于当下的热词，发展“新质生产力”，宋佳有自己的理解和思考，生产力作为人和自然的历史关系，人是很重要的一部分。操作员工在往知识型、技术型人才转型的过程就是向“新质”发展的过程，只有人“新”了，人的头脑和本领就都新了，干工作的“质”才能提上来。从数字化到绿色能源，再到 AI 技术，眼下很多东西我们是可以抓在手里的。这些思考，也是被师傅“问”出来的。

有一种真诚，叫用心以待

宋佳爱生活，关心每一个同事，哪怕素未谋面。这份心意与功利无关，只要活得“有意思”。可是，老天眷顾，她总能摊上“好事”，遇上奇事儿，赶上巧事儿。兜兜转转，一些故事产生闭环。

2012 年秋季入学季，哈尔滨大学一间女寝室，刚报到的女生有了一张属于自己的床。当她放下背包，收拾完行李，起身时被床头一张海报吸引，那是碳素笔手书的一封长信——

“同学你好！我是这张床的使用者。虽然咱俩素未谋面，但我们都是从这里开始大学时代的新生活，未来你可能会有大部分的时间在这里思考，我也不知道你是哪个系的，但是我要告诉你一些经验……”

她告诉学妹，一食堂哪个菜好吃，二食堂哪个菜不好吃，等等。住这个铺，要注意它左下角有毛刺，上下床的时候小心扎着手……

写信人正是宋佳。

十二年以后的金秋时节，2024 年，新的开学季来了。当年的写信人已经成为油田家喻户晓的小名人。此刻的宋佳作为“校企联合大讲堂”主讲人，在大庆医专偌大的阶梯教室，以“过来人”的身份，为几百名入学新生讲自己的故事，听众听得“很过瘾”，不知不觉，两个半小时过去了，他们以热烈持续的掌声，送给讲台上笑吟吟的宋佳老师。

新生们深深记住了这位很牛的小姐姐，这位“油田工匠”的成长轨迹充满了传奇色彩。她的红色工服左臂上“大庆油田”的字样非常醒目而诱惑，她的讲述生动、亲和，特别富有感染力。新生们目不转睛地盯着大屏幕，随着她“看图说话”。有几张照片像素实在是不高，据说是她前一天晚上好不容易从“荒”了很久的QQ空间里挖出来的。住了四年的大学寝室，吃了四年的大学食堂，走了四年的晚自习校园小路。听她讲，在工作后，因为泵房跑油学会了看流程，赶上检修电机学会了查设备，因为半夜查岗学会了高效率工作……

他们还看到了，她很多“首次”获奖证书，第一个厂“小优秀”，第一个油田“优秀”，第一次集团“优秀”。第一次破格成了“技师”，第一次“破圈”拿下集团创新方法大赛银奖，第一次自主研发革新获得公司级奖励，发起油田第一家青年创新联盟。总结的工作法第一次入选黑龙江省职工十大先进操作法。带着自主研发的“采油井口防盗防护装置”第一次捧回全国“五小”优秀创新成果。

所有这个小姐姐经历过的，也许正是他们未来要经历的。她的故事特别有感染力，她身上有一束追梦之光。

2024年，宋佳迷上了另一个“有意思”的东西，叫AI。尽管已经忙得脚下生风，她仍然毫不犹豫地掏几百块钱买了一套课程。理由就是这个东西太神奇了，能写材料、能写小说、能出视频。其应用场所之广泛，功能之强大，深深地吸引了她。

“学好了，未来能在手机里建造一个虚拟的现实，可以和任何人对话，打视频。还可以训练自己的专属AI，它会有自主思维，能像人一样交流，就有了一个知你懂你的贴心助手。只要想，就没有实现不了的。”

“要实现这些，学习是非常必要的。否则，你去用它会觉得很难用。就像在哈利·波特的魔法世界里，即便你是一个魔法师，手里有一根魔杖，如果不掌握魔法的咒语，哪怕只是想要击碎一只杯子，也会很难。我们学习，就是去掌握咒语。”宋佳从不掩饰对当下技术进步的赞叹和迷恋。

朋友眼中的她总是乐此不疲地为自己喜爱的新事物、新技术打广告。学习对她来说，不是压力和负担，而是一种愉快的，汲取和接纳天地灵气与能量的享受，是掌握咒语，然后去任意挥洒魔法棒的“有意思”的过程。

助燃灵感的“小火苗”，点燃于一次特别的学习。在2023年夏天的清华大学，“巾帼劳模工匠数字技能培训班”课堂上，AI技术的课程学习使她眼前一亮，大受启发。她非常兴奋，在这个时代，人工智能正在不断改变着生活。于是，便对AI展开发烧友般热烈的“追求”。

班里的同学都是来自全国各行各业的女劳模，搞中医药的、航空航天的、军工的，石油行业的只有三人——长庆油田的顾燕，一位基层党支部书记；大港油田的冯萌萌，一位技能专家。三人不在一个组，每天活动基本没有交集。年纪最小的宋佳就抓住一切机会，向两位前辈讨教，三位石油女同学建立了紧密联系。

回来以后，正赶上大庆油田工会鼓励开展劳模工作室联盟。宋佳和清华同学冯萌萌一拍即合，很快结成了横跨大庆油田、大港油田的两家工作室的“联盟”，开始频繁地交流。萌萌人特别好，又愿意带年轻人，无私地跟她分享工作经验，“联盟”每天都有新进展，办得有声有色，宋佳忙得不亦乐乎，但非常开心。

苦心人天不负，工作室联盟干得非常顺利。2023年联盟刚开始的时候，冯萌萌正好来大庆做创新项目答辩。2024年冯萌萌又正好在大庆集中学习了四个月。宋佳抓住萌萌在大庆的机会，把很多问题都当面解决了。前有清华结缘，后有喜结联盟，机会看似从天而降，其实呢，只留给有心人。

2024年10月，中华全国总工会女工部就女性创新工作室工作来大庆油田调研。在现场，宋佳一眼认出了清华学习班班主任，中华全国总工会女工部徐建红副处长。于是，学生喜滋滋地向老师问好：“徐处长，又见面啦！”

徐处长也认出了可爱活泼的宋佳，非常高兴。她向前一步，仔细看着在工作室墙上“庆港联盟交流会”的大红条幅和照片。当她了解到，两位盟主正是因清华学习班结的缘时，非常欣慰，连连感慨地说：“你们这个事儿太好了，真的让我觉得咱们这个班好有意义！”

有一种率领，叫追光而行

阳春布德泽，万物生光辉。抽油机不停工作，离心泵日夜轰鸣，油田改革发展阔步前行，2022 年，随着“油公司”模式改革推进，采油矿、采油队编制取消，变成了作业区、班组的管理模式，宋佳的工作单位也发生了一些变化，不变的是一路奔跑带起的风声。

2022 年，31 岁的宋佳被聘为油田公司集输工种首席技师，“油田工匠”“油田新时代青年先锋”等荣誉称号接踵而至。参加工作短短十年间，两次破格晋级，十多次斩获各种技术大赛奖项，宋佳的“火爆”，吸引了诸多粉丝，班里的资料员，邻队的小伙伴，其他单位的“90 后”“95 后”年轻人，纷纷找宋佳讨教，都想跟她学两招。宋佳从来倾囊相授，知无不言，言无不尽。

粉丝越来越多，宋佳的想法也多了，觉得应该再干点儿什么。有一天，她鼓起勇气，敲开了第八作业区经理办公室的门。“吴经理，我有个想法。”宋佳随即郑重呈上一份调研报告，报告中，她结合自身成长经历和成功经验，围绕青年操作岗位员工成长成才总结的一套“323”职业晋升带徒法，洋洋洒洒近万言，梳理问题，提出建议。

那是她经过深思熟虑的一件心事，她想把全厂的弟弟妹妹们联合起来，带着大家一起进步。

行，还是不行？是不是年轻人的三分钟热度，一时冲动？

宋佳软磨硬泡，一再请求，经理终于同意让她试试。获知喜讯的第一时间，宋佳高兴得简直要跳起来。更高兴的是，她的“大动作”获得了厂群团工作部的支持。

2022 年 11 月，凛冽的寒风和汹涌的新冠疫情没有挡住燃烧的青春之火，在单位的大力支持下，由宋佳发起的“萨北青年创新联盟”悄然启动。招兵买马，整章建制，定时间表，下任务书。原有的 12 人小分队，壮大为 58 人大部队。“联盟”成员都是来自全厂各单位有想法、想上进的基层岗位工人，他们平均年龄不到 30 岁，最小的一位 1999 年出生，彼此之间，有的是老朋友，有的刚刚认识，盟主宋佳是他们共同的“佳姐”。

青工马飞自从那年在油田技术骨干培训班上认识了宋佳，得到了很多帮助，获得了学习资料，增加了学习机会，后来宋佳又把他拉进青年创新联盟群，他发现，这个联盟里是一群有正事的人，研究工作，交流学习，满满的正能量。在联盟里，马飞结识了一群同行业技能高手，特别是后来有幸拜比他大两岁的柏云龙为师。他俩双双参加油田公司首届站库应急处置大赛，师傅放下自己的训练，腾出时间帮他。柏云龙根据徒弟的身材、力量，一对一制订训练计划，手把手地教，两个人的成绩一起突飞猛进，结果，比赛中，师徒俩联手创造了一个奇迹，柏云龙得了金牌，马飞得了银牌。

油田转型发展，数字化、智能化建设的新任务繁重，观念要更新，行动要跟上，第三采油厂的新时代产业工人创新阵地应运而生，宋佳带着青年创新联盟加入大部队，与全厂 7 个劳模工作室和数字化运维中心数控室并肩作战，输送青年人才和新鲜想法，做好他们的孵化器。

年轻人说干就干。经过充分论证，一组问题列入联盟攻关计划。“部分抽油机工频运行时，远程启停功能无法实现问题”“有线载荷传感器，因线在井口处，受环境影响易发生损坏，引起安全问题”“无线接入的压力变送器，冬季电池电量损耗快、电量不足问题”……

冬去春来，残雪消融。创新联盟的“成果研发”“技能实操”“创新设计”“难题会诊”“信息技术应用”五大功能区逐一落地，初见雏形。创新联盟成员参加各类技能竞赛获奖 6 项，研制革新成果 10 项，发表论文 7 篇，解决生产难题 5 项。

有一本书，宋佳不知翻过多少遍，那是一套大学教材《创新方法》，是师傅所赠，她一直视为珍宝。师傅叫程延庆，程延庆劳模和工匠人才创新工作室领衔人，黑龙江省劳模。几年前，师傅把厚厚的书交到她手上时，认真地说：“学学吧，这个特别有用，碰上啥难题，就用它解决。”师傅还说：“当工人就得先干好自己的活儿。不能好高骛远，手头上有啥，能看见啥，你就先干啥。”

宋佳还有一位师傅，是“大国工匠”刘丽。那年，宋佳获得国家级荣誉，媒体密集宣传，“一下子就火了”的宋佳有点儿蒙，忐忑、惶恐和不自信的情绪困扰着她。有一天晚上，她忍不住向刘丽求助，“师傅，我该咋办？”刘丽很快在线上回复道：“首先，你要自信。然后，你要先复盘：自己还欠缺什么？别管这个荣誉多大，在你得到的时候，它已经过去了。这只是你人生中的一步而已。不要纠结和留恋这个东西。要想明白：接下来我要做什么？”师傅的话对宋佳影响至深，她调整心态，继续出发。

现在，宋佳又把师傅的话转给青年联盟的年轻人。她坚信，一个人也许会走得很快，但一群人一定能走得更远。

有一种美好，叫人间烟火气

有人发现，每天忙得快要起飞的宋佳，竟然是个很少订外卖的厨房发烧友。对她来说，扎上围裙，下厨做做饭，是一件挺享受的事。

2018 年 5 月 20 日，宋佳妆容精致，身穿美丽的白纱裙，即将与爱人霍明亮走进婚礼殿堂。新郎在众人簇拥下叫门的时候，被屋里的新娘要求，必须剪出标准的法兰垫片才能进来。于是，西装革履的新郎在众人的见证下，一丝不苟地剪了一个。这是宋佳正在参加的油田骨干技能人才培训班实操项目的“拿手戏”，只需一分四五十秒就能完成，此刻成了考验爱情的加试题。小伙子用实际行动证明，爱你，就要和你一起爱法兰垫。

婚后，爱人支持她买了两个“大件”，一台笔记本电脑和一辆摩托车。摩托车车型小巧迷你，车身黑白相间，宋佳摇身一变成了飒爽英姿的女骑手，身穿纯黑色皮衣，头戴贴了亮膜的帽盔，护膝、护腕、护肘全副武装，怎么看怎么好看，怎么看都不是一般人。

宋佳超喜欢快速骑行风驰电掣的感觉，而胖墩墩的明亮对车和摩托并不来电，但是媳妇的喜欢就是他的喜欢。在他的请求之下，女骑手欣然同意拉着他逛一圈，只见本尊“咔嚓”一下坐上去，可怜的小摩托顿时被压得撅起头来，憋得吭哧吭哧直哼哼，无论怎么把油门拧到底，都是慢吞吞的二十迈。此后，小摩托的哼哼，便成了他俩新生活中常被拿出来调侃的一个“梗”。

厨房里的宋佳，像研究技术革新一样，研究怎么把饭菜做得好吃，当别人大快朵颐的时候，她会非常有成就感。因为实在太忙经常晚归，做饭成了一件很奢侈的事情。那她也会尽量挤出时间做些预制菜，为此宋佳自送美名“预制菜小能手”，每当说起下厨经验，她会像讲技术革新一样眉飞色舞，得意扬扬。

如果周六、周日没有重要的工作任务，她就会买一堆食材回家，再焖上一大锅米饭，分装小盒，一盒两人份，冻上。炖一锅牛肉，酱好，牛肉切成小方块，带汤的，一盒一盒分装。早上上班临走前，拿出来一盒饭、一盒牛肉，解冻。晚上回来，牛肉放锅里，切点西红柿，它就是牛肉炖柿子，放点咖喱和土豆，它就是咖喱牛肉土豆。饭进微波炉，三分钟，OK。蔬菜类，能冻的分一类，比如辣椒、西蓝花、玉米粒儿。

不能冻的，用保鲜膜一份份缠好，放冰箱里。每周会排个菜谱。每天都有好吃的。吃也要吃得有板有眼，有条有理。工作再忙，也不能让生活“没意思”不是？

爱生活的人，会爱着世间的一切，绝对不是只会苦巴巴工作。即使每天不出门，她也会很开心。她喜欢收拾房间，喜欢养花，甚至还水培牛油果。她还种菜，花盆里的黄瓜刚结了嫩嫩的小果，两只朝天椒全红了，看着它们一天天长大，高兴。春天的时候，宋佳领养了两只小狸花猫，她给那只黑的起名叫大娃，给白的起名叫花花。猫比狗好，性格比较高冷，可以自己玩，有点像她自己。

有一种自信，是“我爸说行”

作为典型的“油三代”，女儿身上流淌着父亲的血液。父女俩都喜欢钻研，乐观，好胜，如出一辙。

1990 年 5 月，大庆油田迎来又一个万物生发的春天，正向着连续 15 年保持年产 5000 万吨的目标进发。23 岁的钻井队机械师宋印平带着初为人父的喜悦和不舍，告别产后虚弱的妻子和襁褓中的女儿，赶赴位于萨尔图区拥军村第三采油厂的钻井生产前线。不久后，在三厂老商店平房后面的草原上，井队打出了三口新井。宋师傅清楚地记得，第一口井开钻那天，宝贝女儿宋佳刚刚满月。

2002 年冬天，12 岁的宋佳正上初二。一放学，她就看见刚休假回家的爸爸蹲在地上，对着一张零号图纸眉头紧皱。上面是复杂的电路图和密密麻麻的专业英语单词。爸爸的井队正在苏丹打井，一台美国瓦特柴油机坏了，修不好会影响交井工期。可在国外人生地不熟，要找厂家维修，费用很高，周期很长。大伙儿对着全英文的说明书、图纸面面相觑，就像在看天书。高中学历的父亲偏不信邪，背回了“天书”。

父亲趴在图纸上，捧着女儿的英文词典，举着放大镜，沿着油路、电路，一点一点向前探索，俨然一位大将军。电路图成了父亲的作战图，他又查又画又标，遇到一个生词就搞定一个生词，就像愚公搬大山。终于，父亲成功了。

回队后，“土专家”修好了“洋机器”。周边兄弟队设备有事也来找宋专家研究。老宋笑呵呵说了句大实话，“无论如何，不能让设备停下来。我这个机械师就是干这个的。”

耳濡目染中，女儿的胆子越来越大，见啥都想打开研究研究，家里的小件家具都被她偷偷拆开过。照相机拆完装不回去，废掉了；电视机被她动过手脚之后，也不好使了。她还曾打过冰箱的主意，终究因为这家伙个头太大，没能得手。

2012 年夏天，22 岁的宋佳大学毕业返回家乡大庆，成了第三采油厂一名集输工，在一个番号为“2801”的转油站倒班。她的任务是看泵，观测地面集输数据，倒闸门，拔草，扫雪，搞卫生。巧的是，她的小站距离父亲当年打的三口井不到一公里。此时的父亲依然在千里之外，万里之遥，打一口一口井。无论遇到什么问题，了不起的宋师傅都能解决。靠技术赢得尊严，拿真实力说话，女儿也想像老爸一样，做个有本事的好工人，真的很牛的。

宋佳越来越忙，退休在家的爸妈不常看见女儿，但常听到好消息。随着采油厂生产规模扩大，2801 站早已完成二次改造，开发建设 60 多年的大庆油田进入高质量发展进程，三次采油占比越来越重，非常规油气开发、数字化油田建设如火如荼。

因工作需要，宋佳调到另一座站当集输工，那里流程更复杂，功能更强大。在油田，有很多大大小小的站。井上采出的液，汇集到计量间，再从计量间汇集到这里，气、液在此完成分离，然后，气走气道，油走油道，水走水道，年年月月，各自循环。

父亲退休前几年聘上了高级技师，这在钻井工人中是很少有的。巧的是，那年女儿也得了个厂级“小优秀”。再后来，她的成绩和荣誉不断增多，究竟有多少，连父亲也说不清了。但宋师傅由衷感到女儿赶上了好时候，随着《新时期产业工人队伍建设改革方案》的实施，产业工人成长环境和上升路径不断优化，幸运的宋佳和生产一线的同事们一起迎来职业发展的春天。

2024 年要过去了，宋佳年底的事儿很多。周二比赛结束，周三忙了一天技能专家的工作，周四、周五跑了两天现场，研究“偏流”的试验，刚和厂工艺研究所结合完，实验报告正在开篇，下周还有两个生产难题要答辩结题。正忙得热火朝天，集团公司培训师大赛复赛入围名单公布了，宋佳再次名列其中！宋佳本年的最后一周注定要在一场难度系数更高、更为“刺激”的大赛中度过，这是她自己选的，“自讨苦吃”，但从不后悔。

在收到复赛通知的那一刻，她有些恍惚，自问："是真的吗？""怎么可能？"这是真的。她深吸一口气，安排好时间和蜂拥而至的各种交织的事情，然后，欣然出征。

心里有光的人，也会有光照耀护佑，宋佳深深感恩这一路上每一个帮过她的人，领导的举荐、鼓励、指导，家人的支持、帮助、体贴，小伙伴的同心协力、并肩作战、勇往直前，于自己，都是营养和能量。

2024 年 12 月 17 日，飞机准时降落在北京大兴国际机场，汽车在去往河北廊坊中国石油培训基地赛场的路上奔驰，车里音乐响起，那是一首动感欢快、节奏感强烈的《有我》，这首歌也是宋佳的最爱，那是青春的滋味，热血激昂的心声。"满怀这一年的热爱，奔赴下一年的山海。"宋佳轻声呢喃，嘴角不自觉地上扬……

要怎么形容明天 像我一样
承风骨亦有锋芒 有梦则刚
去何方 去最高 的想象
前往皓月星辰 初心不忘
那未来如何登场 有我担当
定是你只能叫好 那种辉光
护身旁 战远方 有我啊
我的名字就是 站立的地方
我的样子 就是 明天的模样
我是朝阳 落在乡间听书声 琅琅
我是屏障 为谁挡一程厄运 的墙
我要一生 清澈地 爱着啊
我要长歌 领着风 踏着浪
朝着星辰大海 的方向

女考官的国际名片

——记铁人学院焊接培训中心行政负责人 副主任 党总支副书记 曹红霞

一抹红霞飞，万丈光芒起，作为优秀培训师，曹红霞以智慧启迪智慧，以红霞燃亮红霞。

从工程建设到铁人学院，曹红霞在大庆油田深化改革的浪潮中追光前行；从焊研室走上主讲台，她在传道授业解惑中搭起知识与技艺传承的光明桥。创新的“运动心理分析训练法”，宛如神奇钥匙，为学员打开成功之门，近百名学员在国内外赛事中披荆斩棘、摘金夺银，让大庆油田的名号在行业内越发响亮。

不仅是焊接，国际舞台上的“大庆声音”同样激昂嘹亮：在陆相砂岩油田开发技术领域，大庆油田实现从“跟跑”到“领跑”的跨越；国际标准化组织包括低碳能源在内的，石油和天然气工业技术委员会提高采收率分委会主席和秘书处“落户”大庆油田……大庆油田正以实际行动，在能源发展的进程中贡献“大庆力量”。

全国五一巾帼标兵

春天的农家菜园子，总是那么迷人。树绿了，花开了，“嗡嗡嘤嘤”的蜜蜂，“叽叽喳喳”的燕子，还有翩翩起舞的蝴蝶，和嬉戏的三个孩子一起奏起了“春之声”。扎着马尾辫儿的曹红霞领着弟弟妹妹尽情地在园子里欢乐，一会儿看看刚打骨朵儿的花儿，一会儿追追蝴蝶，一会儿捉捉蜻蜓。曹红霞太喜欢家里的菜园子了，有时妈妈喊她去拔几棵葱，有时拿着比她还高的锄头去锄草，有时什么也不干，就静静地看着园子里的菜。而带着弟弟妹妹躲猫猫就更是一大乐趣，正当他们在菜园子里疯跑，弄得满身满脸都是土时，爸爸骑着自行车回来了。

“爸爸，爸爸！”看到爸爸，曹红霞转身跑出菜园子，迎了过去。

“红霞，慢点儿跑，看爸给你们买了啥！”

曹红霞突然感觉身子一震，随即听到一串英文播报：“Ladies and gentlemen, the plane has encountered turbulence due to strong air currents, causing inconvenience to you. Please understand.”（女士们，先生们，由于强气流，飞机遭遇了湍流，给您带来了不便。请谅解。）

“我这是在哪里？”睁开眼睛看看周围，再透过飞机的小窗向外面看看，曹红霞才把思绪拉回来，自己原来是在从德国飞往首都北京的航班上。刚刚，是一个梦。随即，她的泪水无声地从眼角滑落。这是自己多少次梦到父亲了，可是今生却无法再相见……

曹红霞多想告诉父亲，您的女儿刚刚通过了国际考官考试，又给您争光了呀！她多想给父亲讲讲这些年在考场、在赛场、在国际竞技场上的故事，可是……

曹红霞擦了擦眼角，把目光移向窗外。透过云层，她看到了熟悉的“巨龙”身影——长城，心里顿时涌上一股暖流。祖国的温暖、家的亲切、心中的自豪，让她浑身增添了无穷的力量。

她回忆起昨天在德国参加国际考官考试的一幕幕。

“IRON MAN”！一位和她共同参加考试的国际友人对她这样称呼。他知道中国有个铁人王进喜，把曹红霞称为像铁人那样的人。一方面是曹红霞的专业性、匠人精神让他佩服，另一方面是曹红霞来自“Iron Man Academy”——铁人学院。

她回想起自己从一个乡村小姑娘到与大庆油田结缘，直至如今走进铁人学院殿堂的一年年。

她恨不得插上翅膀，马上飞回大庆，把喜讯汇报给领导，讲述给同事，也告诉正在大学学习的儿子。

“我回来了！”随着飞机在首都机场降落，曹红霞的心情如花绽放。

哈勒大考

“铁人王进喜平生有个夙愿——要把井打到国外去，我要让大庆焊接的品牌在国际市场叫响。”

哈勒，这座位于德国萨克森－安哈尔特州的第二大城市，静静散发着它独有的魅力。它距离德国首都柏林约 130 公里，在欧洲大陆的版图上，犹如一颗明珠。

时光悄然流转至 2024 年 12 月，一场被誉为“国际焊接考官”大考的盛事，在哈勒焊接技术培训研究所拉开帷幕。这座平日里专注于焊接技术传承与创新的殿堂，此刻被紧张而热烈的考试氛围所笼罩。在涌入考场的人群中，曹红霞、张先龙、李国庆三位来自中国的“考生”格外引人注目。他们拥有着黄皮肤、黑眼睛，在众多金发碧眼的德国选手中，形成了一道独特的风景线。

曹红霞，这位在焊接领域深耕多年的杰出女性，目光中透着坚毅与自信。她步伐沉稳，带着身后的两位同伴，昂首阔步地迈向考场。她深知，此次考试不仅是对个人专业能力的考验，更是代表着中国石油在国际焊接舞台上的一次亮相。

张先龙和李国庆紧跟其后，他们身姿挺拔，神情专注。作为中国石油精英团队中的一员，他们肩负着使命与荣耀。三人身上都承载着中国石油的期望，因为他们是中国石油仅有的具备国际焊接工程师、德国焊接检验师资格，得以参加这次国际大考的佼佼者。

站在考场外，曹红霞微微仰头，目光望向远方。她仿佛看到了中国石油在焊接技术领域不断突破，走向世界前列的美好未来。而此刻，他们即将踏入考场，用手中的笔和精湛的技艺，书写属于自己、属于中国石油的辉煌篇章。

转眼间他们已在这陌生之地度过了五日，可当下的形势却如阴霾笼罩，着实不容乐观。无论是参加考前培训，还是后续的正式考试，全程皆以英文进行。培训内容犹如汹涌的海浪，一波接着一波，大家拼尽全力，却还是有些应接不暇。不仅如此，就连居住的地方，也在考验着他们……

张先龙身形魁梧壮硕，在那狭小逼仄的宿舍床上，仿佛被困在一个小盒子里。每一次试图翻身，都像是一场艰难的挣扎，床板发出的吱呀声，在寂静的夜里格外刺耳。如此一来，他的睡眠质量一落千丈。平日里，为了吃透培训内容，精心研究应考方案，他们常常挑灯夜战，直至凌晨一点多，整个人早已疲惫不堪。可张先龙却还要在这之后，经历长达两个小时的辗转反侧，才能勉强进入梦乡。如此恶性循环，导致他白天上课时，脑袋昏昏沉沉，眼皮不停地打架，强撑着精神，却依旧忍不住打瞌睡，眼神中满是疲惫与无奈。

饮食方面，更是让他们苦不堪言。西餐那独特的口味对于习惯了中餐的李国庆而言，无疑是一场严峻的考验。仅仅两天，他的身体就开始闹起了“小脾气”，水土不服的症状愈加明显，腹泻不止，整个人都被折磨得憔悴不堪。再看张先龙，由于长时间休息不好，压力又大，嘴上一下子冒出两个显眼的大疱，红彤彤的，看着就让人揪心。每天，他都顶着一双布满血丝、睡眼惺忪的眼睛，强打精神参加培训。而李国庆，只能时不时停下手中的笔，双手紧紧捂住肚子，额头上渗出细密的汗珠，脸上写满了痛苦。

曹红霞看在眼里，急在心里。再心急如焚，她也深知此刻必须保持冷静。她暗自告诉自己，一定要带领大家闯过这道难关，决不能因为这些困难就退缩。

这种状态怎么能行？曹红霞跟老师舒尔茨沟通，看能不能想想办法。舒尔茨是个热心肠，他找到同来参加这次考试的德国学员汉斯，一起帮他们找来电磁炉和厨具，告诉他们这里是允许自己做饭的，但是要注意安全，而且不能产生大量油烟。

“这可太好了”，曹红霞握着舒尔茨老师的手，激动地说。下课后，她一路小跑带着两个“兵”去超市买米、买油、买菜。回来边研讨学习的内容，边做起了家乡菜——炒土豆丝、蒸鸡蛋羹。曹红霞打下手，张先龙掌勺，李国庆收拾卫生。尽管土豆丝炒得火有点大，鸡蛋羹蒸得老了一些，米饭也有点硬，但是三个人还是吃得津津有味。

至于张先龙的床，舒尔茨帮着找来两块木板，用凳子垫好，用绳子绑牢，这样就能宽出 20 厘米。张先龙躺上去试了试，不那么难受了。“老舒，”曹红霞亲切地称道，“太谢谢你了，明天请你来我们宿舍吃中国菜。”舒尔茨微笑着用蹩脚的中国话说：“没问题。”

入夜，曹红霞辗转反侧无法入眠。这次考试，自己和两个同事是代表中国石油，如果通不过，回去怎么面对单位同事、父老乡亲？就连读大学的儿子也发来微信，关心妈妈适不适应国外的环境，能不能过关。

这次考试，不仅有理论部分，还有实操检测部分。而且全部都是英文，自己尚且不敢保证百分之百都能懂，张先龙是第一次参加培训取证，就更无法保证了。不行，要想想办法。

晚上，曹红霞做了一个梦，梦里她正在焊缝检测考试现场。这可不是普通的直观用肉眼观察焊缝，而是像做胃镜一样，通过一个细长的电缆导线把探头送到管件内部，通过透镜的镜头来观察焊缝。这种用内窥镜检验方法在国内很少用，在大庆油田更是第一次。如果操作时手发抖，找不好焊缝位置，就很难看清焊缝哪里有缺陷，镜头里的图片也模糊不清。而这时，曹红霞的手怎么也控制不了镜头，越急越看不清楚，越急越无法拍摄焊缝图片。她想重新把电缆导线抽出来换个方向，却发现已经卡到管件里动不了了。“我不能考砸了，我不能丢中国人的脸”，曹红霞咬着牙用力把导线向外一拉……

“丁零……”，一串闹铃声把曹红霞惊醒。她望向窗外，天刚刚放亮。“幸亏是个梦。”曹红霞一骨碌爬起来，赶紧穿上衣服，拿起模仿电缆导线的细铁丝，一下一下比画起来。

这天早上，曹红霞没有像往常一样 5 点就叫张先龙和李国庆起床学习考试知识，而是让他们多睡了一个多小时。

曹红霞把粥熬好，把鸡蛋煮好，还拌了小咸菜。张先龙一起来就说："哎呀曹姐，你怎么不叫我们，晚了晚了。"曹红霞笑着说："别着急，睡好觉才能考好试。先吃早饭，一会儿咱们也出去走走，看看哈勒的风土人情。"

"那咱们不学习啦？马上考试了哪有时间去逛街啊"，李国庆一脸的焦急。

"放心吧，听我的"，曹红霞满满的自信。

的确，三个人从大庆坐了 30 多个小时的飞机，来到哈勒之后一刻也没有放松，没有休息，连倒时差都顾不上，就投入了学习。疲劳战术不是好办法。

走出哈勒焊接技术培训研究所，来到大街上，异国风情映入三个人的眼帘。哈勒不仅是一个重要的经济和教育中心，还拥有丰富的历史和文化遗产，充满着古典和艺术的气息。

"你看那座教堂！""那是萨勒河吗？"尽管哈勒的冬天风很大，还下着牛毛细雨，但这三个德国人眼中的"外国人"仍然像小孩子一样撒着欢儿。

"It's Great"，曹红霞没忘了带他们练习英文。

这一天的培训课上，曹红霞悄悄观察，张先龙和李国庆没有困意，也没有显出特别疲惫。曹红霞知道，她的"运动心理分析训练法"见效了。她带着两个同事在紧张的培训间隙，一起"玩"起来。午间餐后的体育锻炼，下课小憩时的智力游戏，引得德国朋友都参与进来。

然而，人们只是看到他们表面的轻松。曹红霞带着张先龙、李国庆是"鸭子凫水暗使劲儿"。同期培训班的德国考生是用母语德语考试，而他们却是全英文考试，要比本土的学员付出更多的努力，才能考出好成绩，完成此行的使命。

考场，如战场！

上午的理论考试结束，看到两位同事走出考场，情绪不高，她没有直接问"考得怎么样"，而是笑着对他俩说："饿了吧，吃午餐去。"

在吃饭的路上，两位同事就憋不住了，开始吐槽有的英文不懂，还有一道题本来会的，一着急又答不上了。"没事"，曹红霞听他们详细回忆答题情况后说道，"就这样的难度，你们答得已经不错了，咱们简单复盘一下，下一科会考得更好。"

表面上，曹红霞言笑晏晏，和身旁的同伴谈笑风生，可心底，却沉甸甸地压着一块巨石，怎么也搬不开。她清楚，自己的答卷上，还有一道难题，像一根刺，扎在心头。时间紧迫，她甚至没来得及对整张答卷进行细致复查，只能带着满心的忐忑，强装镇定。

三人围坐在餐桌旁，饭菜冒着腾腾热气，可大家的心思全然不在这上面。他们一边往嘴里塞着食物，一边热烈地讨论着专业知识，不放过任何一个可能存在的漏洞。曹红霞时不时停下手中的动作，眉头紧锁，陷入沉思，她的脑海中不断回放着那道未解之题，思索着是否还有补救的可能。

很快，板角接焊缝、管对接焊缝内外部质量实操检测及焊接检验指导书编制三门课程考试接踵而至。这一整天，考场里安静得只能听见笔尖在纸上摩挲的沙沙声、设备的运作声。曹红霞全神贯注，每一道实操工序，她都做得一丝不苟；每一个数据的填写，她都反复斟酌。

等到考试结束的铃声响起，曹红霞只觉浑身的力气被抽干，累得瘫坐在椅子上。她和同伴们拖着沉重的步伐走出考场，彼此对视一眼，眼中满是疲惫与期待。

德国当地时间 11 月 29 日下午 5 点，这一时刻，仿佛被命运按下了暂停键。所有人都屏住呼吸，紧紧盯着成绩公布栏。当那代表着他们成绩的数字映入眼帘时，曹红霞简直不敢相信自己的眼睛。不仅是她，就连她的两位同伴，都以令人惊叹的高分通过了考试。

刹那间，考场内爆发出热烈的欢呼声，德国老师和学员们纷纷围拢过来，向中国“三剑客”表示祝贺。波纳特老师满脸笑意，大步走到曹红霞面前，竖起大拇指，大声赞叹道：“IRON MAN！”这一刻，曹红霞心中那块沉甸甸的石头终于落了地，取而代之的是如释重负的喜悦和满满的自豪。她和同伴们相视而笑，眼中闪烁着泪光，那是历经艰辛后收获成功的激动泪花 。

南非博弈

曹红霞心里有一面旗，旗上面有党的嘱托、国家的尊严、石油人的血脉，不管走到哪里，她都要把心里这面旗帜高高的扬起来！

曹红霞踏上通往国际考官的漫漫征途，一切的缘起，还得追溯到2011年那个炽热的夏天。彼时，曹红霞虽已担任大庆油田工程建设公司培训中心焊接中心主任一职，然而在国内焊接行业的广阔天地里，她的名字还如隐匿在夜空中的微光，尚未被大众熟知。在浙江举办的那场焊接协会会议，是命运悄然埋下的伏笔。会议现场，来自五湖四海的业内人士齐聚一堂，各类先进设备与前沿理念相互碰撞。就在这时，一台由德国焊接协会精心打造的焊机，如磁石般牢牢吸引住了曹红霞的目光。

这台焊机外观精致，线条流畅，散发着一种科技与工艺完美融合的独特魅力。仔细端详，每一处细节都彰显着德国制造的严谨与精湛。让曹红霞不禁为之惊叹，也在她心底种下了一颗渴望探索的种子。而焊机之上，一行清晰的电子邮箱地址，宛如一道神秘的门径，悄然开启了一扇通往新世界的大门。曹红霞的眼神中闪烁着兴奋与期待的光芒，她深知，这或许是一个突破现状、拓宽视野的绝佳契机。那一刻，她毅然决定，要抓住这个难得的机遇，与德国焊接协会建立联系，探寻更多先进的焊接技术与理念，为自己、为所在的焊接培训中心，乃至为中石油的焊接国际化资质认证，开辟出一条崭新的发展道路。

曹红霞深知，要想实现国内与国际焊接培训资质的互认，让中石油海外工程项目上的焊工拥有国际认可的资质，与国际专家的交流合作更是不可或缺的助力。这个电子邮箱，宛如一座通向国际的桥梁，一端连接着她和团队，另一端通向广阔无垠、充满无限可能的国际焊接领域。

怀着对未知的期待与忐忑，她精心撰写了第一封邮件，将自己对合作的真诚意向、对资质提升的渴望，都融入那一行行文字之中。邮件发送后，她满心期待着回复，可一周过去了，邮箱里却如死寂般安静，没有丝毫回应。但曹红霞骨子里就有一股不服输的劲儿。她明白，追寻梦想的道路从来都不是一帆风顺的，一次的挫折怎能轻易击退她前进的脚步？于是，她再次坐在电脑前，仔细斟酌每一个词句，发送了第二封邮件。这一次，她更加详细地阐述了合作的前景与规划，希望能引起德国焊接协会的关注。然而，时光流转，又一周过去了，依旧石沉大海。但曹红霞没有丝毫动摇，她坚信，只要坚持就一定会有希望。她再次梳理思路，完善内容，发出了第三封邮件。这封邮件承载着她满满的诚意与决心，也凝聚着她对未来的全部期待。终于，在漫长等待的第四周，一声清脆的邮箱提示音打破了寂静。曹红霞迫不及待地打开邮箱，一封来自德国的邮件赫然出现在眼前。那一刻，她的眼眶瞬间湿润，心中满是难以言喻的喜悦与激动。

这封邮件，成为改变一切的关键。它宛如一把神奇的钥匙，成功开启了国际焊接协会的大门，让曹红霞和她的团队得以踏入这个充满机遇与挑战的国际舞台。随着与德国焊接协会合作的逐步深入，国际焊接培训市场的大门也缓缓打开，先进的培训理念、前沿的技术标准纷纷涌入。

他们成功将国际资质引入中国石油，为企业的发展注入了全新的活力。对于大庆油田而言，这无疑是“走出去”战略的重要支撑。凭借这些国际资质，大庆油田在海外项目的投标中更具竞争力，能够承接更多高端项目，进一步拓展国际市场。而曹红霞，也凭借着自己的坚持与努力，从一个国内焊接行业的无名之辈，逐渐成长为推动行业国际交流与发展的关键人物，书写着属于自己的传奇篇章。

尝到了与国际接轨甜头的曹红霞，并没有满足于已有的成就，又开始把目光转向俄罗斯。几经周折，她成功联系上了俄罗斯的质量技术监督协会组织。曹红霞设法邀请该协会的专家到大庆油田进行考察和参观，最终促成了在大庆油田设立鉴定站的协议。这样一来，许多在俄罗斯境内施工的油田单位能够在大庆的焊培中心提前进行焊工考试，一旦取证，他们就可以办理出国手续，极大地便利了双方的交流与合作。

曹红霞永远铭记在中国石油总部大楼举行的签约仪式，那是德国焊接协会为大庆油田授权的庄严时刻。那份荣耀和自豪感，成为她一生中难以忘怀的记忆。那一刻，她流泪了。过程中的艰辛和挫折，只有她自己能够深刻体会。她也曾犹豫，也曾想要放弃，但在最艰难的时刻，父亲的教诲回响在耳边：既然干，就坚持。坚持，就会有收获。

凭借多个国际资格证书，从这一年起，曹红霞连续三年担任国际青工焊接大赛的裁判，甚至被欧洲焊接协会的同行誉为“世界最优秀裁判”。在多国裁判参加的会议上，面对一些不合理赛规，她勇敢地与主办方据理力争，不仅为中国代表队争取到了自带焊缝检验及清理工具的合规权益，还在赛前为中国代表队提供了及时的技术沟通，确保在语言不通，环境不熟悉的情况下，选手的焊件质量完全符合国际标准，为中国代表队取得优异成绩付出了巨大努力。

国际赛场，如同没有硝烟的战场。曹红霞深深感受到，为国争光，不仅要有高超的技术，还要有坚强的意志、斗争的策略。

2018 年 10 月 1 日，南非约翰内斯堡，第二届金砖国家未来技能挑战赛正如火如荼地进行着。曹红霞作为中国代表队的领队，与主办方和其他各国裁判展开了激烈的讨论。观众们只能看见他们手中拿着各种工具，似乎在进行某种深入的研究，却难以想象他们正在讨论的内容有多么重要。

空气仿佛被紧张和期待凝固，每一丝呼吸都显得格外沉重。曹红霞与裁判们争论的核心问题，是中国代表队的自备工具是否合规。

在筹备国际焊接大赛的过程中，主办方悉心准备了各类专业级工具供参赛选手使用。然而，对于曹红霞及其团队而言，他们心中有一套更为珍贵的“武器库”，那就是队员们各自精心挑选、长期磨合的个性化工具集。

这些工具或许在外行人眼中是普通的，但对于每位选手而言，它们却是多年实战积累下来的“老朋友”。其中包含的刨锤、锉刀、砂轮机等，不只是简单的金属制品，更是他们无数次尝试与成功的见证。这些工具与选手的关系，就好比战士与剑，舞者与足尖鞋，艺术家与画笔，是一种不可分割的存在。每一次焊枪点燃，每一次火花飞溅，都是选手与工具之间默契配合的证明。它们陪伴着选手度过了漫长的学习旅程，见证了从初学者到高手的成长之路。

曹红霞深知这一点，她主张参赛选手应当能够使用自己习惯的工具，这不仅是对技术的尊重，也是对竞技公平原则的支持。因此，在参赛之前，曹红霞就预见到可能存在的争议点，给主办方发了邮件，强调使用习惯性工具的重要性。经过多次沟通和交流，主办方最终同意了曹红霞的建议，允许参赛选手携带自己的工具。然而，当比赛进入白热化阶段，中国选手王言旭用自带工具把焊口打磨得异常光亮，引发了一些裁判的关注，认为这构成了过度打磨的违规行为，意图以此大幅扣减分数或取消资格。曹红霞内心焦急万分，这对于王言旭和其他中国选手来说无疑是个重大打击，不仅危及比赛结果，还可能挫伤整个团队的信心。

面对这一棘手局面，曹红霞沉着冷静，立即联系主办方进行正式交涉，详细说明了自己的立场。随后，她引用大量焊接行业的标准文件，针对“过度打磨”的定义与界限，提供了专业分析与证据支持，力证王言旭的行为并未违反比赛规则。

最终，主办方采纳了她的建议，决定通过裁判团投票的方式来裁定此事。来自中国、俄罗斯、南非、印度、巴西的 5 名裁判围坐一堂，共同审议这一争议焦点。

裁判组在经过反复磋商后，开始举手表决。那一刻，时间仿佛停止了。三位裁判认同王言旭的做法并非过度打磨，两位则持有保留意见。

这一判决不仅挽救了王言旭的比赛成绩，更重要的是，它展现了竞技比赛的公平，保障了每位参赛者的合法权益。比赛成绩出来了，中国选手王言旭，以近乎完美的表现夺得了国际大赛的第一名。

“焊王”之师

带出像样的好徒弟，才是真正的好师傅!

曹红霞投身焊接教育事业数十载，岁月悠悠，她究竟向多少人请教学习过，究竟培育了多少徒弟，连她自己都难以一一细数。在她的职业生涯中，始终有一个人占据着特殊且无可替代的位置，那便是她最敬重、最钦佩的师傅——单忠斌。尽管曹红霞与单忠斌之间未曾举行过正式的拜师仪式，没有白纸黑字的师徒契约，但在曹红霞的内心深处，早已将单忠斌视为自己一生的导师。

曹红霞还记得，刚刚毕业来到大庆油田，分配到油建科研所焊接研究室，第一个见到的就是师傅。

那是 1997 年，大学毕业后，在面对双选的关键时刻，曹红霞决意去往大庆油田。那时的大庆油田，正是原油 5000 万吨稳产高产时期，全油田正掀起学习“新时期铁人”王启民的热潮。在报纸上看到，从大家口中听到王启民投身科技、为油拼搏的事迹，曹红霞心中充满了敬佩和向往，更为自己成为大庆石油人而自豪。油建公司不仅有“宁要一个过得硬，不要九十九个过得去”的油田建设尖兵——油建十一中队，还在国内市场打出了名气，打造了亮眼的品牌。油建公司科研所焊研室，则承担着焊接工艺设计、施工指导、工程检测等重要任务。焊接，被人们称为钢铁的“裁缝”，而曹红霞的职责，就是设计师。尽管焊接研究室的房屋简陋，内部设施显得有些年代久远，但对于初入职场的曹红霞而言，这里的一切却是那么新奇而又引人入胜。空气中弥漫着钢铁的气息，机械运转的声音犹如交响乐般萦绕耳畔，每一个细微之处都透露出一种朴实的魅力。她雀跃不已，仿佛发现了未曾触及的新世界，即便是再艰苦的环境，也无法阻挡她的脚步。

当她第一次跟随师傅来到施工现场，置身于焊花飞溅的热浪中，那种炽烈的场景不仅没有让她望而生畏，反而激发了她前所未有的勇气与热情。在南三油库，即将面对的第一道关卡，便是登上那座十几米高的巨兽——刚完工的大油罐，完成焊缝硬度检测任务。风声呼啸，眼前的高度让人眩晕。然而，对曹红霞来说，这并不是畏惧的理由，而是证明自己的舞台。

踏上那条狭窄的悬梯，每一步都须小心翼翼，手中的仪器既是负担也是使命。高空之上，强风肆虐，但这股不屈的意志并未被吹散，反而愈加强烈。师傅在一旁投来关切的目光，他的话语虽然简单，却蕴含着深切的担忧与信任："能行吗？不行别硬撑啊！"身旁，一位热心的同事主动提出陪同。这份意外的援手，给予了曹红霞莫大的勇气。

于是，在众人的注目之下，曹红霞迎风而上。她不再是一个胆怯的小姑娘，而是一位勇敢的战士，向着目标毅然前行。随着高度的增加，她从最初的忐忑不安渐渐转为自信从容，每一步跨越，都见证着她的成长与转变。到达顶端的那一刻，回望脚下，整个世界变得如此渺小，一种难以言喻的自豪感油然而生。

在这片钢铁丛林中，曹红霞的身影格外耀眼，她不仅成功完成了任务，更赢得了所有人的敬佩。翻开施工指导书，编写工艺程序，对于她而言快乐无比；与工友们围坐在一起，共享工地特有的"大锅饭"，她早已融入其中。这一切的变化，师傅看在眼里，喜在心间，不禁暗自赞叹："真是个难得的好苗子。"

那年过年回家，母亲摸着曹红霞粗糙的手，心疼地贴在脸上，啜泣起来。曹红霞的母亲是一位任劳任怨、朴实能干的农家妇女。她没有太多的知识学问，也不懂那些大道理，更多的是默默地付出和细心地叮嘱："红霞，你一个人在大庆，无亲无故，要照顾好自己，别累坏了，别受欺负，别太苦了自己。"

父亲倒是挺高兴："红霞，累点儿不怕，多跟师傅请教，多向高手看齐。你们大庆不是出了个'新时期铁人'王启民，你好好向人家学习，干出个样儿来。"

转眼十年，又十年。

曹红霞从徒弟变成了师傅，又走上了讲台当"讲师"。她始终记着师傅对她说的话：带出像样的好徒弟，才是真正的好师傅。

然而，要带出像样的好徒弟，却不是那么简单。

2006 年，全国焊接大赛。之前，焊接培训中心的参赛成绩可圈可点。已经是焊接培训中心主任的曹红霞精心选派了两名选手，和哈尔滨的一位选手组成了黑龙江队，本来信心满满地参战，最后却铩羽而归，连前 20 名都没进去。

这次赛事的失利如同一记重拳，狠狠地打在曹红霞心头。领导和同事们劝她："胜败是兵家常事。"可是曹红霞不这样想，她说："教出真正的好徒弟，才是真正的好师傅，选手的失利，责任就在我。"

曹红霞在大赛中观察现象，摸索规律，努力找到选手失利的症结。她注意到，一些选手虽然在平时训练中展现出了高超的技能水平，但在如此紧张的环境下，似乎有些手足无措。他们的动作不再像往常那样流畅自如，眼神偶尔飘忽不定，显然受到了心理压力的影响。曹红霞心中暗想，这或许是由于大赛带来的强烈竞争意识，或许是害怕失败的情绪在作祟，导致他们在关键时刻无法集中注意力，从而影响了正常发挥。

曹红霞发现，还有一些选手显露出明显的疲态，尽管他们咬牙坚持，但眼圈下的阴影透露出昨晚并未得到充分休息的事实。或许是因为赛前准备太过紧张，连续高强度地复习与模拟，消耗了他们的体能，以至于在竞技场上，动作略显迟缓，反应不及平常灵敏。这正是体能不足所带来的连锁反应，直接影响了他们的竞技状态。

还有的选手，虽然技艺娴熟，但在理论知识的考核环节却不免显得捉襟见肘。

还有的选手，因为体力不足，导致该完成的项目都不达标……

看着眼前的一切，曹红霞不禁陷入了沉思。高手过招，失之毫厘，差之千里。她越来越清晰地意识到，要培养一名优秀的焊接技师，不仅需要训练扎实的技术功底，更要让他有强大的心理承受力和良好的体能储备。而理论作为与实践相辅相成的一部分，不可忽视。她决心将观察结果反馈给培训团队，一起研究方法和策略，帮助学员们全面提升综合能力，克服选手在大赛中出现的问题，以免再度落败。

那段时间，曹红霞吃饭在思考，走路在思考，甚至做梦都在思考。她开始探索新的培训模式，在"老传统"中加入"新药方"，巧妙地将整个培训分解为四大模块，分别是技能提升单元、理论深化单元、心理强化单元和体能优化单元。在突出技能精练的同时，她同样重视心理韧性、体能状态及理论知识的均衡提升，致力于打造选手的全方位能力，确保他们能够自如应对复杂多变的竞赛挑战，实现全面协调的发展。

在培训方式改变的同时，曹红霞和同事们开始研究运用曲线图成绩分析法。对每个选手设计成绩曲线图，通过曲线波动情况，来详细了解选手的练习情况，及时进行具有针对性的指导。同时制作选手心理状态变化周期图，掌握选手心理变化情况。将每个比赛项目分解为每一个评分项的综合，针对每一个评分项展开攻克，逐项过关。

在心理课上，曹红霞引入了一系列新颖的游戏元素。她设计了一套名为“心灵探险”的互动环节，利用角色扮演游戏的形式，让学员们亲身体验各种情绪场景，学会换位思考，从而更好地理解和掌握心理调适的技巧。

理论课上，曹红霞别出心裁地开设了“故事会”，将枯燥的专业知识穿插在引人入胜的故事中讲述。一个个生动的人物形象，一幕幕跌宕起伏的情节，让原本晦涩难懂的概念变得鲜活有趣，易于理解和记忆。

体能课上，曹红霞更是亲自上阵，带领大家一起“玩”。她设计了一系列融合趣味与挑战的运动项目。如“焊接马拉松”，结合焊接操作与跑步，测试持久力与专注度；如“动感攀岩”锤炼意志力与团队协作能力。汗水与欢笑交织在一起，学员们在挥洒青春的同时，感受到了超越自我的喜悦。此外，曹红霞还将“剧本杀”这一当下流行的社交游戏引入课堂，创造出一种集推理、交流于一体的全新学习模式，让学员们在破解谜题的过程中，不知不觉提升了解决问题的能力。

寒来暑往，三载春秋悄然而逝。这三年，曹红霞一头扎进运动心理学的浩渺海洋，以无畏的探索精神为舟楫，在实践的波涛中穿梭，于总结的礁石间寻路，在完善的灯塔下校准航向。无数个日夜的潜心钻研，无数次地推倒重来，无数滴汗水的悄然洒落，终于，她精心雕琢的“运动心理分析训练法”，如同一颗明珠，绽放出夺目光芒。

这一训练法催生的培训模式，恰似一段跌宕起伏的传奇。起初，成效隐匿难寻，恰似晨曦前最浓重的黑暗。但曹红霞并未放弃，她凭借着顽强的毅力和敏锐的洞察力，不断调整优化。渐渐地，微光乍现，有了些许成效，恰似黎明破晓时天边那一抹鱼肚白。随着时间的推移，成效愈加显著，犹如初升的朝阳喷薄而出，光芒万丈。直至最后，收获奇效，成为众人瞩目的焦点，如同烈日高悬，璀璨夺目。因其卓越成效，这一培训模式被大家饱含敬意与喜爱地称作“曹红霞培训法”。

曹红霞所任职的焊接培训中心，在“曹红霞培训法”的润泽下，宛如一座孕育传奇的神圣殿堂，成为“焊王”的摇篮。在这里，一颗颗焊接新星冉冉升起，闪耀于各大赛场。10 位焊接精英在国际焊接大赛的舞台上，凭借精湛技艺力压群雄，摘得单项冠军的桂冠；23 人在省部级以上大赛中过关斩将，独占鳌头。曹红霞，这位幕后的灵魂人物，也当之无愧地被人们尊称为“焊王”之师，她的名字，在焊接领域熠熠生辉，成为激励无数人奋勇前行的旗帜。

铁人之梦

曹红霞从铁人身上，学到了最铁的那种意志，最铁的那身骨气，最铁的那颗忠心！

自从踏入大庆油田的那一刻起，铁人王进喜的光辉形象便深深烙印在曹红霞心间，成为她矢志不渝的人生标杆。那是一种源于灵魂深处的感召，促使她在心底立下宏愿：要像铁人那般，以无畏的勇气，坚韧的毅力和无私的奉献，在这片充满希望的石油热土上，做出自己的努力。

2020 年，随着大庆油田改革发展的推进，焊接培训中心整体划归铁人学院，成为拥有英雄铁人品牌，肩负大庆油田党委党校使命，集党性教育、职业教育、员工培训、幼儿教育为一体的教培集团的光荣一员。

这一年，曹红霞 46 岁。

有人说：“你年龄大了，歇一歇吧。”有人说：“别给自己那么大压力了。”

可曹红霞不那么想，她开始了新的思考。

的确，自己参加工作 20 多年来，在焊接中心培训的近 5 万名学员中，已有 500 多人成为技师、高级技师，50 多人获得各级“技术能手”称号。学员王召军被誉为“国际焊王”，并荣获全国五一劳动奖章；学员冯东波取得“全国技术能手”称号。

如今的焊接培训中心，是中国石油工程建设协会焊接专委会、黑龙江省职工焊接技术协会所在地，拥有国家级、省部级培训考核资质 20 余项，拥有国家级焊接技能大师工作室。这些成绩和荣誉饱含了曹红霞的心血和汗水，也足以证明焊接培训中心的发展成就。

有了成绩，有了荣誉，我们更应努力奋斗。曹红霞想起了铁人王进喜“宁肯少活二十年，拼命也要拿下大油田”的铮铮誓言，想起了新时期铁人王启民“宁肯把心血熬干，也要让油田稳产再高产”的信念，想起了王德民“择一事，终一生”的情怀，这些让她更坚定了奋斗的目标。

2020 年 3 月 22 日，在宣布划归消息的那一天，曹红霞语重心长地向干部员工说了这样一番话。她说：“咱们焊接培训中心这么多年走得不容易，但走得很踏实，我们走进铁人学院的门，就是铁人学院的人。决不能在改革发展的大潮中随波逐流，而要中流击水，奋勇争先！”

人们惊奇地发现，曹红霞越来越年轻了，越来越有干劲儿了。尽管已经 40 多岁的年纪，曹红霞却像又回到 20 岁一样，开始如饥似渴地学，不分昼夜地拼。

在课堂上，她把生涩难懂的专业知识讲得生动形象，再加上一个个感人肺腑的亲历故事，让学员们听得全神贯注。在市场上，她以专业的水平，丰富的经验和优质的服务，为甲方交上了完美的答卷。在赛场上，她带领团队以高超的技能，过硬的素质一次次闯关夺隘，为大庆油田争得了荣誉。

曹红霞一直牢记习近平总书记的那句话：“青年强，则国家强。”她以对油田这片热土的深情，一直致力于培育青年成长成才。在她的积极倡导和组织带领下，焊接培训中心成立了“科研技术服务青年突击队”。这支队伍由 12 名技术、技能人员组成，平均年龄为 38 岁，青年比例为 50%。既有正高级工程师、副高级工程师、工程师，也有中国石油和大庆油田的技能专家，技术技能互补，新老人员接续。

突击队刚刚成立之时，大家不知道该干什么，该怎么干。曹红霞给突击队压担子，出点子，指路子。特别是年轻的队员小刘闹起了情绪，觉得自己岗位上的活儿都干不过来，甚至连交女朋友的空儿都抽不出来，哪儿还有时间搞什么突击？

曹红霞常说：“熔化钢铁是焊花的魅力，融化思想是心花的魅力。”曹红霞了解到这一情况，就主动找小刘谈心。问他工作上有什么问题需要解决，生活上有什么困难需要帮助。刚开始小刘还有些拘谨，当感觉到曹红霞一直在为他着想，小刘的话匣子打开了。他指着办公桌上的一堆材料说：“曹主任，您看我每天要干这么多活儿，还要抽时间学习，根本没办法完成突击队的任务。再说，我父母一直追着我交女朋友，都给我介绍了好几个，有两个因为我没时间陪她们就拜拜了，还有一个一听这儿的工作和待遇，立刻就分手了。”

说心里话，曹红霞特别理解像小刘这样的年轻一代。他们有自己追求的梦想、人生的规划，也有来自工作、生活和父母的压力。在他们身上，有聪明、灵活、敢闯的特点，但也不可避免地存在一些抗压能力差、担当能力弱、责任心不足等方面的问题。这些，都需要有效的引导，对症的教育和实践的锻炼，也需要运用像当年会战传统中的“思想政治工作两抓法”“领导干部五同”等方法来打开心灵的那把锁。

曹红霞没有简单地讲道理，而是拿起小刘办公桌上的资料，和小刘一起研究起来。以一个“老师傅”的身份教小刘怎么能把工作干得更快，把问题解决得更好，成长为职业“匠人”；以一个“老大姐”的身份跟小刘交流，想找什么样的对象，实际上取决于打造一个什么样的自己，变到处“追马”为种草“引马”。

不到一个月时间，大家看到小刘变了。办公桌上不再积压一大堆文件资料，也不再为谈女朋友的事愁眉苦脸，还主动承担新任务，成为突击队里的骨干。曹红霞看在眼里，乐在心里。她隐隐感觉到，又一个工匠的好“苗子”诞生了。

就这样，曹红霞立足油田主战场，吹响了突击队的冲锋号。她带领突击队赴国内外重点工程施工现场进行技术服务、现场指导，先后解决各类技术难题 100 多项，为油田工程项目提供了优质的技术咨询服务工作。2021 年 9 月，曹红霞带领突击队参加国家管网集团首届职业技能竞赛，一举夺得五个项目的第一名，包揽全部金牌。2024 年，焊接培训中心“科研技术服务青年突击队”以其精湛的技术水平、高超的创新能力荣获大庆油田“建功百年油田青年突击队”荣誉称号。而曹红霞也被大家亲切地称为荣誉“突击队长”。

曹红霞知道，行动才是最坚实的理论，创新才是最务实的继承。她要培养和造就更多的工匠、劳模和技能专家，服务建设百年油田的主战场，打造国际大庆先锋军。在铁人学院的领导和支持下，她进一步发挥郭建明国家级电焊工技能大师工作室、林士军集团公司级管工技能专家工作室的示范引领和研究创造作用，为加快适应大庆油田产业工人队伍培养需要，为高技能人才成长道路培养引路人。经过不懈地努力，焊接培训中心成为铁人学院焊接工匠培养的特色基地，为学院建设弘扬劳模精神、劳动精神、工匠精神的教育培养阵地提供了强有力的支撑。努力终有收获，播种终结果实，2024 年，铁人学院成为全国总工会确定的 100 家重点支持工匠学院之一。

听到这个消息，曹红霞像小孩子一样高兴得跳了起来。她知道，这样的荣誉带来的是更多的机会，更大的舞台和更高的飞越。她跟大家讲，“铁人学院跻身全国总工会的支持工匠学院，是荣誉，更是责任。为国家、为石油、为油田培养新时代工匠，我们焊接培训应当走在前头。”

曹红霞更忙了。

2024 年 8 月，“一带一路”暨金砖国家技能发展国际联盟与铁人学院的战略合作协议正式签署。这一合作正是曹红霞积极联络、强力推进、反复协调的成果。

“一带一路”暨金砖国家技能发展国际联盟的金砖国家智库合作中方理事会理事单位，一直致力于为“一带一路”及金砖国家培养国际化高技能人才和技术创新人才，推进“一带一路”及金砖国家基础设施建设和新工业革命发展进程。这次战略合作，标志着大庆油田打造国际品牌，实施“走出去”战略迈出了极为关键的一步。

2024 年 10 月，曹红霞任“一带一路”暨金砖国家技能发展与技术创新大赛“嘉克杯”国际焊接大赛总裁判长。“嘉克杯”国际焊接大赛得到了金砖国家和“一带一路”国家的大力支持和广泛参与，会聚了近百个参赛队近 300 名参赛人员。其中，中国境内参赛代表分别来自 50 余家中央企业、高 / 中等职业院校和相关企业；境外参赛选手 30 余名，分别来自俄罗斯、印度、新加坡、德国、伊朗、越南等国家和地区的 15 家单位。

2024 年 12 月，刚刚从德国参加“国际考官”大考回来的曹红霞鞍马未歇，直奔浙江省海盐县，参加中国职工焊接技术协会焊接技能竞赛赛事组织、中国职工焊接技术协会理事会会议和智能高效焊接技术应用论坛。

在这里，她见到了全国总工会兼职副主席、大国工匠高凤林。他们认识有 20 多年了，对于这位来自中国航天的专家，曹红霞十分佩服。“听说你们铁人学院成为全国总工会支持的工匠学院了，这是大好事呀”，高凤林握着曹红霞的手说。“您以前到我们学院讲过课，现在就更需要您来传经送宝了”，曹红霞真切地说。

忙碌自不必说，曹红霞更用心留意工匠教学方面的师资、大赛选手的特点和焊接前沿理论。

从浙江海盐回到铁人学院后，曹红霞无暇休息，赶紧开始新的工作，并把带回来的精神分享给同事们。

这一忙就又到了年底，看着儿子越来越高的个子，曹红霞心里隐隐地愧疚，这么多年陪儿子的时间太少了。甚至儿子小邴——单位许多同事都这样称呼，小的时候因为自己出差没办法管，都要几位年轻的同事轮流接送。

“妈，元旦晚上你在家吃饭吗，我给你做”，刚刚放假的儿子给曹红霞打来了电话，提前约饭。“儿子，妈真想吃你做的饭，可是……还是等等吧，我得在单位加班”，曹红霞心里酸楚中带着一丝甜意，自己欠了孩子多少顿饭没做啊，现在反而要小邴给妈妈做饭了。

2025 年元旦。人们都互送祝福，欢乐跨年的时候，曹红霞让儿子去舅舅家过新年，自己仍然在办公室里忙碌。只是抽空给远在乌干达工作的丈夫发了一条微信，相互问候和祝福。丈夫在大庆油田的工程建设公司工作，一直奋战在国际市场。两个人都把心扑在事业上，已经习惯了聚少离多的生活。

有一刻，曹红霞停下了手中的工作，聆听习近平总书记发表的 2025 年新年贺词。当习近平总书记讲到“梦虽遥，追则能达；愿虽艰，持则可圆。中国式现代化的新征程上，每一个人都是主角，每一份付出都弥足珍贵，每一束光芒都熠熠生辉”的时候，曹红霞的眼睛湿润了。

“梦虽遥，追则能达；愿虽艰，持则可圆”，她把这句话记在笔记本上，也发给了远方的丈夫。丈夫的信息迅即回复：“红霞，注意身体，2025，我们一起加油再出发！”

“是啊，一起加油再出发。”曹红霞在心底默默念道，下意识间，她的手攥紧成拳，仿佛要将这份决心与力量紧紧握住。此刻，窗外正值深冬，寒风凛冽，万物似乎都在这肃杀中陷入沉睡。然而，曹红霞却敏锐地捕捉到一丝别样的气息，那是春天悄然临近的信号，如同在黑暗中闪烁的希望微光。

她的目光穿越冰冷的窗玻璃，投向远方那片苍茫大地。在这看似荒芜的冬日景象里，她仿佛看到了春回大地时的生机勃勃：冰雪消融，潺潺溪流奏响复苏的乐章；草木抽芽，嫩绿的新叶在微风中轻轻摇曳；花朵绽放，五彩斑斓的色彩将整个世界装点得如梦如幻。这即将到来的春天，不正是她心中所期待的新起点吗！

人间清风

——记呼伦贝尔分公司造价员 郭巍

大庆是油田，是城市，是一座油城；郭巍在油田，丈夫在政府，他们是油城的一个家。这个家里有政府的事儿，有油田的事儿，其实都是一回事儿；这个家里有政风，有企风，其实都是家风。

他们夫妻同心构筑最美家庭，他们的“小家”镶嵌在油城的万家灯火之中，是千万家庭的生动写照，更是企地“大家”紧密联系的鲜活例证。“红旗共举、使命共担、资源共享、振兴共赢”，每逢大战大考，人们总能看到大庆石油人冲锋在前、顽强拼搏的“身影”，总会为大庆军民鱼水情、企地一家亲的温情而动容。

我家连着你家，小家连着大家，大家连着国家。忧愁着共同的忧愁，快乐着共同的快乐，奋斗着共同的奋斗。这就是大庆红色家风代代相传的最美诠释，这就是大庆基业长青的基因密码。

全国最美家庭

家是暗夜归来时那盏隐约可见的灯火，是饥肠辘辘时那碗浓郁飘香的饭菜，是满身疲惫时那声呢喃软语的安慰。家是孩子成长的起点，是人们归来的方向。

每一个家庭有每一个家庭的特质，这特质就是家风。家风，宛如一座灯塔，照亮家庭成员前行的道路；又似一把标尺，规范家庭成员的言行举止。家风，能赐予人奋力翱翔的隐形翅膀，也能使人坠入万劫不复的莫测深渊。

“大圣不以物喜，不以己悲。故能弥天下之不足，填天地之无穷。”郭巍的家庭是一个普通又平常的家庭，也是一个家风蔚然的模范家庭，是大庆油田家风建设的杰出代表。

夫妻间，姣姣岁暖

郭巍和付昊结婚已经有十五个年头了。十五年间，夫妻同心，以超乎常人的耐心，用超乎常人的深情，构建起一幅家庭温馨和谐的慕人画卷。夫妻并肩，发扬大庆精神，传承石油家风，建设起一个大庆油田红色基因的典范之家。

默契，共赴山海。

家不仅是避风港，更是辉映未来的梦工场，是百炼成钢的加油站。

找到一个灵魂相似的人，共建一个休憩避风的港湾，进而光耀门庭为祖国争光，这是郭巍连贯一生的梦想和方向。

郭巍到了谈婚论嫁的年龄，有同学给她介绍了付昊。郭巍和付昊是同学，同学三年，他们并没有密切的交往，甚至郭巍还有点看不上他，觉得他学习不如自己好。

正午的阳光洒进咖啡厅，映照在付昊儒雅的脸上。两个小时的短暂相处，大多是郭巍问付昊答。

其间付昊讲述他父母的时候，郭巍有些动容。付昊的父亲和母亲相恋时还都是知青，后来父亲考上了大学，那个年代的知青，许多男女虽然已经走到一起了，一旦一方身份发生改变，就马上提出分手或者离婚。但他的父母却如约结了婚。他母亲身体一直很虚弱，家务活几乎都是父亲做。付昊记得母亲每每说起父亲，脸色都极为复杂，有深深的爱恋之色，有满满的自豪之色，有遮挡不住的幸运之色，也有极度的愧疚之色。她总是感慨上天待她优厚，让她遇到了一个始终如一的男人，她也很惭愧，她是他最大的负担，不仅让他生活变得沉重，更耽误了他的大好前程。

郭巍像个考官，又问付昊对于人生的设想，对于生活的感想，等等，令郭巍意外的是，付昊的回答和郭巍的想法是那么契合，比如对待工作就应该尽心尽力，比如对待家人就应该无悔付出，比如对待他人就要倾心相助……

郭巍想，就是他了。

2009 年夏季，郭巍和付昊结婚了。穿上婚纱，父亲把郭巍的手交到付昊手中，按照主持人的指引完成一个个流程，郭巍一直恍惚着。从走出家门开始，她就莫名地想流泪，有离开父母的不舍，更多的还是有些茫然，不知道两个人应该怎么过日子。

婚礼仪式结束了。休息了一个下午的郭巍拿起纸和笔，撑着下巴坐在桌前想心事。付昊走过来用双臂环绕住她，问她，“想什么呢”。郭巍调整了一下椅子，和付昊面对面，她拉过付昊的手，说：“付昊我想和你谈谈。”付昊一下子紧张起来，不知道郭巍想谈什么，但还是稳了稳心神说：“好。”

郭巍说：“以前咱们都是和父母一起过日子的，家里的一切都是父母在打理，咱们并不知道过日子会遇到什么，更没有处理家庭生活的经验。咱俩今天结婚了，意味着咱俩有了自己的家庭，自己顶门过日子了。就得好好想想，怎么做才能过好日子。”

付昊恍然，“你是想写家规？”郭巍笑了，“付昊你行啊，上学的时候感觉你挺笨的，没发现你这么聪明”。付昊也笑，“媳妇指导得好”。郭巍正了正脸色，“我想把今后过日子应该遵循些什么写下来，叫家规也好，叫家训也行，反正就是过日子总得有个规矩，然后按着这个过日子，这才是建家之道。”

付昊说：“媳妇都听你的。”郭巍说：“别光听我的，我也没自己过过日子，咱俩都得好好想，这是咱们家以后的大政方针，必须严格执行的那种。”付昊也正了神色，说：“好。”

郭巍说：“第一条得放远一些，咱俩都有工作，咱俩第一次见面的时候你就说要好好工作，但过日子总会有家庭和工作冲突的时候，那个时候咱们怎么办？舍小家为大家，还是在大家里摸鱼只顾小家。”付昊说：“当然是得先可着‘大家’了，咱俩谁工作不忙的时候谁就承担家务，要是两个人都忙，就短暂请父母帮忙，实在不行花钱解决，反正是不到万不得已，不能耽误工作。”

“那第一条就是工作第一？”“对，工作第一。”

“第二是不是得讲究道德。比如在家里‘大事商量，小事原谅’，相互之间心平气和说话，有事儿说事儿，绝不指责对方。在外面也要讲究分寸，说话做事留余地。”“嗯，这个好。做人要有涵养。”

“第三以学兴家怎么样。衣服可以不买，但书一定要多买，今后要做的第一件事就是丰富家里的藏书，多阅读多学习，既能提高业务水平，还能开阔心胸和视野。”“这个也好。”

“第四勤俭持家可好。家务活共同分担，家里保持干净明亮。不乱买东西，只买需要的。”

“第五必须孝敬父母。第六要关注社会……”

小夫妻讨论了一个多小时，郑重写下了“付氏家规”。郭巍反复看了几遍，“明天我就把它打印出来，再找个地方压个膜儿，好好保存下来，以后啊，谁也别想耍赖、别想偷懒，认认真真地照做下去。以后有了孩子，也能给孩子做个榜样，还能给他立个规矩。”

扶持，彼此成就

爱是付出，爱是力量，爱是舍小我为梦想献身的无所畏惧。

北方的冬天，不到五点天就黑透了，郭巍带着一身疲惫回到家，看着在厨房里忙碌的付昊，脚步踌躇地在屋子缓慢走着，付昊看了一眼郭巍说："媳妇洗洗手，过来吃饭。"郭巍有些磨蹭地坐到餐桌边，脸上神情不定地看着付昊。付昊出声询问，"怎么了"，郭巍摇摇头说，"有些累了"。收拾完厨房，郭巍走到付昊身边坐下说，"老公，我现在很难过，不知道该怎么对你说。"付昊脸色有些担忧，"没事，你说，什么事情都会有解决的办法。"郭巍说，"你知道我们单位主业是在海拉尔吧，我要去那里工作了。"付昊放下拉着郭巍的手，站起身来看向窗外。窗外点点灯火下一切都朦朦胧胧的。站了一会儿，他重新坐下来抚摸着郭巍的后背，咬着舌尖，心思一转再转，然后告诉她不用担心家里，他会照顾好他们的父母，让她到那里要好好工作，也要照顾好自己。

那个夜晚，郭巍依偎在付昊的怀里说："老公，我是大庆油田一分子，我也要像千千万万大庆油田员工一样，哪里需要就去往哪里。虽然我们会很长时间才能见上一面，但分离的每一天我都会想着你。我不在的时候，你多学学业务知识，有和你业务相关的资格证就去考考。还有要好好工作，你的工作性质来不得半点马虎……"

郭巍踏上了遥远的呼伦贝尔大草原，也踏上了磨砺自己的人生旅程。

海拉尔距离大庆市区将近 700 千米，乌东作业区距离海拉尔区将近 300 千米，8 个多小时的火车，再乘坐 3 个多小时的汽车后，映入眼底的是一片白茫茫的原野，几栋孤零零的楼房，几间低矮的工房，空旷又寂寥。

毫无遮挡的大草原上，漫天飞雪飘扬，气势如虹的白毛风吹得人睁不开眼。除了震撼还有惊恐，恍惚觉得穿越到了另外一个世界。

郭巍很快就上岗了。每次上岗都如履薄冰，既要精神高度集中，又要克服内心的恐慌。

先去泵房，检查油、水、气三条管线的运行状态。然后去加药间，查看两台三项分离器来液界面，感知运行是否正常，还得查看伴热温度够不够，是不是有堵塞现象。

然后再去加热炉区，5 台十几米长的庞然大物躺在那里，发出震耳欲聋的巨大轰鸣声，让人不敢靠前。但还是得靠近它，得看看它运行是否正常，看温度是否达到指标。

还有室外储油罐区，查看储油罐各自的压力值，看进出阀门油流流动情况，看伴热是不是正常。

一圈检查下来，至少得半个小时。每两个小时就得进行一次这样的检查。

每天还得爬到储油罐上测量数据。体积达 1000 多立方米的大罐高高矗立在那里，鼓足勇气登上旋转梯，一步，两步，步步惊心。白毛风放肆又愤怒地冲击过来，撕扯着，仿佛那是它的领地，不容人靠近。终于爬上去了，打开量油孔，坚握量油尺，冷风迅速蹿过来啃咬手指。低下头一点点把尺子伸到原油液面，记住下尺深度，再根据公式计算出油罐的罐存，怕忘了，计算和记录都得在上面完成。

白班还好，夜班也得每两个小时巡回检查一次。夜晚不仅冷，还有无边的黑暗，还有身后沙沙沙的声响，不知道是野兔子还是土拨鼠还是什么，总是有这样的声音在身后如影随形。

每天下班，郭巍都会给付昊打电话，她总是笑着说："我住的宿舍可暖和了，工作没出过一点儿差错。老公，你在做些什么，会计师证考下来了吗，在单位干得怎么样，有没有什么进步，我买的那些书你看几本了，咱们的爸爸妈妈都好吧，你有没有好好吃饭……"

在时间的维度里，两年的光阴如白驹过隙，然而对于新婚燕尔的小夫妻来说，两年却是要用月、用天甚至是用分秒来度过的。两年间，郭巍在苍茫的呼伦贝尔大草原看荒草绿了又黄，看白毛风和漫天飞雪搅在一起，看遥远的地平线上缓慢沉落的夕阳，也看公路上轰鸣而过的车辆。她总是会想起付昊，想着所爱隔山海，山海皆可平。想着只要心中有梦，路再长，走下去总能抵达……

一次，付昊去火车站接郭巍，手里除了鲜花，还有他考取的资格证书和获得的荣誉证书。

此后经年，海拉尔荒原的风一直在郭巍的内心呼啸。那里，同事们依然在狂风中，在雪野里忘我拼搏。想起他们，她的内心就充满力量。

十几年间，郭巍连续多年获得油田公司造价系统先进个人。

2021 年末，油田公司会议室里，正在进行造价系统技术交流会。郭巍交流的题目是《加强油田工程项目预结算精细化管理的相关探讨》，大会总结时，主持人特别点了郭巍，说她的交流实用性强，不仅对油田造价工作有很强的指导意义，对油田加强工程质量建设也提供了新思路。会后，更是有同行拉住她，问她是不是做过油田地面工程技术员，不然怎么会说得那么透彻。郭巍那一刻心生感慨，她知道这一切还有付昊的功劳，她苦心钻研的那些日子，他是她的业务培训师，也是她的心理调节师。

那一天，郭巍又去了海拉尔，去作业区考察集输管线安装情况。从施工材料到施工作业，她看得认真记得详细。有认识郭巍的人调侃道："要是不熟悉你，还以为你是工程质量监督员呢，工程有详细资料，你拿过去看看就是，真不用抛家舍业跑到这么远的地方受苦。"但她一直记得付昊的叮咛，说造价员得对一项工程从头到尾都详细了解，应该常到施工现场走走，预算才会更加精准。《地面建设的集输管道施工及设备安装的技术分析》是她前前后后跑了多次施工现场撰写出来的。成果发布后，人们都说，这个郭巍了不得，可以跨界了！

郭巍陆续给付昊买回《财务管理学》《企业财务管理制度全书》《财务管理实用教程》等书籍。每到夜晚，夫妻两人都在书桌上摊开书本。偶尔，郭巍歪头问付昊，"这个公式怎么运用？"付昊伸头过来，拿起笔演示。付昊也偶尔询问郭巍，"这个法律词条有点不明白，你帮我琢磨一下。"深夜的书桌是他们夫妻共同学习的课桌。

那天，付昊心事重重地回到家，郭巍解下身上的围裙，招呼付昊和孩子吃饭。收拾完家务，打发孩子去写作业，郭巍坐在付昊身边握住他的手，问他是不是工作中遇到了困难。付昊说，"年底了，公司收费难，有些头疼，不知道怎么办。"郭巍认真地说，"我知道物业收费一直是个难题，但我相信你的能力，人心都是肉长的，和客户好好沟通，晓之以理、动之以情，一切都会解决的。家里有我，你安心去跑业务。"

一天，本想加班的郭巍接到付昊的电话，说他要很晚下班。郭巍把没做完的资料装进包里，匆匆忙忙赶回家。做好饭菜，看孩子写完作业，才把自己包里的东西掏出来，一头埋了进去。

年底了，和客户沟通协调，审核预算、计划支出，郭巍忙得嗓子都哑了。付昊在整理单位的账目，天天晚上都看不到影儿。一天晚上，很晚回来的付昊，看到门口整齐地摆放着几袋年货，上面还有要送给哪家的字条，付昊感觉一身疲惫都消失了，搂住正在灯下整理资料的郭巍，"媳妇，有你真好。"

有郭巍是好，付昊在郭巍的鼓励和支持下，从业务员到高级主管，一步步晋升，还考取了会计师、高级会计师证书……

和谐，心意相连

爱不仅是你说什么都好的包容；也是给你广阔的天空，让你奋力翱翔；更是给你宽广的大海，让你奋力远航。

2012 年，郭巍被调回呼伦贝尔分公司大庆市办事处，从事人员稀缺的造价工作。

郭巍大学时学的专业是汉语言文学，造价对于她来说太陌生了，需要像小学生一样，从头学起。听说单位有去北戴河培训的机会，郭巍和付昊商量，说单位如今给了她一个全新的发展平台，要尽最大努力在新岗位上为单位作出贡献，非常想去接受系统培训。

付昊望着目光殷切的郭巍，说："家里倒是没什么，我就是有点担心你的身体，你现在怀孕四个多月了，你干起啥来又那么拼命，我怕有什么闪失。"

郭巍拉起付昊的手，按在自己的腹部说，"孩子乖着呢，一点也不折腾我，我身体好，也没啥孕期反应，放心吧，我会带着孩子和自己安全回来的。不久之后，你会看到一个健康快乐的孩子，还会看到一个闪闪发光的我。"

付昊默默给郭巍整理好行李，把她送到北戴河，三个月后又把她接了回来。

郭巍给家里建了个记账本，大大小小的开销她都记上。

付昊拿着一件新衣服找郭巍报账，"媳妇啊，快过年了，我给你买了件新棉衣"。郭巍拿过衣服，看了看样式和花色，心里喜欢得不得了。但她还是狠了狠心，问付昊："衣服发票还在吗？"付昊笑着说："媳妇你不会是不相信我，怕我多报吧。"郭巍也笑，"我啥时候不相信你了，我是想要来发票，明天去把衣服退了。"

付昊说："是不是样式你不喜欢，休息的时候再去换一件。"郭巍说："这件样式挺好，你真有眼光。我有衣服穿，有穿的就行，弄那么多衣服，今天穿这件明天穿那件的，心思都没用到正地方。"似乎想起了什么，郭巍转身从包里掏出一个获奖证书，用手端着说，"看看吧，这才是最美的。还有，也得遵守'付氏家规'，勤俭节约。"

付昊知道郭巍决定的事，自己拗不过她。他叹了口气，说："你老公真是挺没用的，连给媳妇买衣服的钱都得省。"郭巍赶紧抱住付昊，"老公你说啥呢，高新区物业账目主管可不是谁想当就能当上的，我老公精湛的业务水平也不是用钱能衡量出来的。"

那天早上，他们都要出门上班，收拾厨房的郭巍扭头看了一眼付昊，见他从衣柜里把棉衣拿出来，放在沙发上展开，然后坐了下来。郭巍无奈地笑了一下，冲着付昊喊："你的衣服是受潮了吗？"付昊回答说："不是啊，就是放在那儿，一会儿穿起来方便。"郭巍又笑，"付昊你就不能一会儿直接把衣服穿在身上吗，我还以为你穿衣服前要晾一晾呢"。付昊也笑，"媳妇我错了，下不为例，我保证改。"

当做事慢的付昊遇到性子急的郭巍，就如同火星和地球相遇，郭巍必得把她的不理解说出来，她经常在付昊耳边碎碎念，付昊倒是从来不急，而且还很好脾气地马上改正。当然改正过后还会忘，忘了再犯，郭巍再说，付昊再改。

细细碎碎的念叨和轻声细语的讨好，让日子生动欢腾起来。

相守，比肩同行

最美的夫妻，不仅是让爱经得起流年，还有危难面前胸怀大爱，还有困难面前同心协力。

"执子之手，与子偕老。死生契阔，与子成说。"时光清浅，郭巍和付昊满怀深情，相互携手共同向着远方，向着未来阔步前行。

2020 年的冬天异常寒冷，比寒冷更无情的是突然暴发的新冠疫情。那个夜晚，郭巍和付昊坐在沙发上相对无言。还是郭巍开了口，"你报名做志愿者我支持你，现在这个形势，谁都害怕，但大家都害怕，谁去做志愿者，总得有人去服务。我要不是工作脱不开身，就和你一起去做志愿者"。

付昊离家前，郭巍找出棉被、毯子、厚大衣，还有消毒湿巾、口罩、防护服，又拿出保温杯，还装了一大袋面包、水果放到车上。她嘱咐付昊："晚上天冷，车别熄火，出去登记时记得披上厚大衣。"

晚上，郭巍破例将孩子送到父母家，母亲还打趣她，“今天怎么舍得把孩子送给我了？”郭巍没敢让母亲知道详情，说：“你姑娘想偷个懒，请母亲大人辛苦几天。”

郭巍去了付昊负责看守的小区。夜晚的小区只有路灯闪烁着清冷的幽光，付昊的车子停在进出口，像一叶孤舟。郭巍和付昊坐在车里张望着黑夜，天马行空地聊过往聊未来。偶尔有人进出，付昊去询问登记，郭巍就下车来回踱步，听自己踩在雪地上咯咯吱吱的声响。付昊心疼地说：“你回去吧，明天还得上班。”郭巍笑着说：“没你我睡不着，和你站在一起我心里才安稳”。那些日子，付昊每值夜班，必有郭巍的身影。

2022 年 8 月，付昊被派去做志愿者服务。郭巍也报名成为志愿者。她知道她是油田员工，她的每一个举动、每一句话语都代表石油人形象，即使再苦再累再危险，她也要冲上去。她作为一名石油人要为这座城市贡献自己的一份力量。

这天中午，小区楼头的墙角处，一名志愿者累得瘫靠在墙角，汗水顺着她的额头滑落到面颊，她深深吸了一口气，想要起身，一个趔趄后又差点儿摔倒。这个勉力支撑的人就是郭巍。

前一天深夜，居民们期待已久的蔬菜包到货，郭巍和志愿者们搬着一箱箱的蔬菜楼上楼下忙碌，几个小时下来，不透气的防护服里捂出了一身汗。后来，天空又下起豆大的雨点，气温骤降，很快又被冷雨淋得瑟瑟发抖，身上又闷又湿又凉。冒着雨，一排楼一排楼地走，一户一户地进，等到送完最后一户时，已是凌晨 3 点多钟。

第二天一早，郭巍又准时出现在社区，去走访住户。她正敲着一户居民的家门，邻居的门却打开了，一位中年女人向她求救说，“快来帮帮我”。卧室里，一位年迈的老人仰躺在地上，身上沾着一些排泄物，屋子里弥漫着浓重的气味。郭巍迅速奔了过去，和那个女人合力将老人抬到床上。女人说，“家里人一时半会儿赶不回来，要不是遇到你，不知道我爸还得在地上躺多久”。郭巍拿出纸笔，边写下自己的电话号码边说，“您再有什么事就随时给我打电话……”

待父母，重重深爱

“夫孝，天之经也，地之义也。”

怀抱里那个弱小的婴儿，目光里那个跌跌撞撞的稚子，说教声里那个懵懂惊奇的少年，虽然子女已经脱离了母体，但永远都住在父母的心里。因而，无论子女为父母做些什么，都抵不过父母的养育之恩。

有一种孝敬叫如父母所愿。

决定今天的不是今天，而是昨天对人生的态度。偶然回头，原来她的骨血里就潜藏着石油的红色基因。

2009 年秋季的一天，郭巍接到母亲的电话，让她回家一趟。她和付昊回到家里，母亲告诉她有去大庆油田工作的机会，说，“你也报名吧。”此时父亲也走过来说，“姑娘啊，大庆油田是咱们全国最大的油田，当年老会战们辛辛苦苦建设起大油田，为国家甩掉了贫油落后的帽子，在这样的油田工作光荣啊。这个油田还是爸爸妈妈工作了一辈子的地方，人人都一心想着干工作，工作环境好，油田待遇也好，到油田工作吧，接过爸妈的接力棒，干出个样子来给爸妈看。”

郭巍记得自己小时候，从托儿所、幼儿园再到学校，父母都没管过她，都是早出晚归的，父亲还常常几天几夜不回家，说是随车往外运送物资。偶尔休息的时候，爸妈聊天，说的也都是各自的工作，都兴致勃勃的，眼里有光，好像看到了美好的明天。

郭巍也知道，父亲说得没错，看看如今这座高楼林立的城市，再想想小时候一眼望不到边的荒原荒草，这个大油田真是发展得太快也太好了。

郭巍其实有些纠结，她挺喜欢教师这份工作的，她还想在自己的教育事业上能够有所成就。但望着父母期盼的眼神，她还是决定听父母的。她自己劝解自己，在父母工作过的油田工作，走父母走过的路，触摸父母如此工作的精神动力和力量源泉，让父母放心，也是一种孝顺。于是她欣然报名，成为呼伦贝尔分公司一名员工。

父母从不说出口的心愿还有常回家看看。

周末的清晨，阳光轻柔地透过窗户，洒在郭巍父母家的客厅里。此时刚刚凌晨四点半，郭巍得赶在父母起床前去厨房抢做早餐。昨天晚上，她和付昊从付昊父母家赶到自己父母家。每到周末，只要他们有时间，他们都是在各自父母家待上一天。

轻手轻脚地走向厨房，郭巍熟练地从冰箱里取出鸡蛋、蔬菜和牛奶，她先将鸡蛋打散，在平底锅里煎出金黄的荷包蛋，又把蔬菜切成细丝，下锅快速翻炒，清新的菜香瞬间弥漫开来。随后，她热好了牛奶，将煎蛋、蔬菜和面包整齐地摆在餐桌上，还精心地摆放了一小束鲜花。

父母起床了，郭巍去卫生间调好热水，挤好牙膏，然后站在边上看父母洗漱，跟父母聊她和付昊的工作，聊孩子的学习，聊他们生活的日常。

父母坐到餐桌前，互相看了一眼，先问付昊，“昨天在你爸妈家，郭巍做饭了吗”，付昊笑，“她一到我爸妈家，厨房就成她的了，没人抢得过她。”

母亲笑了，“不错。不过你婆婆身体不好，你做饭是应该的，爸妈身体好，你们工作又忙，回家来就多睡会儿，我和你爸做。只要你们没事儿多回来看看我们，我和你爸多累都高兴。”

郭巍笑着说，“我小时候天天吃你们做的，现在也轮到我做了，我也就是一周才做一次，就让你姑娘稍微弥补一下吧。”

郭巍的父母沉默了一会儿，脸上有欣慰也有心疼，但还是说，“好，好，我姑娘做的饭香，我们爱吃。”

有一种孝敬叫体恤父母

你曾是我的灯塔和锦囊。如今，让我默默地注视你，让我无声地祝福你。

孩子半岁后，郭巍去上班了。不得不请母亲过来帮她看孩子。

晚上回来，接过母亲臂弯中的孩子，郭巍亲吻了一下孩子，又用脸蹭了蹭母亲的脸，说：“妈妈辛苦了，现在你可以回家了。”

母亲迟疑了一下，说，“你看着孩子，我去给你们做完饭再走”。郭巍把孩子放到床上，找来母亲的衣服，给母亲穿上，抱住母亲说，“付昊一会儿就回来了，他能做。你都累一天了，快回去好好歇歇，攒足精神，明天我才能放心地把你大外孙子交给你。”

母亲无奈地摇摇头，“就你说法多。”

打开门，看着母亲下楼梯时有些蹒跚的背影，郭巍心里一酸，想起母亲年轻时夜夜伏案读书时朦胧的背影，想自己那个脚步铿锵的母亲是再也回不来了。

孩子第一天上幼儿园的早上，公公有些气喘地敲开了家门。郭巍诧异后突然有些担心，说，“爸你怎么这么早过来了，是不是我妈又感觉不好了？”公公说，“你妈没事，被你伺候得好着呢。是这样，图图今天不是要上幼儿园了吗，我去送他，晚上我也去接，你们工作都忙，接送孩子的事儿就交给我吧。”

郭巍笑着说，“爸您就别操心了，我们俩有车，一脚油门就把他送到地方了，不然您还得走着去走着回，挺累的，我们都心疼呢。”

公公说，“我骑了自行车，车上还安了儿童座椅，你放心，我会护好他的。”

郭巍说，“那也没有开车快，图图的那个幼儿园正好在我上班的路上，就是停个车的工夫。您快回家陪我妈吧，告诉她我们这周还是正常回去。”

公公摇了摇头，说，“那以后你们要是有什么事儿，就给我打电话。”郭巍说：“好的。”说罢她扶着公公走到楼外，看着公公骑上自行车，看着他孤单又落寞地渐行渐远，郭巍的眼泪不自觉地流了下来。

海南金色的沙滩上，郭巍一手拎着婆婆的鞋子，一手搀扶着婆婆慢慢走着，拉着婆婆让她用脚沾沾海水，搂着婆婆坐在沙滩上望着无边无际的大海。

另一边，付昊和父亲肩并着肩，盯着在沙滩上堆城堡的孩子，父子俩都面带笑意。

郭巍和付昊有一次回家，偶然听婆婆和公公聊天说，他们这些年也没怎么出去过，原来还想等退休了就可以出去走走，结果身体又不行了。郭巍默默记在了心里，于是就有了这次海南之行。

还是做了好一通工作，婆婆才答应来的。

周末，郭巍和付昊照例去付昊父母家。下午婆婆午休后起来，郭巍端来一盘水果，用牙签将切好的水果递到婆婆嘴里，看着婆婆吃完。郭巍说，“妈，这个春节咱们出去过吧，去海南。”婆婆沉默了一会儿，“你们去吧，再带上你父母，我和你爸留在家里，你家里要是跑个水啥的你爸还能去收拾。”郭巍笑说，“我爸妈这些年全国各地走得差不多了，他们身体好，还不愿意让我们跟着呢，嫌我们碍事。”

郭巍又说，“您和我爸总不出去，天天在家圈着，多闷。正好我们也想出去走走，图图正是淘气的时候，让我爸帮着付昊带他，咱娘俩一起，我保证不会累着您。”

公公冲婆婆使了个眼色，说，“好，咱们就春节出发去海南。”

有一种孝敬叫竭尽全力

你是我生命的源头。如今，让我做你的支撑，让我做你的依靠。

那一年，婆婆患了乳腺癌，身体瘦弱，禁不住疼痛，不仅有躺在手术台上的恐慌，还有不知结果如何的担忧，更怕手术后化疗的痛苦和折腾。

婆婆说，“活了六十多岁了，孙子也看到了，这一生也算值了，不再受这份罪了，我不去医院做手术，活一天算一天吧。”

公公满脸心疼地望着婆婆，想自己一辈子也没违背过她的意愿，她那么怕疼，就遂了她的愿吧，也说，“那就不做手术了。”

可郭巍却不那么想，她偷偷和丈夫商量，不能听他们的，手术后存活的概率挺大的，得想想办法让他们同意做手术才行。

郭巍从东城到西城，从第四医院跑到龙南医院，从龙南医院又跑到人民医院，市内的医院差不多都让她跑遍了，又找同学找朋友咨询打听，终于得知北京有医生可以到大庆来给患者实施手术，但得给来的医生承担路费和住宿费，到大庆后还得车接车送。听到这个消息，郭巍内心燃起了希望，想着花钱出力都不算什么，只要能让婆婆好起来，怎么着她都愿意。

夫妻俩到处收集成功的治疗案例，与医院的医生和专家数次交流沟通，制定安全有效的治疗方案。

郭巍来到婆婆家里，握着婆婆的手，耐心地把治疗方案和成功案例讲给婆婆听，对婆婆说真的是挺安全也挺有效的，咱就试试吧。见婆婆有些犹豫，郭巍趁热打铁，说，“我们都渴望有您一直陪伴在左右，孩子也希望每天都能听到奶奶的声音呢。”婆婆努力眨着泛红的双眼，回握住郭巍的手，说，“好，好，都听你的，都听你的，我做，我做。”见婆婆同意了，郭巍心里一热，一下子搂住了婆婆，偷偷擦着眼泪说，“您等着，我马上就联系，咱很快就能手术了。”

手术室的红灯亮着。周围的嘈杂声似乎听不到了，只有心脏怦怦跳动的声音。郭巍时而来来回回踱步，时而走到门前倾听，眼神满是焦虑与不安。她紧握着双手，心里不停地祈祷，妈，您一定要坚持住，您也一定会平安无事。

每有医护人员进出，她都会立刻迎上去，眼神中满是期待与询问。时间一分一秒过去，郭巍的心愈加揪紧，她回想起婆婆平日里的温柔与关爱，泪水在眼眶里打转，最终忍不住簌簌落下。她靠着墙，身体微微颤抖，那盏红灯在她泪光中愈加刺眼。

红灯终于灭了，郭巍猛然冲过去，因为没站稳，差点跌倒，还是付昊从后面扶住了她。

许久之后谈起那次手术。付昊打趣，说，“不知道的还以为你是亲女儿，我是大道上捡来的呢。”

术后历时一年半总计 18 组的化疗，对于婆婆和郭巍来说真是一场又一场的痛苦折磨。整个化疗期间，婆婆一直呕吐不止，婆婆一吐，郭巍的心就跟着难受。她偷偷去咨询医生，然后按照医生教的方法每天给婆婆按摩穴位。

医生还告诉郭巍说癌症术后的第一个五年，复发风险极高，郭巍干脆把婆婆接到了家里。

清晨，郭巍在厨房给婆婆熬粥，将煮得软糯的粥盛出，轻轻吹凉，端到婆婆床边，一口一口喂给婆婆。之后，她又拿来药，端来温水，把药分好类，数好片数，一样一样递给婆婆，看着婆婆服下去，嘱咐婆婆多喝点水。

上午，郭巍给婆婆更换了衣物，打扫完房间，看到婆婆睁着眼睛有些木然地望着房顶。她坐到婆婆床边，把婆婆的手从被子里拉出来握着说，“妈，付昊小时候啥样，你给我讲讲呗。”

婆婆转过身来看着郭巍，突然笑了，“他四五岁的时候，那年过年，我和你爸领着他下楼放鞭炮，他说自己要放一个鞭炮，你爸拆下来一个小的交给他，他小心翼翼地点着了引线，结果鞭引刚冒火星，他就吓得把手里的鞭炮扔了，一头扎进我怀里，哭得鼻涕眼泪都糊到了脸上，还喊着，妈妈，鞭炮要咬我。”

“还有一次，他在幼儿园画画，老师让画自己的家人，他把他爸画得像个大土豆，头上长了几根毛，说是爸爸的头发。把我画成了一个圆滚滚的球，旁边还画了好多爱心，说那是妈妈的爱把他包围了。”

婆婆又说了几件关于付昊的趣事儿，郭巍看到婆婆的脸色明媚起来，心想以后得多和婆婆说说话。婆婆感受着郭巍手心里的温度，心想，这孩子心思细，想着法儿让我高兴，我得好好养病，不能让她担心。

午后，阳光正好，郭巍牵着婆婆的手在小区里慢慢散步。她把婆婆的头发向后理理，让婆婆的脸冲着阳光，问婆婆感觉到暖和没有。给婆婆示范，让婆婆伸伸手，弯弯腰。婆婆微微出汗了，她赶紧拿出纸巾给婆婆擦脸。

婆婆的病情逐渐好转。看着婆婆日甚一日的笑容，望着婆婆不断红润的脸色，感受到婆婆一天好似一天的模样，郭巍心里无比畅快，似乎所有的疲惫都消失了，浑身也舒坦起来。

那一年，郭巍的父亲被诊断出肺癌，付昊怕郭巍慌中出错，坚持他带着去看病。在去往哈尔滨医院的途中，郭巍父亲看到有个红十字会的标牌，就对付昊说，“小昊，我进去打听点事儿，你去那边给我买瓶水去，不用跟进来。”

付昊买完水回来不放心就走了进去，进去后才知道岳父是在咨询器官捐献的事儿。岳父一脸平和地对付昊说，“我想我这个病可能治不好了，我想在死后做点好事儿，把我的器官捐献给能用得着的人。”那一刻，付昊的内心五味杂陈，他想到了郭巍，终于明白自己的媳妇随了谁，想自己有这样的岳父真是幸运。感动之余，付昊郑重地劝岳父说，“你得先治好病，人家需要的是没有毛病的器官，你如果不好好治病，癌细胞扩散了，你的器官没人能用啊。”

岳父住进了医院，付昊自然是陪护者。昏黄的灯光下，付昊坐在病床边的塑料凳子上，眼睛盯着输液袋，算计着换药的时间。望着脸色苍白的岳父，轻轻为他掖了掖被子，又起身用温水浸湿毛巾，小心翼翼地擦拭着他的脸和手，动作轻柔得生怕弄疼他。

医生来查房，付昊赶忙询问术后注意事项，把每一个要点都记在手机备忘录里。

他打开保温杯，倒出一小碗精心熬制的蔬菜粥，用勺子轻轻搅动，等温度合适了，便轻声唤醒岳父。

“爸，吃点东西吧，这样会舒服些。”把一勺粥送到岳父嘴边，看着他慢慢咽下。岳父精神不太好，但他还是努力挤出一丝微笑，说，“孩子，辛苦你了。”付昊眼眶一热，连忙摇头说，“不辛苦，您好好养病，很快就能出院了。”

育后代，潺潺深意

“父母之爱子，则为之计深远。”

孩子出生了，望着尚在襁褓中的幼儿，郭巍想这个小生命应该如何生长，自己又能给他些什么。她希望给他一个美好的世界，也给自己一片辽阔的天空。如同“一棵树摇动一棵树，一朵云推动一朵云，一个灵魂唤醒一个灵魂”。

她知道，生什么根，发什么芽，结什么果。

纯正意识的培育。

言传身教的示范，耳濡目染的引导，时刻注视的敏锐，祛除杂尘，才能闪现光芒。

周末的傍晚，一家三口都捧着书在看。孩子翻了翻一本书皮有些破的漫画书，扔进了垃圾筒。

郭巍看到后，轻轻皱了下眉头，重新捡回来说，“图图，书破了一点儿，但是里面的故事还是一样精彩，把它粘好，还能继续看呢。你看过了，送给别的小朋友看也好啊。”

“你知道吗？妈妈小时候，可没有这么多新书看，都是和同学互相换着看，那些书比这本破多了，但我们都很宝贝呢。”

付昊也在一旁说，“对呀，而且做书的纸张都是用树木加工的，如果我们轻易扔掉，就会浪费很多树木，你看的动画片是不是有这样的情节，多少年过后，山上都光秃秃的了，动物们都没地方安家了。所以咱们得珍惜是不是？”

晚饭后，孩子洗手时，水龙头开得很大，水不停地流。郭巍走过去，边把水关小边说，“图图，水是很宝贵的资源，我们用的时候不能浪费，这样既节省咱自己家的水费，也为国家节约了水资源呢。”

孩子眨巴着眼睛想了半天，然后说，“妈妈，我知道了。”

一天，孩子放学回到家，神色有些慌张地走进厨房，站在郭巍身后。郭巍惊讶地问，“怎么了？”孩子低着头，小声说，“我……我不小心把同桌的铅笔盒弄坏了。”郭巍听后，关掉炉火，走到孩子身边，蹲下来看着他的眼睛说：“那你有没有告诉你同桌呢？”孩子摇了摇头，眼睛里闪着泪花。

郭巍轻轻地摸了摸孩子的头说：“图图，犯错改正过来就是好孩子，但是不敢承认错误就不对了。如果你不告诉同桌，他会很生气，而且以后知道了，可能会看不起你。我们应该做个诚实的孩子，去跟他道个歉好吗？”孩子犹豫了一下，点了点头。

郭巍领着孩子去商店买了铅笔盒，去到同桌家。孩子鼓起勇气敲了敲门，同桌打开门后，孩子红着脸说，“我今天不小心把你的铅笔盒弄坏了，还没告诉你，对不起，这是我和妈妈新买的”。同桌先是一愣，然后笑着说，“没关系了，我们还是好朋友。”

回到家后，郭巍对孩子说，“勇于承认错误就是诚实的孩子，今后你一定要做个诚实的孩子”。孩子重重点着头，说，“谢谢妈妈，我一定记住。”

有一天，放学回来后的孩子蔫蔫地进了屋，他从书包里拿出成绩单，低着头对郭巍说，“妈妈对不起，我给你丢人了，这次考试我没考好。”

郭巍接过成绩单看了一眼，问：“你知道自己为什么没考好吗？是因为你平时没有好好学习，还是因为你没有认真听老师讲课？”孩子说，“都不是，我平时学习挺刻苦的，上课也有认真听老师讲课，就是我可能不如他们聪明，每次考试都有不太确定的知识点。”

郭巍蹲下身子抚摸着孩子的脸，眼神认真地看着孩子说，“妈妈看到了你平时的努力，只要努力你就是妈妈的好孩子，妈妈就为你骄傲，你没给妈妈丢脸。”孩子说，“可是老师说学习不好的孩子都会让家长抬不起头来”。郭巍说，“妈妈的头抬得高着呢，我的孩子还知道关心妈妈，怕妈妈丢脸，这么懂事的孩子让妈妈挺自豪的呢。”

美好情怀的根植

打开一片新天地，描绘一幅新蓝图，才能将孩子奋力托举到一个新高度。

有一次，郭巍买来一只小乌龟，孩子看到后，提起乌龟的尾巴摇晃了几下，又扔回鱼缸里，很嫌弃的样子。

郭巍一下子严肃起来，说，“付洪图你伸出手来。”孩子伸出了手，郭巍重重打了一下，然后问他，“疼不疼”，孩子说，“疼啊。”郭巍说，“那你想象一下小乌龟疼不疼，它虽然不会说话，但它也是条小生命，也会疼，这会儿它肯定在鱼缸里哭呢。”

孩子马上蹲下来，对着小乌龟说，“对不起，我再也不会那样对你了。”

大约是在孩子五岁的时候，郭巍领着孩子到安达县的一户人家送温暖。她领着孩子下了车，就看到满脸沧桑的爷爷手里牵着一个十来岁的男孩儿，木然地站在那里，断垣残壁的房子架下，黑黢黢的。

郭巍小声对孩子说，“这家突然发生了火灾，烧得什么东西都没有了”，然后她细心观察孩子的反应。孩子望望那片废墟，又望望那对茫然的爷孙俩，小脸都皱到了一起，不停地说，“妈妈，他们太惨了，太惨了，这没法活了啊。”

郭巍又说，“和他们相比咱们家是不是生活挺幸福的？他们现在这么苦，咱们是不是应该帮助他们？人是不是都需要互相帮助？”

郭巍还领他去另一户穷困人家。那是一个缺失了父亲的六口之家，衣着单薄寒酸的妈妈，身旁是五个大小不一、同样衣着单薄寒酸的孩子。他们挤挨在一起，目光复杂，有一丝尴尬的慌乱，有一丝怯懦的祈求，还有一丝明亮的希冀。

看着一家 6 口的凄惨模样，再看看用木板搭建的几乎空无一物的临时屋子，孩子忍不住哭了，说，“妈妈咱们想办法帮帮他们吧，这家人太可怜了。”

郭巍手攥紧孩子，目光温婉地望向远方，脸上升起一片宽慰的神色。

后来，孩子把自己非常喜欢的一个包拿出来说，“妈妈，这个包就是我的爱心包了，以后有捐献东西的时候千万别忘了告诉我。”

此后，孩子有时会把自己喜欢的东西轻轻抚摸再抚摸，小大人般叹口气，似乎怕自己后悔，快速又放进包里。有时爷爷奶奶和外公外婆送给他的礼物，他都不舍得拆开，就放进了包里。

良好行为的养成

好习惯成就大未来。要给孩子铺设一条坚持的跑道，设定一个努力的目标。

孩子刚刚两岁，郭巍就告诉孩子，每次姥姥晚上走的时候，一定要跟姥姥说再见，还要说姥姥辛苦了。

有一天孩子没对姥姥说再见，也没说姥姥辛苦了。郭巍问他为什么，孩子说，

“说不说姥姥都得走，这样每天说太麻烦了，不想再说了。”

晚上，到了孩子上床时间，郭巍没有像往日一样，陪他躺在那里给他讲睡前故事，孩子说，“妈妈你还没给我讲睡前故事呢”。郭巍说，“以后我再也不给你讲睡前故事了。”孩子问，“为什么？”郭巍说，“你都不跟姥姥说再见和辛苦，说太麻烦，我也嫌麻烦，我也不讲了。”

孩子想了想说，“妈妈我错了，我明天起一定每天跟姥姥说再见和辛苦”。

周末的午后，婆婆坐在沙发上，用小木槌轻轻敲打着后背，孩子在一旁玩耍。郭巍看到后，走过去轻轻坐在婆婆旁边，对孩子说，“图图过来，奶奶累了，我们一起给奶奶拍拍后背好不好？”孩子跑过来，爬到沙发上，学着郭巍的样子，伸出小手轻轻地拍起奶奶的后背。

郭巍一边拍一边对孩子说，“奶奶身体不好，经常会有些不舒服，我们要多关心奶奶，就像奶奶以前照顾你一样。小时候妈妈上班忙，经常把你送到奶奶家，奶奶给你做饭，教你识字，可辛苦了。”

孩子听着，眼睛亮晶晶的，拍后背的动作更认真了。过了一会儿，孩子抬起头对奶奶说，“奶奶，我以后也会像您照顾我一样照顾您！”

这时，付昊从厨房端出一盘切好的水果，对孩子说，“图图，挑最大的两块水果给爷爷和奶奶吃。”

新学期开始了。开学的前一天晚上，郭巍和孩子一起坐在书桌前说，“图图，咱俩一起来制定一下你这学期的学习目标吧。”孩子说，“可以是可以，我怕完成不了”。郭巍问，“为什么，是你不想努力了吗？”孩子说，“不是，我怕我脑袋不好使，实现不了”。郭巍说，“妈妈帮你制定时会根据你的实际情况，妈妈相信你只要再努力一点就能实现”。孩子说，“那好。”

郭巍说，“数学是不是可以比上学期再提高一点，5 分怎么样？”孩子想了一下，“行，没问题。”“语文每周多写一篇作文，多读 7 篇课外文章怎么样？”“好”。“英语每天背诵 20 个英语单词，行不行？”“也行……”

郭巍说，“你把这些都一条条写下来，放在桌子的玻璃板下面，每天看一眼，就知道应该怎么做了。你如果完成了每周的任务，爸爸妈妈会满足你一个小心愿，到时候你想想要些什么，爸爸妈妈肯定会做到。但提前说好，如果要礼物，不能超过 50

元；如果出去玩，不能超过两个小时。”

孩子说，“妈妈我记住了。”

对他人，皓皓深情

“积善之家，必有余庆，积不善之家，必有余殃。”

郭巍认为，人不能只在一屋一檐的小家里过日子，应该行善心做善事，努力让他人的生活获得动力和希望，立足小家传递大爱。

迎面而遇显真情。

在奔向梦想的旅途上，在追求信念的征程中，郭巍满怀热爱。

2007 年，25 岁的郭巍成为一名人民教师。接到聘用通知的那一刻，她兴奋恍惚还有一丝淡淡的心慌。她想起自己上学时的老师们，好像他们每个人脑袋里装的知识用不完取不尽，还有他们教育学生的样子，端庄严肃循循善诱。现在她自己也要站到讲台上了，她能做个好老师吗？

两个月后，郭巍顺利通过实习考核，并被委以班主任的重任。她把学生的档案、学生的考试卷、学生的作文，反正是能找到的学生们的东西全都翻腾出来，边翻阅边琢磨，想着应该从何处入手，如何根据他们的特点教好他们。

尽管做足了功课，第一天到班级，郭巍还是受到了不小的冲击。上课铃响，郭巍推门走进教室，学生们不都是如她想象的那般正襟危坐，有几个学生还在嬉闹，有一个甚至趴在桌子上睡着了。

郭巍站在那里，缓慢扫视着下面的学生，让边上的学生把那个睡觉的叫醒。谁知那学生醒来后，看是个新老师，站起来说，“老师，我爸爸已经跟校长打过招呼了，说我可以不用学习，不惹事就行，您讲您的课我睡我的觉行吗？”郭巍愣在那里，接着又有一个学生站了起来说，“老师，我妈妈又给我生了个小妹妹，她说她管不了我了，让我在学校老实待着就行，我上课也听不明白啥，我出去玩会儿行不，我保证就在校园里不跑出去。”一时间，教室里响起了低低的笑声，更有几个学生也跃跃欲试想站起来说点什么。

彼时，二十几岁的郭巍睁着亮晶晶的眼睛看着这些学生们，一时不知道说什么。她沉默了一会儿，整理了一下脸上的表情，既严肃又认真地说，“我不知道你们以前的老师是怎么要求你们的，但现在我是你们的老师，也是你们这个班的班主任，国有国法，班级也得有班规，从现在开始，只要你们在我这个班里，就得听我的。”教室总算恢复了平静。

下课后，郭巍把几个不认真听课的学生一一记了下来，准备挨个去家访，和他们的父母商讨一下教育问题。

她先去了那个上课睡觉的学生家。左拐右拐的，郭巍在万宝大市场总算找到了那个学生的父亲。学生的父亲正站在自家的石材店门前和客户讨价还价，打发走了客户，他才转向郭巍，开口就问郭巍需要什么石材，郭巍笑了，说明自己的来意，那个有些不好意思的父亲挠了挠头，又面露惊讶地仔细打量了郭巍一眼，说，“老师，看你年龄不大，是刚参加工作的吧，你可能不了解我们家孩子的情况，我们家几代都没出过大学生，我也没想让这个孩子考大学。”他指了指自己的店铺，“你看我这店的规模也不算小，我也赚了些钱，还准备再扩充一下店面，或者再干点别的赚钱生意，人有钱就能活好，等他读完九年义务教育，我就让他跟着我做生意，成绩不好甚至上课听不听讲都没事儿，只要他不在学校跟人打架就行，别的你也不用管他。”

郭巍听后又说，“他放学回来都干些什么？”那个父亲回答，“当然是到铺子里待着了，回家再乱跑”。郭巍就和他商量，“您看这样行不行，在学校我管着他学习，不让他在课堂上睡觉，放学后我也留下他给他补补课什么的，我不收钱，就是想让他多学点东西，东西学多了对他将来做生意也会有帮助。”

这位父亲突然大笑起来，说：“你这个小老师真有意思，我还是第一次遇到，这不是等于白给我带孩子吗，行，孩子就交给你了！”

走完了一家，郭巍又走了几家，都是平时不管孩子的人家，她一连走了 5 家，5 家的家长听说她不收费帮他们带孩子，就由着她了。

此后，每天下班后，郭巍的身后就跟了一串儿学生。郭巍把他们领到自己的办公室，看着他们写作业，给他们讲解他们不明白的知识点，偶尔也会和他们聊聊天，让这些依然懵懂的学生们知道什么是他们应该努力去做的，什么是他们应该改正过来的。

郭巍在 79 中工作了两年，也无偿地带了这几个学生两年。就是后来她离开了学校，学生们还会在 QQ 里和她聊他们自己的情况，更有人在 QQ 空间里写下了对她的怀念和感激。

环绕身侧用真心

郭巍时刻把拼搏奋斗的力量传递给他人，努力把建功立业的意义解读给他人。

郭巍在乌东作业区工作的时候，她们同宿舍一共住了 8 个人，那 7 个女孩子都比她小。

那天下班回宿舍的时候，路上接到了丈夫付昊的电话，思念的潮水一波波劈头盖脸砸向她，让她有些喘不过气来。带着一身寒气走进宿舍，她正想爬到床上，捂上被子哭一会儿。

耳边却传来了哭泣声，是那种撕心裂肺的号啕大哭，她看向邻床的女孩子，小声问，“怎么了”，邻床的女孩子抬起头来，眼睛也是红红的，说，她失恋了，男孩儿嫌她离得远，提出了分手。

叹了口气，郭巍走向那个哭泣的女孩儿，将她揽在怀里，轻轻拍着她的后背，说，“哭吧，哭完了睡觉，然后咱就把他忘了……”

待那个女孩儿停下哭声，郭巍爬上床，跨到邻床红眼睛的女孩儿床上，说，“你怎么也哭了？”

女孩儿眼泪又下来了，说，“姐姐，领导安排我打扫厕所，我们家里的厕所都是我妈妈收拾的，哪干过这种活儿，本来以为当上了油田员工，能够有个体面的工作，可为什么领导安排我干这活儿，太伤自尊了。”

郭巍想了想说，“你知道我今天干什么了吗？早上去外面那个大储油罐量油，差点没让风把我吞掉，还有我去加热炉区检查，一开门就听到轰隆隆的声音，挺吓人的。等轮休的时候，你找时间去铁人纪念馆、油田历史陈列馆，看看老会战们怎么睡地窨子、啃冻窝窝头，怎么人拉肩扛运钻机、破冰端水保钻井，你就会知道咱现在有多幸福。咱们能成为油田员工挺不容易的，安排啥工作咱就得想方设法干好，人家不都说工作没有高低贵贱之分吗，你想想，等发工资了，咱们到手的钱是不是都一个味儿，总不至于你的钱是从厕所里掏出来的吧。”

郭巍的话让女孩儿陷入沉思，她抹了把已经快干的眼泪，“姐你说得有道理，扫厕所也能扫出一片新天地！”

从女孩儿的床上回来，郭巍心里的付昊已经离开了，现在挤满的是同屋的几个女孩儿了。她想，这些女孩儿都比自己小，都是父母捧在手心里娇养着长大的宝贝，她们不懂得什么是真正的苦，更不懂得工作的意义，自己比她们大，有照顾她们的义务，更有引导她们的义务。

于是，每次郭巍下班回来，都和女孩儿们聊天，聊老会战的故事，聊自己理解的工作的意义，和女孩儿们畅想将来会有什么样的前景。

慢慢地，女孩儿们被郭巍治愈了，情绪逐渐稳定下来，意志也逐渐坚强起来。楼道、卫生间被她们打扫得干净明亮又整洁，一如她们越来越晴朗的心情，她们叽叽喳喳的声音在呼伦贝尔大草原上随风飘来又散去。

目光所及献真爱

郭巍点亮一盏灯，照亮自己，也照亮他人；燃烧一团火，温暖自己，也温暖他人。

郭巍刚生下孩子不久，某一天她看到电视上发布一则消息，一对双胞孩子得了黄疸型肝炎，急需母乳喂养。

郭巍低头看向怀里的孩子，看着孩子安稳沉睡的模样，心里荡起一片温柔，再想想那两个嗷嗷待哺的孩子，又一阵紧似一阵地难过。

心急火燎地让付昊买来挤奶器和密封袋，挤出自己的奶水，让付昊给那户人家送了过去，一送就是大半年。

郭巍听付昊说，这对可怜的孩子，刚生下来母亲就去世了，父亲则正在狱中服刑，是没有工作的奶奶和身患残疾的爷爷在全力照顾他们。郭巍就上了心，她经常和那户人家联系，时常送去米面油和奶粉，送去衣服被褥等生活用品，有时干脆就包个大大的红包。

付昊的父亲还想办法，帮助那个没有工作的爷爷找到了夜间保安的工作。

多年前，郭巍听说大庆有一个叫“心源志愿队”的公益组织，就主动加入。2023年，郭巍家的记账本上有如下记录：两袋面粉，68 元（公益）；两袋大米，210 元（公益）；一个书包，98 元（公益）；一件棉被，123 元（公益）；文具用品，55 元（公益）；电饭锅，206 元（公益）；两把椅子，75 元（公益）；学生书桌，580 元（公益）；支出 200 元（公益）；20 斤小米，110 元（公益）；10 袋奶粉，217 元（公益）；支出 100 元,（公益）。

郭巍参加这个公益组织已经十余个年头，每年这个组织捐献活动达十余次，她捐款捐物的次数累计达上百次。

郭巍的父母、公婆也在她的带动下，经常向公益组织捐款捐物。

郭巍还有个长远打算，等将来她退休的时候，就去边远山区支教。

郭巍家隐身在鳞次栉比的楼宇里，散落在万家灯火的微光里。他们用无边的爱意作舟，以执着的信念为桨，奋力支撑着这个家庭驶过浅滩深海，闯过骤风急浪。她的家，如一缕人间清风，润人心腑，荡人心魄。

为石油，争气+争气！

——记采气分公司采气工 王超博

徐深 1 井，注定是一个亮剑的地方。大庆油田十年磨一剑，“徐深 1”火凤凰一柱擎天，大气田横空出世；王超博十年磨一剑，毅然入职“徐深 1”，扎根前线一鸣惊人！

选择，就有深意。面对大城市的高薪就业机会，“我回大庆油田工作”；在青工中脱颖而出，“我想留在徐深 1 集气站”；各项条件都具备，却多次果断拒绝参与管理岗的竞聘，“我喜欢在这里”。这里之所以是亮剑的道场，是因为这里还是铸剑的熔炉。宝剑锋从磨砺出，在大庆油田只要你能跳起来，就给你树起一个够得着的标杆；只要你能舞起来，就给你搭建一个足够大的舞台；只要你能攀登上来，就给你展现一道亮丽的风景线。大庆油田的人才红利政策正不断散发“磁吸效应”，让无数的火凤凰在这里涅槃腾飞！

中央企业劳动模范　　　　　　中央企业青年岗位能手

“同学们，青春逢盛世，奋斗正当时，习近平总书记对青年提出‘有理想、敢担当、能吃苦、肯奋斗’的期望，就是我们的行为标准、最强导向和永恒追求，让我们牢记嘱托、接续奋斗，自信自强、刚健有为，共同奋力书写为中国式现代化挺膺担当的时代篇章！”

2024 年 6 月，在大庆油田劳模工匠进校园活动现场，王超博对东北石油大学的同学们作了题为《扎根一线践初心 精进技艺勇担当 用青春之志为龙江振兴发展献智争气》的报告。她想用自己的感悟告诉同学们，只有拼搏奋斗才能彰显青春的风采和价值。

初出校园踏入工作岗位的王超博，面对天然气生产现场，宛如一块未经雕琢的白玉，懵懂而青涩，是众人眼中不折不扣的“现场小白”。但彼时的她，或许未曾想到，自己将在这片充满机遇与挑战的土地上，书写出一段璀璨的奋斗篇章。

习近平总书记强调，“硬实力、软实力，归根到底要靠人才实力。”这句话如黄钟大吕，振聋发聩。在时代发展的宏大叙事中，科技与人才，无疑是决定成败的关键因素，恰似定海神针，稳稳撑起发展的壮阔航船。大庆油田深谙此道，秉持着“栽下梧桐树，引得凤凰来”的理念，以满腔热忱尊重知识、尊重创造、尊重人才、呼唤人才。在这里，人才成长的每一步都备受呵护，让人才成长像“好雨知时节，当春乃发生”一样自然顺畅。

然而，一棵树苗要成长为参天大树，离不开阳光雨露的滋养与肥沃土壤的培育；人才的茁壮成长，同样需要良好的环境氛围、健全的机制体制作为坚实支撑，更离不开人才自身源源不断的内生动力。王超博便是这一理念的生动写照与最大受益者。

在大庆油田持续深化产业工人队伍建设改革的浪潮中，王超博紧紧抓住机遇，凭借着自身的不懈努力与拼搏精神，完成了从“小白”到知识型、技能型、创新型人才的华丽转身。她的蜕变，不仅在大学生群体中树立起了一座熠熠生辉的榜样灯塔，更在整个大庆油田，成为一位真正意义上散发着光与热的典型。

回顾 2024 年的王超博，已然是大家眼中全面升级的 2.0 加强版 。她用自身一路走来的经历与体会，向所有人传递着一个坚定的信念：她的成长历程并非遥不可及，每个人都能从中找到参照，沿着相似的轨迹，实现自我价值的升华。

这一路，她也曾在迷茫中徘徊，在平凡中坚守。但正是那些看似平淡无奇的日子里，她默默积攒力量，不断学习新知识，掌握新技能，勇于挑战自我，突破重重难关。面对复杂的天然气生产工艺，她不厌其烦地钻研每一个细节；遇到棘手的技术难题，她积极查阅资料，向同事请教，直至找到解决方案。

如今的王超博，已然成为大庆油田人才发展的一张亮丽名片。她的故事激励着无数怀揣梦想的人，在这片充满希望的土地上，勇敢追逐属于自己的星辰大海。而大庆油田，也将继续以其开放包容的胸怀，完善的人才培养机制，培育出更多如王超博般的优秀人才，为推动能源事业的蓬勃发展贡献源源不断的力量！

1.0 版本的王超博也曾迷茫

2013 年，王超博从中南大学毕业。在面临就业选择时，方向分两面，一面向往着大城市高薪的就业机会，一面也考虑着如何能施展所学。最终她像父母希望的那样，回到大庆油田，回到父母身边。

入职当天父亲为她整理工装时说：“穿着这身和我一样的红工服，你就是大庆油田员工了，能穿上它是咱们的荣耀。好好干，在岗位上干出个样儿来！”

报到那天，班车越开越远，一直开上了高速，她询问身边同事要去哪里，得知工作地在肇州县，心里瞬间有了失落感。经过 2 个小时班车终于到了作业区。

由于修路，他们又搭乘班组吉普车兜兜转转，过了 1 个小时才到岗位——一大片望不到边的玉米地中间的一座集气站。

这座站场周围没有任何人家居住，发现工作岗位和想象的不一样，她的心一下子又降了温。本想着回到油田能在父母身边工作，没想到单位离家这么远。站场里只有天然气生产设备、管线、控制室，和原本期盼的明亮办公室、配套的设施，完全不一样。

当时的站长热情接待了他们，跟大家介绍了岗位的大致工作。王超博之所以用“热情”两个字来形容站长，是因为她觉得他应该很热，刚从现场回来，头上、脸上还带着汗，这让他黝黑的皮肤显得发亮，双手可能是刚刚用过很大的力气，还有些轻微的、有频率的抖动。“欢迎大家成为站上的一员，希望以后咱们同声同气！”

2 个月后的王超博才真正明白，站长当时说的“同声同气”这四个字的意义。声，是天然气流动的声音；气，是天然气的气，也是争气的气！这是后话。

在带他们参观荣誉室时，典型榜样中有一名叫武宝庆的员工，在冬季保供期间连续 4 个小时解除冻堵，身上的棉工服被蒸汽打湿结冰，因他的故事而作的打油诗《站立的棉裤》让她感到惊讶。王超博心里想着：现在技术发展这么快，一线工作还需要这么辛苦吗？辛苦又满身脏污的活儿，我肯定干不了！之前还以为自己未来的工作环境氛围应该轻松舒适才对。

第一天在现场，对比岗位上的老师傅，她感觉自己连个“小跟班儿”都算不上，就像是一个“看客”，跟在身后格格不入。

很多工作都是第一次接触，没有经验积累，与大学里的知识丝毫结合不上！一肚子专业理论不知怎么用！她也感觉：不只是知识没地方可用，似乎连自己都没地方可用！

每周，不论白天黑夜都要在这偏远的站场度过，周围只有一眼望不到边的玉米地。当她看着同学在朋友圈分享自己新入职的优美环境和舒适的感受，特别羡慕。

一对比自己的工作，王超博对未来发展感到迷茫又困惑。学了那么多知识，就是为了来这儿当个啥都干不好的工人吗？

接连无法适应岗位的挫败感和所学知识无处施展的无力感，让她深夜躺在床上不断否定着自己的选择，觉得自己不适合一线生产现场，她幻想着也许只在一线岗位一段时间，就能回到市区、后线的岗位工作。

有了这个念头，在连续两周的工作中，她都带着一点“躺平”的心态：大号双肩包里背着零食、平板、杂志，想着怎样打发岗位上的休息时间。

那几天，她的眼前是灰色的，平板、杂志都不好看，零食也不好吃。

2个月后，独立顶岗的王超博自嘲说："在那些天我以为是自己心里有包袱，我不知道其实那时，我也是站上的一个'包袱'！"

当然了，这也是后话。

"大学生，也要能做好小事"

直到有一天发生的事，瞬间改变了她的想法。

有几次老师傅带着她在现场处理问题，让她尝试操作，可她因为打不开阀门，完全没有办法完成。又羞又糗，在现场急得红着脸流出了眼泪。

那个她手臂打不开的阀门，打开了她眼泪的阀门。毕竟"不会"和"不行"还是有区别的，"油二代"王超博还是很要面子的。

当时正值夏季，赶上设备检修期结束，准备全站复产。气井投产人手不够，老师傅们就把在中控室监控参数的任务交给了她。去井口前，千叮咛万嘱咐："一定要对照标准盯好数据，一旦发现异常要第一时间在对讲机里喊我们！"

她满口答应。可等老师傅们一出门，年轻人心浮气躁的毛病立刻显现，看着站控系统密密麻麻变化的参数，她心想："这工艺流程在大学专业课上早学过了，一点波动能有啥大问题？"于是她干脆往椅子上一靠，大脑放空。正当她美滋滋计划着下班回家去哪里放松吃美食时，老师傅们回到中控室。一看监控界面瞬间"炸"了，"参数变化这么大，你咋没和我们说一声啊"！

直到这时，她才发现开井这段时间温度变化，瞬时少了一大半，没准儿管线内早就发生堵塞了。意识到自己惹了大祸，她低声辩解着："我以为参数差得不多，应该没啥事儿……"还没等她说完，一向温和的武班长严肃地打断了她："在徐深1，就没有差不多，只有符不符合标准！"说完他立刻出门，返回井口去排查堵塞点。

看到因为自己疏忽，让全站人几个小时的工作白费，她瞬间为自己开小差的行为感到羞愧不已。仿佛那些她刚才开过的小差，都已经被此时的羞愧给"开"走了。

等大家处理好堵塞点生产平稳后，武班长喊住了红着脸的她，让她跟着到荣誉室。她心想，肯定要劈头盖脸挨一顿批评了。没想到武班长带她看着一张张老照片，摸着一枚枚荣誉牌，讲起了一段段奋斗故事。

当走到打油诗《站立的棉裤》这块图版前，武班长说："那次我们在冬季保供期间解除冻堵，连续 4 个小时，身上的棉工服被蒸汽打湿，天儿冷又结冰，后来棉裤脱下来的时候，它都能站着了！我想着把它晾在室外干得快些，结果它在室外'站'了好几天！它比我还能坚守、坚持……"

武班长像讲笑话一样用轻松诙谐的语气讲故事，把王超博也讲笑了。武班长讲的故事，比她入职培训时听到的更生动、更详细。

他指着墙上的外输管网图温和地说："小王，咱们徐深 1 站是不大，但地下管线交错复杂，整个哈、大、齐地区的民生用气，都是从咱站外输的；咱站虽离市区远，但咱们未来还要施工改造，新增工艺承担起枢纽任务……咱站上就这十几号人，肩上责任大啊，工作必须高标准。大学生，也要能做好小事！"

站小，但志"气"大；站远，但离民生近。

她心里这一刻才清楚地认识到，徐深气田的发现井，在这座集气站里，这里外输的每方天然气，都将化作灶台上跳跃的火苗，暖气中流动的热水，涌进千家万户。

那一刻起，王超博渐渐爱上这有温度的工作。那天之后，她心里和肩膀上有了使命感，她不再感到迷茫了。她知道从这个小站"出发"的，除了天然气，还有新的自己。

虽然站场周围没有居民，但我们输送的天然气，和旁边生机勃勃的玉米地，它们都将去往繁盛的人间烟火之处，去抚慰和安定更多人的内心。不只是点燃千家万户的人间烟火，还是更多人清净明亮的生活！

岗上没有小事，决不能让疏忽的事儿再发生！

小站与龙江千家万户连在一起，与祖国大地连在一起。

"进了徐深 1 就要高标准，出了徐深 1 我就是标准。"那是王超博第一天来到站上就看到的标语，也成为她要干好这份工作的行动准则。

什么岗位都胜任才是真有本事

当时组织为新入职员工选配师傅的时候，她主动向领导申请：想当武班长的徒弟。其实她有点儿私心，一是武班长标准高、能力强，她想跟着多学点知识，还有一个原因是她愿意听武班长讲话、讲故事，简直是生动有趣。因为疏忽差点酿成事故的她，还想知道荣誉室里故事背后更多的故事。

她一边学习技能，一边观察武班长的一言一行。她发现，武师傅经验特别丰富，干很多工作都得心应手，这都是他在现场处理问题一点点积累下来的。但对待工作，他并不会贸然先套用以往的经验，而是严谨认真地根据现场数据和设备现状分析研究，这也让他的经验越来越丰富。

王超博记得有一次设备故障，厂家过来维修。武班长在现场一直跟着观察，学习厂家诊断和维修的方法，看他们如何判定和给问题归类。厂家走后，他还对照说明书一个字一个字地研究设备。一本说明书，师傅对照设备研究了 3 天。那 3 天里，师傅的眼睛像是给那台设备做过了 B 超 +CT。从那以后，这台设备再出任何问题，武师傅都能手到“病”除，根本不劳烦厂家。

“咱设备有故障自己修好，关键是快啊！不差别的，就差时间。找厂家来，他们得排时间。短则一两天，长则三五天。咱生产停这么长时间，得耽误多少环节、多少外输呢！”

从那之后王超博对照师傅，想起自己在岗位上初来乍到时武断的表现，想到自己曾经散漫的态度、浮躁的心气儿，她觉得自己不只是对不起师傅，对不起单位，甚至对不起自己毕业的大学，对不起学过的专业，对不起那“躺平”的 1 周时间。

不过幸好，师傅姓武，专治武断！我就不会再武断了！不是我不适合一线生产岗位的工作，而是我没有安下心、沉住气，没扎根在岗位上学知识突破自己！不是只有合适的岗位才能展示自己能力，什么岗位都胜任才是真有本事！

从此决心立下了。一个新的王超博从自己的“信息茧房”突破，成蝶的过程开始了。

每次上班前，原本她双肩包里的零食、平板，换成了专业书、记事本。每次下班休息，她也总惦记着班组的工作动态，每次有紧急任务，她就自己坐长途车先回站上，想跟大家多学习。

为了快点把岗位上的知识技能补齐，她总是在食堂吃过晚饭就回寝室学习，把大学时的专业书籍也都拿出来“重温”，加深理解，她想把设备原理和结构研究明白。结合现场工作体会在书上做笔记、想问题，第二天和老师傅们讨论学习。每天晚上，王超博寝室的灯总是最晚熄灭。

武师傅看过她的学习笔记。第一页写着“三个小目标：熟悉工艺流程、掌握现场操作、尽早独立顶岗”，里面密密麻麻记着各种操作细节、处理方法。这样的笔记，王超博还有两本，每天必须翻看。

有一次，泵房的污水泵出了问题。大家在现场维修，王超博跟在师傅身后观察维修步骤。泵房声音很大，污水加上机泵润滑油混合的气味有些刺鼻。

“这儿环境脏，现在也不用你，回控制室吧！”

“武哥，我想多学学，这些现场经验和方法我太欠缺了，你别嫌我碍事就行啊。”

王超博在和师傅学习过程中，拿出了“百问小王”的态度，这是师傅后来夸她时给的一个称号。每次教她现场处置方法，她都会问得很详细，自己回去再琢磨。师傅第二天再问她时，她就能熟练复述，还能拓展知识。

“还是个会总结的丫头！”有了“爱学习”“会总结”这两个特点，师傅很看好她。

那三个本子，每写一笔、每多会一项技能，王超博都感觉是在丰富羽翼。飞鸟的羽毛是多久生长出来的她不知道，但自己的信心是这样一天一点地增长的。

不到两个月，她就能独立顶岗了。

希望自己未来真正文武双全

王超博希望自己未来能像武师傅一样，业务本领精湛，真正做到文武双全。

具备理论基础，再加上师傅的帮助，王超博开始慢慢在日常的工作中，摸清气井脾气，捋顺管理规律。盛夏顶着烈日，她贴近管线分辨气流声，汗水一遍遍洇透了工服；晚上蚊虫叮咬，值班巡检一圈下来，浑身上下都是大包，她也顾不上拍，顾不上挠。也不是不痒，只是她觉得流出的汗、身上的蚊子包和曾经压在心里的包袱相比，九牛一毛都算不上。

将军有剑，不斩苍蝇嘛！在这儿，她有更重要的事儿。

有一次她在调整徐深 1 井瞬时的过程中，发现三号汇气缸出现泄漏。

在初步判断后，她第一时间向师傅汇报，清晰准确地叙述了泄漏位置和具体细节，并在工具间取来防爆工具和应急物资摆放在现场。

当大家赶到时，师傅发现王超博已把要用的物品准备齐全妥当。他直接快速安排任务分工，王超博又主动负责汇报调度室及监控上下游数据。在完成汇报后，她继续配合大家共同完成了工艺切换和现场警戒。有她在，为快速完成放空泄压节省了很多时间。

在整个过程中，她表现得冷静熟练。一方面是日常快速高效积累让她对工艺流程非常熟悉，另一方面是她反复练习过这些应急项目。这和天然气开采一样，底气来自心里。

这次初战告捷，增加了她的信心。

经过巡检过程千百次练习，王超博发现在采气工艺流程截流、冻堵初期和少量泄漏时，现场节点数据不能及时体现变化、第一时间反映出问题，但气流声音却与正常时不同。就像感冒初起时咳嗽在咽喉，后期才会到达肺部。

于是她专注研究声音与流量的关系，经过长期摸索练习，练就了“听声判断天然气流量”“数据定位”两项绝活儿，千次误差平均不超 2%。

王超博用这个本领，超前判断故障 12 次。一提起这事儿，老师傅们都会竖起大拇指：“超博丫头这一手绝活儿可是不得了，像中医听诊一样，能给管线看病！”

体会到自己的进步在岗位上发挥了作用，再加上周围人的肯定，她更觉得自己如鱼得水，就应该归属于这里，就应该当个工人！

以前，站在纵横交错的管线、庞大的设备中王超博显得茫然又失落。现在她觉得自己穿着石油红，站在管线的黄色、设备的银色里，再加上站场周围玉米地的绿色，这些都是蓬勃的颜色；她喜欢听天然气管线里呼啸的“风”声，玉米地里沙沙的“雨”声，那是生命的韵律，那是油田正在向前飞奔的脚步声。

刚参加工作一年，她就把天然气处理流程中的所有设备和装置操作都学会了，在作业区技能竞赛中取得第五名。

看到成绩单上她的名字，当时不熟悉的同事们说："咱作业区新来的这个男孩挺厉害！"大家以为这是个男员工，因为在采气行业，女员工在大赛中很难取得这么靠前的成绩。

扎根功勋集体的几年里，她通过一点一滴学习，日积月累的沉淀，业务水平突飞猛进，在青年员工中迅速脱颖而出，组织也对她的未来成长格外关注。

在一次青年座谈会上，当问到她未来职业规划时，她认真地说："采气工岗位要学的还很多，我想留在徐深 1 集气站，我还要继续学下去！"了解她的成长需求后，各级组织也为她量身定制了全方位培养方案，多次推荐她参加技能竞赛，让她开阔眼界，提高业务水平。

2017 年，她参加了集团公司技能竞赛。在报名当天，大家见到她，才知道原来王超博是个挺瘦的小女生，而且第一印象是个文弱安静的人，心中也有担忧：技能竞赛这么高强度、高压力的封闭培训，她肯定适应不了，还不得中途退出啊！

后来在培训中，大家打消了顾虑。他们发现王超博特别勤奋，大家都是刚从岗位切换到教室很不适应，但她能一直心无旁骛、全神贯注地学习，而且她的理论成绩始终在班级位列第一。

最开始大家以为她成绩好只是因为文化水平高，记忆力好。后来发现她的优秀也不是简单达到的。大学时她的专业是采矿工程，和天然气生产还是相距甚远的。

一切都靠努力，就像天然气流动时带给人们力量感、能量感一样，转变专业方向也带给她思维上另一种形式的冲击。

她因为参加工作年限短，对于很多气井的井下情况和工艺措施掌握得并不深。刚开始学习动态分析时，别说她一个刚入职几年的年轻员工，连老工人都感到要琢磨明白很吃力。

为了能够理解到位，思考透彻，她每次课后都重新整理试卷，反复翻看笔记，像是要在纸上挖掘出奇迹，找出气井的地下数据变化原因，哪怕是只找到一点"蛛丝马迹"，她都会如获至宝，握着拳高兴好久。

后来有许多次管理岗、技术序列的竞聘，王超博都具备报名条件。家人、朋友劝她考虑一下，王超博都果断拒绝。"我知道自己适合干什么，我知道我自己喜欢在这儿！

中南大学毕业了，但是工作的‘大学’我才刚‘入学’呢！”

找到了在一线学习实践的乐趣，她懂得岗位是最大的实战平台，一线是最好的科研院所！

“你应该改名叫王超‘搏’……”

大家看着她的动态分析成绩提高得又快又稳，才发现她无论是对工作还是学习都特别认真，她的学习笔记、答题试卷都是同学们互相借鉴传阅的范本。当初报到时，大家以为她一定吃不了苦，只是来陪练的小“学渣”，没想到其实是小“学霸”。

王超博顺利通过预赛，进入复赛阶段。当时不只是竞赛选手们，连她的父母也有些吃惊：实操训练项目，按说这应该是女选手的弱项，第一次参加这样大规模比赛训练的她，是怎样坚持下来的呢？

的确，倒换流程、开关阀门，对身材瘦小的王超博来说不仅没有优势，还直接拉慢了她的操作速度，甚至她的体力不足以完成整个项目。

她深知自己的弱点，于是细心观察其他选手的操作，结合自身情况调整。其他选手操作时，她在旁边模拟训练、琢磨。为了多点时间，每天中午男选手休息时，她都自己在场地上继续加练。

经过层层筛选淘汰，那时所有选手中只剩下她一名女选手。后来男选手们和她说：“看你这么努力，我们挺惭愧的！”于是大家也加紧训练。

训练场地在户外。虽然有一个凉棚，但是原本就骄阳似火，大家重体力操作几遍下来都会汗流浃背。有一项操作是更换法兰式阀门，一个阀门重四十斤左右，男生可以单手操作。这对于身高最矮、力量最弱的王超博来说很难完成。如果两手一起操作，就会影响速度和质量。后来她为了在规定时间内高质量完成，就用手臂弯起，向肩膀内侧用力，扛起阀门。由于磕碰每天都会发生，她主要受力的小臂、肩膀总是青一块、紫一块的，像个被用旧的调色盘。

教练员们也被她不怕苦、敢拼搏的精神感动。休息时大家一起愉快聊天，一位教练笑着说：“你应该改名叫王超‘搏’，超过自己的超，放手一搏的搏。”

她顺利进入决赛团队。在任丘的华北油田，她突然遭到过敏性鼻炎的侵袭，浑身水肿乏力、呼吸困难，状态和名次急剧下滑，最终没能圆梦赛场。身处现场却不能上去“拼杀”，这次与颁奖台擦肩而过，是她那几年心中最大的遗憾。

其他选手上场时，她会偷偷站在角落看着赛场。此刻有多少遗憾，就有比遗憾更多的向往和期待：终有一天，我还要站上赛场证明自己！

从华北油田返回大庆，父母安慰着她。“单位同事和我们说了，你能进决赛就是采气女工的最好成绩。”“你的努力大家都看得到，在妈妈心中这很荣耀！”

听到这些话，她也一股脑儿把自己坚持走技能序列的想法说了出来：“我要继续当个工人。采气女工，还可以有更好的成绩！”

从大赛带回的学习资料和试卷，她都仔细整理好放在家里最明显处颜色最明亮的一个箱子里。当时母亲也问过她：“三四年才有一次比赛，下一届比赛你都不一定什么样的状态呢！能参加吗？”母亲说的是疑问句，但明显母亲并不需要答案。

王超博也没有回答，但她在心里给了自己一个答案：比赛只是一个形式，不是为了比赛而比赛，也不只是为了和别人比，而是在横向上同别人比的过程中，和纵向上昨天的自己比。但是我要用一块奖牌弥补心中的遗憾！

只有比赛，能给她一个横轴与纵轴的交点！

大赛中带回的资料和试卷，每次回家她都要打开重温、重读、重写。资料试卷里夹着的不同颜色的胶贴纸越来越多。红色、黄色、蓝色，每种颜色代表一个难度。每次有了新的理解都会贴进去一张……

“对，做一名好工人！”

从2017年第一次经历油田公司级以上高规格竞赛，到2020年走上全国技能竞赛的赛场，如果说四年里这份执着坚持的动力，来自她没有变成更闪光自我的遗憾占10%，那么各级组织对她的肯定和支持就是剩余的90%。

在从赛场回归岗位后，领导和周围同事对她的能力和意志有了更清晰的认识，遇到学习总是推荐她去，遇到锻炼的机会总是鼓励她去。说到肯定，更精确地说是对她坚定选择技能成才之路的理解、支持、期许。

一次作业区组织管理岗位竞聘，班长接到通知后，第一时间喊来王超博。仔仔细细帮她分析哪些岗位和她的专业更对口，更有基础，更有优势。可他说了半天，王超博还是没吭声。

班长以为她没信心，赶紧鼓励："经过这些年一线的积累和大赛的锻炼，我们都看好你，你没问题的！"王超博却说："班长，我不是没信心，操作岗我要学的还有好多，这次我不报名。"听了她的话，班长认为可能王超博心里对大赛的遗憾还在，目标上还没准备好。

"行，等你调整好状态！咱们作业区，咱们采气分公司，就是咱们整个大庆油田，以后的机会多的是！只要肯努力，随时都有发展！"

在之后的一年多，陆续组织了四次竞聘，王超博都不报名。看得大家都摸不清原因了。

"一个名牌大学的、主干专业的毕业生，而且是个小女孩，为啥偏偏就'扎'在这一线呢？""工人岗比较辛苦，这儿又远，非要当个工人，一年收入又不比管理岗、技术岗挣得多。"

其实，单位各级组织也一直关注着王超博，作业区领导在现场调研办公时，经常和王超博谈心交流，了解情况，多次问过她本人的意愿。

面对组织递来的"橄榄枝"，王超博还是婉言谢绝了。"'新时期铁人'王启民的一句话对我影响很深，他说：'只要专心一辈子做好一件事，就没有攻不破的禁区。'我也想像他一样，一辈子专心做好一件事！以攻克技能难题为目标，把该解决的难题解决掉。"对于王超博而言，情怀与担当、努力与坚守就是那双"隐形的翅膀"，带着她朝着梦想的方向，越飞越高。

"领导，谢谢单位对我的关心和培养！我是参加了一次活动大受启发和鼓舞，我看见工人也可以有技术、懂管理，我就想在生产一线当个工人。""就想当工人？""对，做一名好工人！"

随后，她讲起那次参加大庆油田工会举办的"职工创新大讲堂"走进采气分公司活动的经历："那天，我知道班长让我去学习的消息，我就特别高兴！太想在现实中见见这些技能人才队伍中的明星、大咖了！"

当天，“大国工匠”刘丽、“国际焊王”王召军等多位劳模工匠，与大家零距离交流企业发展与个人成长的关系，面对面分享工作感悟收获，那么多源自平凡岗位的榜样，那么多发光的、有温度的故事，带给王超博巨大的冲击与震撼，引发了她的深度共鸣。让她感受到“咱们工人有力量”的力量感和“我当个石油工人多荣耀”的荣耀感。工人也可以很强大，工人也可以很卓越！

那次现场聆听的经历，在她心里仿佛种下一颗种子，不断积攒着能量就等着发芽、破土而出：未来要和他们那样，用十几年、几十年时间做一名不断钻研技术，对岗位履职尽责，对工作精益求精的好工人。

后来的几年里，大家看到王超博目标越来越清晰，工作劲头十足，同事们和各级组织关注她、帮助她，像是阳光、雨露、清风，为她营造更适合生长的生态环境。作业区更是鼓励她参加技术革新创新、科技项目攻关，为她不断设定更高的平台提供机会。

2019 年底，采气分公司党委书记参加采气 101 班党支部组织生活会时，多年来发现和培养人才的职业敏感度，让他留意到王超博。他询问王超博的工作情况和今后的职业规划，作业区领导诚恳转达：“超博就想扎根一线，做一名好工人。”

领导肯定她的选择并叮嘱：不仅要让王超博安心做一名好工人，更要对有志向的年轻人有长远规划，系统培养，要打造一名好工匠！于是各级组织又一轮为她全方位谋划，量“身”定制由“工”到“匠”的蝶变培养计划……

大庆油田，这片承载着光荣与梦想的土地，既有铁人王进喜带领众人战天斗地、豪情万丈的辉煌过往，又在当下构建起管理岗、技术岗、操作岗“三驾马车”并驾齐驱的人才培养新格局。在这方充满活力与机遇的舞台上，王超博等一众技能人才茁壮成长的土壤，肥沃且广袤无垠。

“让它先接受检验，这也是对我的一次检验”

王超博所在的采气 101 班组，是徐深区块的枢纽站，设备运行压力高达 5 兆帕。每天需要巡检 12 次，要完成累计几百个资料录取、数据分析和日常维护管理等工作。

管线输送介质压力高达十几兆帕，每一项生产现场参数非常微小的异常，都可能在 2 分钟内影响到整个管网的平稳运行。这可比“蝴蝶效应”的连锁影响快多了。

必须做到每项操作规范到位，每项调控准确精细、隐患查找“消灭”及时。

站内的工艺管线交错复杂。为解决一直困扰大家的“隐患排查不全面、整改不彻底”问题，王超博对照管线图查找，结合现场实际布局和建成扩建的工艺，重新绘制了徐深 1 集气站的工艺流程图，将巡检的区域、点项进行细化归纳，与班组共同总结出“9 区 25 点网格巡检操作法”，将装置划分为 9 个区域，25 个网格单元，135 个关键参数，横向加大排查频次，纵向突出重点部位，广度上拓宽排查范围，她把平面工作法变为立体工作法。

班组应用这个方法，排查整改隐患近百项，并在分公司内推广应用，实现站场巡检规范有序、全覆盖、无盲区。同事们笑着说：用这个办法找隐患，所向披靡！

在“油公司”模式改革后，作业区重新编写修订了岗位标准化操作手册。作为技能骨干，她主动参与。

当时负责审核的生产指挥中心主任看过王超博编写的《采气岗操作手册》部分，她根据采气工岗位实际，增加了很多非常具有操作性、指导性、实践性的内容。其中在《操作规程》这部分内容中她专门结合徐深 1 集气站，加入了新增的压缩机和气动阀相关操作步骤和流程。

当被问起：“这个新增的流程有多少依据？可行性有多少？”

王超博说：“立标准立不好的，就是事故。标准一旦树立，就要能长久执行，我的理论依据来自同类型油气田的相关规范，同时参照了国标和企标；我的操作依据来自全国大赛的培训内容。我希望在这个‘标准’成为标准前，让它接受检验，这也是对我的一次检验！”

在编写这部分内容时，为了让这些规程和处置方案符合标准又符合现场实际，既保证操作时的人员、设备安全，又保证操作环节精准，不浪费时间，王超博把采气工技能培训教程翻了几十遍，还查阅了其他国内外同类型油气田的相关规范，逐条对照石油行业的国标、企标。

她编写的相关操作步骤和流程，经过实践中几百次验证，成为真正的标准。在保证安全、规范、高效、有序的前提下，针对故障处理形成的手册，更是精准“下药”，手到“病除”。

不断收到基层同事们一致好评后，王超博就像体会到铸剑师看到自己打造的刀剑可以削铁如泥般的快慰。

自 2023 年开始，王超博所在作业区大力开展岗位练兵活动，还建立了线上练兵平台，让员工通过手机利用碎片化时间就可以进行题库练习、模拟考核。

王超博主动承担起整理审核线上题库的任务。这可是块“硬骨头”。它有三个难点：题库最新，没有电子版；题库最全，存在争议题；题量最大，审核强度大。

为了不让题库里的“小问题”，成为影响岗位基本功训练的“大问题”。在十多天里，王超博把题库超 6000 道题从头到尾一个字一个字校对了 4 次。坐着累了就站起来校对，站着累了就走起来校对。

有一套试卷导入平台次数超过 10 次，只是因为一个符号格式不对，没法完全显示，她就坚持要重新修改后导入。最终她完成了全部试题的整理、校对、导入，保证题库“内容零争议、语句零错字、知识点全覆盖”。

每当看到周围人说线上题库方便实用，能迅速提高岗位技能水平，王超博都会觉得自己又戴上了一朵“小红花”。

铁人“识字搬山”的故事激励着她

大家一直以为她有过一次高压集训经历，以后肯定不会再参加类似的竞赛了。这哪是王超博的性格！

直到 2020 年全国行业职业技能竞赛第二届全国油气开发专业采气工竞赛，这次是“长庆站”。

她觉得圆梦的机会终于来了。对于“动态分析”“综合理论”这些项目她得心应手，单科成绩在团队中遥遥领先，看似一切都那么顺利，但这次摘取奖牌之路也一波三折。

想在实操项目中拿高分，一直是她的难关。这四年里她通过锻炼，身体素质和力量比之前提高很多，但是当年新增“井口更换压力变送器”的项目，需要选手在三分钟时间内，多次上下近 60 厘米高的平台，完成 5 个采气树阀门开关动作进行流程倒换。

这对于身体单薄的王超博来说，简直是一座新的大山。

练习中的阀门带着 0.5 兆帕压力。可以说，集训中的王超博也“带着”4 年压力。不就是个阀门吗，谁怕谁呢！

为了能够完成操作，她和之前一样“不喊疼、不喊苦、不喊累”，新的操作项目只能拼了命加码训练。王超博感觉自己是新时代的、全力“移山”的年轻版女“愚公”。

这次超负荷用力太大，频次太多，导致膝盖积液的老毛病也犯了。可即使付出这么多，她的操作时间还是被男生落下一大截。

那几天她的情绪，比复发膝盖积液的腿还沉、还疼。

每晚都像烙饼一样，至少翻个三遍才能睡着。一天，她在实训场地看到一块宣传板上画着铁人“识字搬山”的故事。铁人为了提高自己的文化水平，遇到不会的字就用符号代替，拜身边的人为师，经常学习到深夜。铁人曾说：学会一个字，就像搬掉一座山，他要翻山越岭去见毛主席。

铁人“识字搬山”的故事一直影响着她、激励着她。

王超博全身心投入训练中，她学习铁人的方法，每天对操作项目的细节和心得复盘，并整理成笔记。她发现自己在开关闸门环节中找到了可以调整改进的部分：由原来的小臂发力，改为重心下移，腰部绷住，由大臂和肩膀同时发力，练习的速度每次都在一秒一秒逐渐加快。她调整状态后不到一周，操作水平就快速提高，与男选手的差距明显缩小。临近比赛，她的计时已超过男选手。

在封闭训练的六个月时间里，她废寝忘食，训练磨破了几十副手套，手上的老茧一层叠一层。千百次训练和摸索，不断精进技能提高操作速度与质量，她创下大庆油田 9 分 35 秒完成清洗更换孔板节流装置，和 22 秒穿戴正压式空气呼吸器的最快操作纪录。

她荣获 2020 年全国行业职业技能竞赛采气工竞赛个人银牌、综合理论单项第一，他们团体获得集体第一名，还实现了大庆油田采气女工奖牌“零”的突破。

“自己成长只是开始，携手共进才是方向”

2021年，采气分公司女工委向全体女职工发出“学习王超博，做新时期采气巾帼”的倡议。

活动开展后，她为了担起荣誉和责任，引领带动周围女工全面掌握站内设备操作原理，组织女工举办了“女子夜校”，不仅提高了大家的技能，更促进了她的进步。

这十年，王超博通过沉潜内修总结了3项操作法，编写了《采气工岗位练兵手册》《集气站常见故障判断与处理》等3本培训教材和题库，创下2项操作纪录，她将自己的现场经验和竞赛技巧总结形成课程，累计完成油田企业级授课400多课时，多次出色完成技能竞赛培训、执裁任务，培养的选手中有17人荣获国家级、集团级大赛奖牌。

她从自己多年积累的培训资料中仔细筛选、总结，把最精华的部分提炼出来传授给同事。2018年，王超博担任采气分公司技能鉴定考前培训班教练员。她精准把握考试方向，严谨制定培训计划，同时针对技师和高级技师两个级别的鉴定任务，根据学员不同基础水平因材施教，使当年采气工技能鉴定通过率明显提升，高级技师报名七人全部通过。

在帮助别人提升技能的同时，油田着力完善“培训、竞赛、晋级”三位一体竞赛机制，广泛开展岗位练兵和技能竞赛活动，以赛促学、以赛促练、以赛促训，从中选拔优秀选手参加中国石油层级、国家层级的技能大赛。

在油田建立的9级技能人才培养体系的推动下，短短两年时间，王超博两次破格晋升等级，成为大庆油田采气工工种唯一的女高级技师。

王超博懂得：自己“吃”到的是大庆油田人才培养红利，一切都是因为自己是大庆油田的采气女工，还要努力争气！

2023年，油田公司女工委搭建平台，让她实现了拜“大国工匠”刘丽为师的愿望。师傅的言传身教和悉心栽培，为王超博的“工匠梦”插上腾飞的翅膀。

刘丽师傅告诉她：“我们只有练就一身金刚钻才能端好能源的金饭碗，干出高质量，干出精气神！”

“你是采气人啊，得争气呢！”

随着王超博个人技术能力的提高，分公司也有意给她加担子，搭梯子。发布“招贤令”，召开“英雄会”，鼓励她“揭榜挂帅”。

2023 年，她第一次领衔解决油田级生产难题：降低外输天然气水露点值。

在认领“目标”之后，有人说：“这难题没法解决，太难了。”

这让她想起刘丽师傅说过的，最开始做革新时，很多人都告诉她“要改早改了”。而她会告诉对方：“我们是最接近现场的人，而且有这个责任心去改进。在解决难题时，不能先入为主地认为不好解决、解决不好、解决不了！”

古语说，他山之石，可以攻玉。王超博提出，对标其他气田采用“结构改造+参数优化”的方法攻关，她自学用软件进行三甘醇脱水装置工艺模拟，全英文操作界面、晦涩的专业词汇，没有化工基础的她，只能边查词典边对照教材在电脑上操作。

在自己不熟悉的领域“过河”，王超博紧张小心地向前“探路”“挪步”。

有时看着好不容易模拟出的流程无法导通，不断跳出来的错误窗口，让她怀疑自己是不是找错了方向，也生出过放弃这个思路的想法。

而电脑桌面上那句“只有泥泞的路才能留下脚印”的壁纸，又让她提起信心。“王超博，路是人走出来的。你是采气人啊，得争气呢！”王超博对自己说。要争志气，还要争天然气！

人的状态是自己选的，道路是自己走的！

线上，她下载视频资料反复学习；线下，她请教专业人员找出错误的关键，还与企业技能专家朱清华对过滤分离器滤芯的封头进行结构革新。

最终他们“打怪”成功。用运算出的理论数据指导现场参数优化，配合脱水装置的改进，化验数据显示：输气管线露点检测值从 8.06℃下降到 -5.50℃，相对含水下降了 59.62%。他们像为装置开了“外挂”一样欣喜。

天然气开采处理现场，温度值是重要因素，测温点数据的准确性直接影响下一步工作判定和结果，所以插深必须满足要求。

2023 年 6 月，王超博和同事们统计发现，一个井站由于管线口径、螺纹种类不同，仪表型号有 28 种之多。

厂家生产的温度仪表有各种不同长度的插深，想要配齐所有型号仪表，仅一个站就需要备料超百支，分公司范围内每年为此需花费近 300 万元。

怎样能花小钱办大事呢？他们在原有仪表基础上改进，增加了膨胀环，可以改变冷端长度，让测温端长度实现可调。应用后极大地减少了备料量，温度仪表从 28 种减少到 11 种。

王超博想：这就和点餐一样，每个人爱吃的菜都不一样，食堂一次备料太多也浪费。能不能再缩小包围圈，争取到更大公约数呢？

在此基础上她继续升级改进，这次借鉴了电视天线可伸缩的灵感，在上部滑套中增加了空心螺旋管，就像给仪表装弹簧一样有了伸缩功能，下部还依然用膨胀环固定。现在分公司只需要备料 1 种仪表就能满足生产需要，实现 100~250mm 插深的变化，年节省费用超 248 万元。

同事们笑着说："超博给测温仪不是'穿靴'，就是'戴帽'啊！"

王超博也开心地笑着继续努力。每学会一项技能，都会实现更高的飞跃；每做好一件事，都让眼界又有所提高；每解决一个问题，就又多了一把钥匙。在"争气 + 争气"的道路上，她越走越高，越走越远。

针对油田公司级难题"分层注入井溢流污水易失控造成污染"的攻关项目，她和伙伴运用创新方法研制形成了"电动环保溢流堵头"这一技术成果，不仅避免操作员工调整溢流量时的高空作业，也使溢流量由原来的 5 方下降到了 0.1 方以下，真正解决了安全环保的问题，推广全油田的测调班组年可节约污水处理费用 4158 万元。

让王超博感到幸运又幸福的是，油田不断提高产业工人的礼遇，目前她的薪资待遇已达到一般管理人员水平。先后荣获 2021—2022 年度中央企业"青年岗位能手"、2023 年中国石油天然气集团有限公司"巾帼建功先进个人"……

红彤彤的证书，闪亮亮的奖章，沉甸甸的奖励，大庆油田的人才培养机制全面又精准，在每个行业都栽下梧桐树，引来金凤凰。在每个行业都将荣誉激励与推优评优、个人成长、福利待遇有效结合。

海阔凭鱼跃，天高任鸟飞。大庆油田让产业工人有尊严、有底气、有干劲、有希望，"名利"双收。

王超博深深懂得：自己的成绩不全是个人的努力，如果没有优良安心的大环境，没有组织上那么多年持续培养，自己连方向、定位都没有，谈何扎根一线，谈何长远发展？

“还有什么不知足的呢？唯一不知足的，就是自己的知识还不够多，贡献还不够大！”

“1+n 的 n 次方结果，不可估量”

2023 年 10 月，油田公司指派王超博到北京参加中国石油集团公司第 3 期“青马工程”培训班。这是培养也是肯定，这是信任更是使命。

从学思践悟中，王超博领会到强大的思想感召力，进一步鼓足“想干事、能干事、干成事”的决心。

2024 年，王超博被推荐“中央企业劳动模范”。这是她继“龙江工匠”“中央企业青年岗位能手”后，又获得的新动力。

回顾一路走来的点点滴滴，王超博内心感慨：自己只是做了该做的工作，尽了员工应尽的责任，组织上却给了这么高认可、这么多成绩。她生怕自己的付出和得到不成正比。她更想在岗位上为单位多做点事。

随着她能力不断提高，同事们越来越信任她。班组修订管理手册她参与编写，现场出现难题她领衔解决，甚至班组的老大哥为方便操作设计的工具，也会拿着手绘图纸让她帮忙建模改进……

在同事们互帮互助搞创新的过程中，她对自我价值的认同感特别强烈，也让她萌生一个想法：要是把爱创新想创新的人聚在一起，共同立足现场为岗位解难题、攻难关，为单位为岗位多做点事多好啊！

“1 的 n 次方永远只等于 1，但 1+n 的 n 次方结果，不可估量！”

于是她找到组织表达了这个想法。第一时间就得到大力支持，批经费、定方案、出设计、赶施工。不到两个月，由她领衔的创新工作室就在站内投用。

一个人的力量和一群人的力量，就像一棵树和整个森林的比较。在工作室成立后，王超博感到自己信心更足了，分公司为他们完成了力量的凝聚。

他们成立了攻关队。同事们下了班都不愿回寝室，聚在工作室打磨课件，研制革新，分析难题，有时一个小小的念头讲出来，就会碰撞出很大的火花；有时一个疑问丢出去，也会激起很久的思考的涟漪。

同事们在这里志同道合，找到的更多动力，开启的更多思维方向。创新让基层员工感觉思维可以长出翅膀，思想可以和实际工作紧紧相连。

王超博联合采气分公司地质工艺研究所，带领大家揭榜挂帅了又一个油田级难题。他们决定对“地面管线频繁冻堵”发起冲锋，为上产 27 亿方天然气贡献力量。

初期，他们对分公司管辖的 233 口气井进行冻堵风险分类，以冻堵成因为关键点，将“加注抑制剂、加热、降压”三个防治水合物手段作为出发点。在攻关期间，他们统筹地上地下一体化，深入开展“优化注醇、加热提温、降压防冻”现场试验，截至 2023 年底，他们完成 13 口井的应用试验，累计增气 1892 万方，创效近 2554.2 万元。

攻关过程中没有平顺的道路。这可能也是“攻关”这个词的意义吧：攻克一道道难关。

那时缺乏化工基础的他们，面对的不仅是更多晦涩的词汇、全英文的界面，还有团队几十次模拟失败的打击。看着界面不停跳出的错误提示，那些弹窗“噔噔噔”跳出来的节奏，就像是在她心里打退堂鼓。这打击力度，可比上一次她自己攻关时的打击大多了。

迷茫怀疑时她向刘丽师傅求助。“碰到问题别害怕，想办法去解决。没有什么做不到，只有想不想做到，你可以把助力圈扩大一点啊！”师傅的鼓励给了她信心，也瞬间点醒她，可以向更多人求助。咱油田有技师协会的专家们，这可是全油田技能人才组建成的“军师联盟”、智囊团啊！

当晚她就在专业组联络群中发出“求助信息”。不到十分钟，手机上一条条回复不停闪出。王超博感觉那清脆的手机信息铃声像是她的冲锋号令，不只是听见清脆的铃声，还在信息里看到许多智慧的光芒。

在专家们的帮助下，团队迅速摆脱了“海底捞针”的状态，很快王超博和同事们找到反复运行失败的关键原因。历时一周，他们终于看到运行系统顺利导通的弹窗。

当显示屏上那个 9 平方厘米的小窗弹出的时候，王超博和同事们感到眼前一片豁亮，一扇解决冻堵难题的“大窗”打开了！

有了精确运算数据支撑，他们加快了其他方案的现场试验进度。看到试验报告上一个个远超设定值的指标，王超博拿着报告跳得老高。她感受到专业理论和先进方法经过一线岗位实践，转化为实实在在推动高质量发展的动力，这就是新质生产力。

从行列到前列，不仅需要各行各业本职创新，更需要不同行业间互相帮助。

油田让英雄有用武之地。

在油田搭建的平台上，王超博和她的创新团队还跨行业工种组队进行了难题攻关。针对冬季测试施工工作效率低，安全措施落实不理想的问题，形成了“电动测试环保堵头”“螺旋式举升防喷装置”“仪器锁”等多项成果，现场应用后可在地面安装防喷管，调整溢流量，安全性、环保性更加突出，他们的成果也在 2024 年 10 月的中国石油第三届创新大赛生产创新工程技术专业比赛上荣获二等奖。

王超博劳模工匠人才创新工作室建立以来，她带领团队解决难题 30 余项，技术革新成果获奖 109 项，累计创效 4038.56 万元。

2024 年 3 月，工作室成为首批大庆油田工作室联盟领衔工作室。9 月，被黑龙江省总工会授牌为省级劳模和工匠人才创新工作室。

“人才如洪流般奔涌，事业才能如骏马般奔腾向前”。王超博，像一颗闪耀的明星，在大庆油田绽放光芒。在这片广袤的土地上，无数有着同样梦想与激情的青年，正被悉心培育，蓬勃发展，逐步崭露头角。

守得前路壮阔

——记第九采油厂采油工 张朋娟

这里过去曾叫创业庄，会战家属“五把铁锹闹革命”，开垦了万亩粮仓，在极度困难时期支援了大会战！这里现在是外围油田，张朋娟痴守大草原，与磕头机一起默默地躬身叩问大地，“不尽原油滚滚来”！

从家里到厂部，一段几十公里的路程，寒来暑往，满眼抚摸着的都是抽油机采油树；从厂部到作业区，一条蜿蜒的“山路”，数十年如一日地“上山”“下山”；从这一口井到那口井，从地面到地层，一本厚厚的书，用心品读一页又一页！

眼下，抽油机旁又种植了一个个“大风车”，随风畅想；一块块光伏板鳞次栉比、耀眼夺目……从美丽大草原“风生水起”，到大油田“风光无限”；从深耕地层“江河湖海”，到湛蓝的天空那一道亮丽的风景线，一株株小草、一朵朵黄花，一只只花蝴蝶，记录着大庆石油人的巡井路、采油树、抽油机，那平凡而又不平凡的故事。

“中国梦 · 劳动美 · 石油情”全国石油石化系统创新先进人物

2024 年的第一场雪来得缠绵而热烈，大片大片的雪花纷纷扬扬奔向大地，依偎在茫茫大草原怀抱中的第九采油厂，井然有序，标志醒目，彰显着自己独特的身份与精神。晨曦初照，在一片纯白中越发显得明亮耀眼，美不胜收。

45 岁的张朋娟坐在宽敞的大巴班车上，过第九采油厂，道路蜿蜒着“上山”，张朋娟目光温婉地看向远方。她的眼前，闪现而过井架耸立的页岩油“1 号工程”现场，“九厂是外围油田稳产上产的主力军”！她内心里升起一股浓重的骄傲。

她的目光掠过近旁的光伏发电站，一块块整齐排列的光伏板在阳光下散发出夺目的光芒。还有那一座座随风转动的大风车，像不停转动的梦境。张朋娟的心胸豁然开阔起来，她想，到处是希望啊，大庆油田未来发展无限可期。

一排排挺直的树木跟随着车辆一路前行，守护着道路，守护着来来往往的行人，守护着寂静的龙虎泡，也守护着张朋娟内心如潮水般蔓延而来的往昔岁月。

1999 年，刚满 20 岁的张朋娟第一次去往第九采油厂龙虎泡作业区。也是坐在一辆班车里，从大庆市区出发走 30 多公里到第九采油厂，过第九采油厂再走 40 多公里到龙虎泡作业区。公路蜿蜒曲折，坑坑洼洼的，车里的每个人都像屁股下安了弹簧，随着车的颠簸上下弹跳，硌得人骨头都疼。除了急速行驶的车辆，看不到人影。望着远远近近的一片荒凉，想象着即将去往的地方会是怎样的景象，张朋娟的心里七上八下的。

终于到达龙虎泡作业区，张朋娟和工友搀扶着一路吐得天昏地暗的几个姑娘进了分配好的宿舍。想要透透气，推开窗户，映入眼帘的，是一望无际的秋后被收割了的金色稻田，没有夜色阑珊，更看不到万家灯火，这情景，怎一个“惊慌”了得……

张朋娟的职业生涯就像一头茁壮成长的小鹿，在这里一路飞奔着跑过了 25 年，初始时的挣扎，挣扎后的坚守，坚守后的热爱，热爱后的倾注，张朋娟与众多和她一样坚守在这里的伙伴为伍，她庆幸自己坚持住了。

锤炼自身，寂寞之地云开雨霁

张朋娟也曾有过迷茫，有过动摇和挣扎。但她是个有理想、有毅力、有目标的人，她能够迅速校正自己，再努力坚定自己，再全力释放自己。

25 年间，她从采油初级工到高级技师，从油田公司技能专家到集团公司技能专家，先后获得中国石油集团公司劳动模范、“中国梦 · 劳动美 · 石油情”全国石油石化系统创新先进人物等荣誉称号。累计解决油田各类生产难题 200 多项，研发技术革新成果 122 项，发表论文 31 篇，获得国家专利 11 项……每一次成功和蜕变，是多少个夜晚的苦读，是多少年光阴的锤炼，那条通向成功的路，是用一沓沓书本铺就的，更是一滴滴汗水凝成的。

打破砂锅“学”到底。

学无止境。

张朋娟是个勤学好问的人，她是个从不满足的人。

她在渴求知识的那条路上不断攀岩，翻过一道崇山峻岭，再过一道崇山峻岭。

张朋娟带着五彩斑斓的梦想，走上了工作岗位，梦想着可以通过不懈努力，开创一片事业的蓝天，做一名有成就的石油人。

可当她来到曾经是龙北采油十队的 4#–5 计量间时，心却一下子凉了半截。

夏季烈日当空，阳光毫无遮挡地直射下来，蚊虫肆虐，苍茫辽阔的草原上，避无可避，逃无可逃。冬季寒风凛冽，时间停滞在一望无际的白里，漫长难挨的日子，仿佛没有尽头。

更让她气馁的是，采油工的工作似乎就是巡井、刷漆、量油、测气，毫无技术含量可言。自己的满腔热情、美好理想，没有了可以安放的地方。

那一段日子，张朋娟似乎一眼就看到了自己的将来：从青年到暮年，拎着工具在井场上来来回回，平平淡淡，日复一日。她甚至都想，就这么过日子吧。

命运的改变，看似偶然，实则必然。

那一天是个周六，张朋娟独自顶班。雪纷纷扬扬地飘洒下来，一刻也不停歇。苍茫天地间，只有她一个孤单弱小的身影。

张朋娟照常到阀组间看环温，发现三环的温度直线下降，她从来没有遇到过，更别提如何解决了。那时没有手机，她用电台呼叫离她最近的4#–6站，想向人求助，但没有人应答。

眼看一起凉环事故就要发生，自己却束手无策。她只能冲进迷蒙的风雪中，希望找到可以帮忙的人，好在终于找到了。

看着同事娴熟的手法和镇静自若的表情，张朋娟深感惭愧，同时更深切体会到，原来看似简单的工作并不简单，还是有那么多学问在里面的。

带着愧疚的心情，她重新审视自己，决心再不能这样混日子了，一定要把自己的工作干好、干精、干出彩来。

从此，张朋娟沉下心来，用起心来。她开始带着一个口袋大小的笔记本上井。哪一个步骤应该如何操作，哪里容易出现问题，有问题了怎么去解决……很快，小本子上就被她罗列了一大堆问题，自己能想明白的自己想，自己想不明白的就问老师傅们。但有时老师傅们也是一知半解，还说，咱们采油工的本分就是巡好井，发现问题了能解决的自己解决，解决不了的报告上去就是了，你费劲琢磨也琢磨不出来。

张朋娟可不那么想。她想采油工也是个有技术含量的工种呢，一个好的采油工就应该把遇到的所有问题都解决了。

总得有人开一条先河，蹚出一条新路吧。既然没人可以告诉自己，她就一头扎进了书本，她想在那里寻找答案。

那本已经破旧的蓝色封面的采油知识教材是她的入门指导老师，一有时间就被她捧在手里。

这还远远不够。那天她去了新华书店，二楼一个角落里“石油行业图书推荐”的牌子让她眼睛一亮，左挑挑，右选选，17本书，186元，花去了那个年代她将近半个月的工资，她一点都没心疼，反而有即将看到一个新世界的惊喜与期待。

陆陆续续地，张朋娟从没停止过购买书籍，一有空就“啃”书本。为了使知识记得更加牢固，她还坚持记学习笔记，先后写满了 40 多本。

书上还有密密麻麻的批注，黑笔画完又叠加红笔。

张朋娟对知识的探求无疑是深广的，毫无止境的，慢慢地，她不仅啃专业书籍，还啃企业管理书籍，啃创新方法理论，啃党建知识。她这一啃就是二十多年，她这一啃，不仅啃掉了光阴，还啃掉了自己无法计算的心血。

时间是有限的，张朋娟的时间永远都不够用。她有一股狠劲，只要能够抓住时间，怎么折腾自己都满不在乎。

午休时间，人们看到的永远是她捧着书本临窗而坐的身影。

夜晚是她学习的主战场，昏黄的灯光下，她摊开书本，边记笔记边思考，她根本就没想过什么是美容觉，什么又是过度透支，仿佛夜晚是最珍贵的，也是她可以狠狠利用的，她把每个夜晚拉长再拉长。

每天将近四个小时的通勤时间也被她抓得紧紧的。本来，每个夜晚的消耗已经让她昏昏沉沉了，加上早早起来赶班车，晚上筋疲力尽坐班车，一般人都会坐到车上就闭上了眼睛。可她就是不睡，努力睁着眼睛看书。夏天还好，冬天上车不久后天就黑了，她是普通人，没有透视眼，她就又想出来个办法，把书装进脑袋里看——不能看书本的时候，就在心里背诵和复述之前读过的内容，加深记忆和理解。这一招还让她暗暗惊喜，自己对知识的理解更深入了。

知识的羽翼逐渐丰满，实践的道路也逐渐铺开。她一点点地啃出了一片新天地，啃出了一条新征途。

撞了南墙不回头

倔强，是做好一切事情的决定因素。倔强的人做事不慌，干事有底。

张朋娟有一颗强大的心脏，有机会了就努力地抓住它，有困难了就顽强地战胜它。

前往目标的路途上，她和她自己死嗑到底。

2000 年的那个夏天，是张朋娟职业生涯中一个关键性的转折点。有一天，队长告诉她，她被选中代表作业区参加厂里举办的石油知识大奖赛。

张朋娟有兴奋，也有忐忑。兴奋的是她可以检验自己的知识储备，可以证明自己的努力。忐忑的是她怕辜负了队长的期望，怕给作业区丢脸。

参赛选手要背诵一万多道石油知识题，她给自己制定了详细的学习计划，将那些题目分类整理，默默背诵、复习。那些夜晚，她住在了单位。荒原上狂风不停地啸叫没有惊扰到她，寂静暗夜中孤身一人的恐慌没有困惑住她，她埋头住进了繁复多样的题库世界。自然而然，张朋娟在大赛中一举夺魁。

这一试，让张朋娟更加勇往直前了。

2006 年，经过层层选拔，张朋娟被指定代表油田公司参加中央企业技术大赛。

然而，当她满心欢喜地查看赛程表时，那从上到下的时间列表却如同一盆冷水，浇灭了她内心的喜悦。赛期竟然长达三个月，其中近两个月还是封闭训练。早在年初，她婚礼的日期就定在五月，比赛时间正好覆盖了她的婚礼日期。

她的内心充满矛盾，一边是梦寐以求的婚礼，一边是来之不易的比赛机会。尤其是，那天领导知道了情况，敲开她的门说，小张，婚礼是人生大事，单位准许你放弃比赛，好好准备当新娘吧。

张朋娟没说话，关上房门，眼泪却止不住地流了下来。

那天下午，训练的疲惫如潮水般袭来，她拖着沉重的脚步走进食堂。往常，她会风卷残云般吃下两大碗米饭，可这次，她只是机械地咬了一口烙饼，喝下一碗粥，便放下了碗筷。她的心思全然不在食物上，满脑子都是比赛和婚礼的两难抉择。

回到宿舍，她无力地半躺在床上，眼睛无神地望着黑幽幽的灯管，那一片昏暗让她更加迷茫和困顿。终于，她鼓起勇气，拨通了恋人班景辉的电话。

电话那端，班景辉的沉默让她忐忑不已，每一秒都仿佛被无限拉长。张朋娟的心紧紧揪着，她能想象出他皱着眉头，眼神中满是纠结的样子，她不知道他会不会帮她解开这纠缠在一起的死结。终于，他的声音带着温暖与坚定传来："娟儿，做你想做的，不要留下遗憾，婚礼我们可以往后推迟。"

那一刻，张朋娟心中紧绷的弦骤然松开，仿佛长久背负的巨石瞬间落地，整个人都轻盈起来。她说："我一定好好努力，不辜负这次机会，不让你失望，我要用最好的成绩弥补迟到的婚礼。"

她像是在对他承诺，又像是在给自己加油打气。此刻的她，已将所有的情绪转化为前行的动力，决心在逐梦的道路上更加努力地奔跑。

随后，张朋娟全身心投入封闭训练中。

清晨，当第一缕阳光洒进休息室，却已经捕捉不到张朋娟的身影，阳光不甘心，一转再转，总算在寂静的训练室里抚摸上她伏案苦读的脸庞。

工件测绘项目，是张朋娟遇到的第一座高山，矗立在她前行的道路上，显得庞大又不可动摇。这是对她技能的极限挑战——在极短的时间限制内，精准无误地完成工件测量与图纸绘制，即便是有两到三年学习经验的人，要做到也绝非易事，而张朋娟仅在短短数月前才开始接触。

白天，实训室内充斥着机油与金属摩擦的混合气味，还弥漫着不由自主的紧张与迫切。张朋娟穿梭于各式各样的机械之间，手中的测量工具带着她的心愿，向四处延伸，脚步不歇地移动，眼睛不眨，手也不停，每一个细微的尺寸都写在了本子上。汗水在她的额头汇聚，又顺着脸颊滑落到地面上，寂静中那滴落的细微声响似乎被无限放大了，发出坚定的回音。

夜幕降临，整个世界似乎都被黑暗包围了，唯有她的房间还有点点光亮。在昏黄的灯光下，她独自一人坐在书桌前，面前摆放着各式各样的工件和图纸。铅笔在纸上纵横，画下一道道精准的线条。

夜太深了，困意悄无声息地缠绕上来，眼皮开始变得沉重。坐着容易困，那就站着画。她腾地站了起来，那个站立起来的她，仿佛还向打着瞌睡的她投去了鄙夷的一瞥。

夜晚太漫长了，她的身体逐渐达到了极限。困意如同潮水，一波接一波地再次向站着的她袭来，眼皮仿佛有千斤重，头也像失去了支撑般不停地晃动。努力睁开双眼，她从寂静漆黑的四楼摸索着下到二楼，按下开关，快步走向洗手间，将冷水一遍遍撩到脸上，返身回去又再次握紧笔。

八天没日没夜的练习，从最初一个多小时才能勉强画好一张图纸，到后来一小时能绘制出三张质量完全达到标准的图纸，张朋娟终于松了一口气。

然而那口气还没松下去多久，又有一口气提了上来。

有一次休息的间隙，张朋娟见到了其他几位选手，从闲谈中得知，这些人个个都是身经百战的老将，参加过多次国家级赛事，他们的眼神中透露出一种久经沙场的从容与自信。和他们相比，张朋娟感觉自己就是个初出茅庐的小学生，那巨大的差距让她的心又悬了起来。

她的时间更不够用了，这个巨大的刺激，让她晚上不用冷水也能保持清醒了。

除了测绘，还有一个项目是实际操作中的抽油机调平衡。那个时候，张朋娟的体重只有九十多斤，每一次抡起大锤，都是对自己体力与意志的极限挑战。但她一刻也不停歇，机械地一遍遍奋力挥舞着大锤。汗水不断地从全身各处冒出来，浸湿的工服紧贴着肌肤，仿佛有千斤重。胳膊在大锤的反复牵扯下，酸痛得几乎失去了知觉，连带着整个身体都疼痛起来，仿佛已经不是她自己的身体，一切都不听她使唤了。

张朋娟知道，如果说测绘需要精湛的技术，调平衡就需要强大的力量。对于采油工人而言，精湛的技术与强大的力量，犹如双翼之于飞鸟，是他们在浩瀚油田上翱翔、探索不可或缺的两大支柱。获胜的渴望，让张朋娟“贪婪”起来，她两个都想要。

“斌哥，我在你后头练。”“王哥，你就用你最大力气紧螺丝就行。”跟在男选手后面练，这是张朋娟想到的增强自己力量的笨方法。

男选手体力要比女选手强太多，前面男选手紧过的平衡块螺丝，女选手跟在后面再拧下来就很吃力，超时都不一定能完成。张朋娟的狠劲上来了，她就是不管不顾地抡着大锤，一下一下地猛砸。

有一次上梯子时不小心踩空了，张朋娟重重地跌了下来，整个右腿钻心地疼。

张朋娟站在原地缓了缓，眼神里写满了坚毅，接着来！

那天，阳光透过稀疏的云层，斑驳地洒在厂区的空地上，给这个平日里繁忙而单调的地方添上了一抹温柔的色彩。张朋娟站在实训室门口，抬眼望了望久违的天空，长舒一口气。

经过无数个日夜的苦缠苦斗，张朋娟无论是力量训练还是知识储备都有了极大收获。一切都达到了理想状态，她满怀兴奋和期待。

“朋娟，有个紧急通知。”喘着这道急切的声音回头，张朋娟看到领导匆匆走来，手里拿着一份文件。“省里的青工安全大赛提前了，和现在的比赛时间有冲突啊。”

张朋娟的心猛地一沉，仿佛被一片迷雾遮挡住了眼睛，她恍惚起来。望着手中的资料，那些曾经让她信心满满的文字此刻却变得模糊而遥远。是选择放弃一个，还是全力以赴兼顾两个？她的内心如同狂风侵袭的大海，波涛汹涌，难以平静。回到宿舍，张朋娟仔细比较两项比赛的参赛科目，眉头紧锁，目光在字里行间来回穿梭。长时间思考过后，她做了个决定：我要两个都参加，两个也都要拿奖！

于是，张朋娟开始了更为艰难的双线作战。两项大赛的实际操作要求存在差异，这意味着她要牢记两套不同的流程。她开始在两个场地间周转，转动的不仅是身体，她的思维也得在两个不同的模式间不停切换。

周末，其他选手都回家与家人团聚，享受难得的休闲时光，她却独自留在厂里，训练场地内回荡着她匆匆的脚步声和翻书页的沙沙声。

看到她忙碌的身姿，人们都说，这丫头对自己狠着呢，能成大事。

比赛正式开始了。张朋娟深吸一口气，沉稳地走向自己的位置。那一刻，她脑海里回放着无数个不眠不休的日日夜夜，那些在训练场地与机械为伴的分分秒秒，每一次失败后的黯然神伤，每一次成功后的小小喜悦……

随着一声令下，张朋娟熟练地操作起设备，每一个动作都仿若行云流水，既精准又快速，仿佛她与设备之间有着某种默契，更仿若她和设备已经连成一体，每一个指令都能得到完美的回应。时间一分一秒过去，张朋娟的额头上渐渐渗出了细密的汗珠，但她手中的操作却越来越流畅，越来越完美。

最后一声哨音响起时，张朋娟有些意犹未尽地站在那里，既期待又不安。随后，有雷鸣般的掌声和欢呼声回荡在耳边，她知道，她终于梦想成真了。

张朋娟在全国 20 余个油田选送的 150 名选手中脱颖而出，获得了技能大赛铜牌，获得了“中央企业技术能手”称号。同时，也获得了“黑龙江省青年岗位能手”称号。

此后，张朋娟成了比赛专业户，每有比赛，领导们首先想到的就是她，她也总能不负众望地捧回好成绩。先后参加大大小小比赛几十次，如果把这些赛事称为大满贯的话，她无疑就是大满贯得主。

“铁棒磨成绣花针”

认真的人从容淡定，认真的人临危不乱。

认真的人不知道什么是取舍，认真的人不知道什么是放弃。

认真的人就是要把事情做到最好，认真的人就是把事情做到极致。

张朋娟认真起来不遗余力，认真起来“六亲不认”。

2002 年，张朋娟和作业区的几个同事集中参加培训，准备参加厂里两年一度的技术大赛。一天，培训老师让张朋娟回答动液面概念，张朋娟不慌不忙，一个字不差地背了出来。老师面露惊讶，其他选手却在心里暗想，她是怎么做到的。

因为封闭训练，她们都住在厂区里，别的女孩子训练完后，回去脱下油腻的工服，铺上自带的床单，干干净净安安稳稳地躺在床上。可张朋娟还在自己给自己加练，她说她感觉自己的动作还是不够标准，还得再多练练。那几个女孩子心里想，她的动作已经够标准的了，她这是奔着完美去的啊。

夜深了，一个女孩睡梦中起来上厕所，打开灯，看到张朋娟穿着油腻的工服，鞋子都没脱，躺在床上睡过去了。女孩子突然想起一句诗：“千磨万击还坚劲，任尔东西南北风”，内心里似乎有一股力量奔涌而来。

那次技能比赛，张朋娟自然取得了第一名的好成绩。那次大赛，是张朋娟展翅飞翔的起点。

同事魏美娇笑吟吟地聊起张朋娟认真时的样子。2010 年的时候，她参加一个技能大赛，张朋娟是她的指导老师。刚开始的时候，她还心生怨气，悄悄腹诽这个指导老师就是个“周扒皮”，早上四点不到就把她拎到练兵场，指导她换闸门。大早上的，太阳都还没出来，张老师为什么就不能让人好好睡个觉。

因为按照要求，换闸门的过程必须得在 12 分钟内完成，她总是超时。张老师好像比她还着急，开始早上领她去练兵场训练。一个早上不行，第二天早上就接着来。

有一天天阴沉得厉害，魏美娇暗暗高兴，心想这回可以睡个懒觉了，哪知道张老师又准点出现在门口。魏美娇就和张老师商量，说快下雨了，今早就不练了行不，哪知道，张老师一本正经，仿佛根本就没看穿她的小心思，说现在还没下雨呢，等下雨了再回来。

但魏美娇也知道遇到这样的指导老师是她的幸运，那次技能大赛她自然取得了好成绩。此后，张老师从来都没有忘记她，生拉硬扯地逼着她学知识，练技术，她如今也成长为一名高级技师了。

范涵予曾经对自己这个叫张朋娟的师傅不以为然。以为这么个女强人，天天就知道学知识、搞钻研，心思肯定是粗糙的不讲细节的，没想到她认真起来都让人害怕。

有一次，油田公司组织一个活动，要求范涵予和师傅上台讲述，她把稿子拿给师傅，告诉师傅照着词儿念就行。可师傅说，既然是让咱们上台讲述，咱就得好好琢磨琢磨，公司挑选咱们上台为什么，咱能给台下听众带来什么，咱们要表现什么。

琢磨完台词，师傅又拉着她去找了表演老师，说表演到位才能传神，才能打动人。好几次晚上下班，师傅都拉着她去表演老师那儿接受培训。

范涵予这才知道，师傅这是哪哪都要认真，啥啥都要完美。

引领创新，荒凉之地繁花盛开

习近平总书记强调，“自主创新是开放环境下的创新，绝不能关起门来搞，而是要聚四海之气、借八方之力”。

张朋娟逐渐意识到创新的重要性，走上了一条持续创新的艰难却光明的道路。但她不是一个人埋头钻研，而是发动身边可以发动的人才，汇聚身边能够汇聚的力量，引领和带动他人共同创新。

全力以赴带头创新。

张朋娟胸怀的是更大的世界，她眼望的是更大的目标。

她愿意有人和她一起张开奋力前行的翅膀，期望有人和她一起收获满园芬芳。

张朋娟边工作边解决遇到的难题，陆续发明了摇电机扳手、润滑式防挤压盘根盒、抽油机曲柄衬套起压器等小工具，这些都成为很多一线员工爱不释手的“神兵利器”。

声名远扬后，越来越多的人找她“诉苦”，等待她解决的事情也越来越多。

“娟子，我管的这几口抽油机在一个月里驴头销子都断了两回了，这可咋整？”

“朋娟，我们几个上井紧地脚螺丝的时候，总觉得紧不住。”

哪里出现问题，哪里就有张朋娟探究的身影。她越来越忙了，不是在现场解决问题，就是在去现场解决问题的路上。

越来越沉迷于创新的张朋娟逐渐意识到，一个人的力量毕竟微小，如果能够联合群体的力量，群策群力，那么能够解决的问题就会越来越多。

2012 年，“张朋娟劳模创新工作室”应运而生。张朋娟身边开始聚拢起与她一同搞创新的工作室成员。

这回张朋娟感觉自己的力量被放大了百倍千倍。她心怀感激，创新的劲头也更足了。

“在油田，创新从来不是科研工作者的专属，我们采油工人自己才最能第一时间发现问题。觉得不好用的，我们就自己改造；觉得烦琐的，我们就自己简化；觉得落后的，我们就自己升级。”

张朋娟找到了主攻方向。

2019 年的三伏天，骄阳似火，在温度高达 39℃的注水泵房内，张朋娟满手泥污，满脸汗水，工服也被汗水一遍又一遍浸湿，她在泵房内已经连续奋战了 3 天。

这才过了一周多，柱塞泵又坏了……站长王广军看着工作备忘录，提前准备好柱塞泵填料、阀组阀片及垫片，在班前工作会分配任务。

7 月 24 日，8 月 11 日，8 月 24 日……这已经是入夏以来，柱塞式注水泵的第三次故障。用不了几天，维护班的三个师傅就又得去现场维护柱塞泵，而且频繁停泵，对产量也产生了很大影响。

夏日的太阳一点也不心疼这些户外采油工，逐步升高的温度不断显现出夏天的毒辣。人人头顶烈日，汗如雨下。再热习惯了倒也没啥，心里还总是憋着一股气，面对一而再再而三要脾气闹罢工的这个柱塞泵，工人们就像面对个“老大爷”，骂不得说不得，心里没着没落的，堵着的那口气就是没地方撒。

用什么办法解决这个麻烦，让工人们不再这么辛苦？尽管心里没底，张朋娟还是下定决心要拿下这个难题。

对，得想办法把这些损坏的零件从端口处拦住……晚间聚在一起，工作室成员你一句我一句，逐步梳理出了应对之策。

左思右想，张朋娟决定在不改变柱塞泵结构的基础上，研制出一种柱塞泵自滤式堵头，或许可以让这“老大爷”顺气。

她带着工作室成员找来铁板等工具，按照尺寸进行切割、打磨。在工作室里演示得非常成功，但当大家信心满满地拿着堵头到泵房现场实操时，和想象的还是不一样。失望吗，有一点儿，但泄气是不可能的！

“全员进泵房！”

一声令下，大家拿着工具、材料，将实验室搬进了“桑拿房”。

泵房里不仅热，而且闷，还有机器转动发出的高分贝噪声，为了达到实验效果，张朋娟带着大家一遍一遍地安装、拆卸、启泵，将各种数据一一记录，观察实验效果。

小张一搞发明创造就像着了魔一样，那倔的，十四马也拉不回来！

“啥人带啥兵，你看看这些人现在和她一个样了，也是遇事就‘疯魔’。”

盛夏的六天时间里，工作室成员们几乎不眠不休，修改、切割、打磨、试验，一次不行再次，再次不行再再次，反反复复，不厌其烦。

“成了，拦住了！”王会山一声大叫，大家心里一震，睁大眼睛围拢过来。

“老大爷”没能犟过众“疯魔”，心服气顺地低下了头。

新的堵头除了原有功能外又增加了过滤功能，能够将损坏的阀件全部拦阻在组合阀堵头内。

效果喜人，这些日子的汗没有白流。

与时俱进带动创新

张朋娟总是站在时代的前沿，以独特的目光寻找创新之点。

她从来不畏惧困难，甚至并不知道什么是困难，只是奋力地往前冲，用力地往前闯。她从来不畏惧挫折，甚至并不知道什么是挫折，只是跌倒了之后再起来，失败了之后再出发。

一次，班景辉回来抱怨，他们联合站的柱塞泵在运行时，盘根总漏水，漏油从排污管排入下水道，这种含油污水不仅对环境造成污染，还经常堵塞下水道。每次有问题，他们就得掏地漏，堵了掏，掏了堵，循环反复的。而且由于润滑油吸附在管壁上，与水中的尘土结合，形成油垢，上排水管路转弯又多，疏通起来非常困难，严重时需动用水泥车、罐车，上热水疏通，甚至还得申请专业队伍，使用特种设备进行处理，额外费用增加得让人心疼……

"我觉得应该有办法解决，我在想是不是能够打破传统模式，运用动力工作原理，实现排污自动化。"张朋娟在小本本上写下了一个个小思路。

此前，张朋娟对联合站的工作流程并不熟悉，更别提解决问题了。《注水泵工》《集输工》这些书都被她翻烂了。她还每天利用午饭后的休息时间到作业区练兵场进行实际操作，事后一遍一遍在脑中"过电影"，寻找可能出现的灵感。

有时思路被堵在某一个环节上，进行不下去了，就让班景辉给她讲解。

有天晚上，她一边做饭一边琢磨着怎么破解难题。

"媳妇儿，锅煳了。"班景辉和女儿从书桌旁跑过来。

张朋娟仿佛进入了某种痴迷状态，左手拿着铲子向上举着，眼睛直直地盯着排烟罩，看不到那缕缕飘散的油烟，也闻不到浓重的焦煳味儿。

班景辉赶紧过来关上火。

女儿也问："妈妈你咋了？"

张朋娟在父女交替的询问声中回过神来，心思还飘忽着，说："我想制作的管线流程呢，这回走对劲了，走得挺流畅的呢。"

看着已经炖干锅的鱼，班景辉无奈又好笑地说："管线你走明白了，晚饭却得进下水道了。"

知识和技能都储备够了，张朋娟开始跃跃欲试。

"我最近有了个新想法，你帮我看看能不能试运行一下？"

"我觉得这里还需要改进……"

此时已是下班时间，龙一联合站泵房里，张朋娟拉着班景辉在热切地讨论。

周围的同事们早已见惯了这样的场景。

这俩人，一个比一个爱较劲，一个比一个爱琢磨！

在进行了50余次现场操作后，俩人终于精准地找到问题所在，也想到了解决问题的办法。“柱塞泵漏失液油水分离器”就这样诞生了。

新研制的这个装置是根据重力沉降原理，实现了液位自动控制。投入应用后，既改善了工人们的工作环境，又改变了工人们的工作方式，更减轻了工人们的劳动强度。同时还有更广泛的适用范围，适用于各种润滑油堵塞下水道的情况。

随着数字化在油田生产中的运用，张朋娟开始关注数字化，她要用数字化为采油生产赋能。

井场又上新设备了，自动化控制啊，了不得。采油工们个个惊奇不已。张朋娟听说后，马上带领工作室成员到现场观摩数字化设备的运行原理，请来数字化运维中心技术人员为工作室成员进行数字化科普教学，大家心想，这个“老大”真是未雨绸缪啊。

有一段时间，张朋娟把目光放在了加热炉火管检查装置的改进和创新上。白天，几个成员跟在她身后反复去现场观摩验证，晚上她自己一个人在草纸上反复推演。看着她的黑眼圈和红眼仁，几个人都憋足了劲，调侃说，“跟着‘拼命铁娘子’干，解决这个难题肯定不在话下”。

果然，一个全新自制的加热炉火管检查装置调试使用，效果超乎想象的理想。

原来因加热炉内火管是回旋结构，想要检查火管，必须拆卸全自动燃烧器。拆卸燃烧器不仅需要专业人员拆卸，而且还容易拆坏燃烧器点火用配件，使用时还存在检查不到的死角。

新研制的工具，有内窥镜头和伸缩护管，并增强了灯光等组成部分的功能，使用时，和手机相连，将内窥镜头用伸缩护管深入火管内进行检测，既不用拆卸燃烧器，还可将相关内容录像和留存。同时，火管的检查项目由原来的 50% 增加到 100%。

数智化被他们运用到了创新中。

言传身教示范创新

张朋娟是行走的旗帜，看到她，人们就看到了前进的方向；她是行走的明灯，看到她，人们就找到了前进的目标。

张朋娟总是有一种魅力能打动人，总是有一种力量能凝聚人。

慢慢地，张朋娟劳模创新工作室不仅带动整个作业区，也开始辐射全厂。

用同事的话说，张朋娟现在“粉丝很多，名号很响”。

操作室和培训室不断有人申请加入，只要有人愿意，张朋娟自然高兴地接纳。不仅是张朋娟，工作室的伙伴也不断发掘身边的年轻人，带着他们一起，穿梭在一个又一个找问题、解难题的现场。

因为工作室成员都有各自的本职工作，不能经常聚在一起。2020 年开始，工作室又下设 5 个创新活动小组，以小组为单位搞创新创效研究。

每年年初，每个小组会根据本单位工作特点，确定创新项目。当然，最忙的还是张朋娟。她不仅要随时向前来请教的组员“支着儿”，和他们讨论问题，还要定期跟踪每个小组的项目进展情况。

说起张朋娟劳模创新工作室最出彩的发明，当属抽油机减速箱免拆洗看窗。

2021 年，一名采油女工急匆匆地找到张朋娟，手里紧握着一块满是油污的有机玻璃板。“张姐，你看这抽油机减速箱的看窗，用一段时间后就模糊不清了，每次都要停机后再拆卸清洗，不仅麻烦，还影响生产进度啊。”女工的话语中充满了无奈。

张朋娟接过玻璃板，仔细端详着。油污和灰尘交织在一起，形成了一层厚厚的“面纱”，遮住了本来面目。她皱了皱眉，心里想，这个小小的看窗是一双明亮的眼睛，作用不可替代，如果能有个办法让它终身不用擦拭，那该多好啊！

于是，张朋娟带着工作室的成员们开始了探索之旅。他们找来密封单片，按照尺寸进行切割、打磨。然而，当大家满怀期待地将密封单片安装到看窗上时，却发现看窗依旧模糊不清，大家的心情也如同被乌云笼罩了一般。

张朋娟没有放弃，她带着大家把实验室直接搬到了井场。

刚入夏的井场上，热浪滚滚，闷得人喘不过气来。蚊虫在空中飞舞，不时地叮咬着他们。

但张朋娟他们却全然不在意周边环境，全神贯注地剪裁着密封单片，一遍又一遍地切割、打磨、安装、拆卸，观察效果。

这个尺寸再小一点……这个角度再调整一下……她边思考边和身边人沟通。他们一会儿蹲在地上分析，一会儿走到井上调试，这样反反复复的，没有人记得次数，也没人在意，如果不是挡住了视线，他们都不会抹一把满脸的汗水。

终于，免拆洗抽油机减速箱看窗诞生了！它如同一道亮丽的风景线，照亮了井场，也照亮了张朋娟和团队成员们的脸庞。这项成果在现场一经投入使用，就受到了一线员工的一致好评。它不仅提高了生产效率，还减轻了员工的劳动强度。

经过了一次又一次这样的“战役”，大家学到了张朋娟创新的思路，攒足了张朋娟做事的劲头，也瞄准了自己此后努力的方向。

想方设法激励创新

张朋娟努力运用新办法激励创新，不断开辟新路径扶持创新。

她尽全力帮助每一个人成长，用真心鼓励每一个人进步。

张朋娟工作室是一间几百平方米的长方形平房，简陋却整洁。中央立有一个长条桌，是成员们讨论和学习用的，左手边一横排摆着用来研究的工具和配件，右手边一横排是他们的创新成果展示。墙上有规章制度和成果介绍，还有奖牌和模范人物。还有一张张朋娟穿着工装走在雪野中的照片，飒爽英姿的。右边一角一个小桌子上有 3 个小铁架，上面挂着一排装着红黄粉绿各种颜料的小瓶子，据说是心愿瓶。旁边是一张张塑料薄膜制成的卡片，卡片上都是用略黑字体手书的话语，诸如“发现一个难题，提出一个建议，掌握一项技能，上升一个台阶”，三十多个工作室成员，每个人都有一张自己手写的心愿卡。这是张朋娟苦思冥想出来的一个仪式，每到年底，她会组织大家在心愿瓶边许愿，然后郑重写下自己的心愿卡，那些心愿卡缀着丝穗挂在那里，是许诺，也是目标。

都说张朋娟倔强，但张朋娟还是个极有耐心的人。正北方是一个小讲台，桌上摆着 6 个抽油机模型，是给新人讲课用的。每有新人入厂，她都会让他们拆卸和安装这些模型，告诉他们各个部件的名称、功能，哪里容易发生故障，如何判断，又如何解决，等等。她还会组织新人开展游戏，当然不是单纯地玩乐，而是寓教于乐。比如，她曾组织他们开展过这样一个游戏，两组人面对面站着，一组人用手比画扳手、管钳等采油工具的形状，另一组人猜名称。

近10年来，工作室里的“90后”越来越多，他们思维活跃，想法新潮。张朋娟总是会组织一些别出心裁的活动，调动大家创新的积极性。

2015年一季度，工作室开展了“难题揭榜”活动。就是把从一线班组征集来的创新难题挂在墙上，谁想解决哪个问题就认领哪个问题。

“这个给我，我有办法解决，我认领这个难题。”一个小青年从难题征集墙上将“抽油机井平衡块调到头仍不平衡”这一问题取下。

“我认领‘配水间压力表接头夏天总上锈’”，又一个“90后”冲过人群将这个难题取下。

半个小时不到，37个难题全部被“主人”认领。

经过几天的深思熟虑，大家争先恐后地找张朋娟汇报自己的解题思路。

这天，青工苏健带着自己画好的草图找到张朋娟。

“油井配重不够，那么我觉得增加平衡块配重就可以解决。在哪儿加？这是我觉得可以加的三个地方。”

“这里为什么不可以加？”张朋娟指出第四个地方。

“嗯，这里，嗯，也可以。”

“假设在这里加了配重，你有公式可以计算平衡吗？”

“我，我还没想到这里……”

很快，苏健根据张朋娟的提示，找好所有可能添加配重的位置，计算、探讨，使油井重新达到了平衡。

张朋娟目光老到，她总是一下子就能发现问题，也总是能和他们一道摸索着解决问题。所以，每一个问题的“主人”都有信心。

但张朋娟还是不托底，她有了更深的想法，怎样让有想法的年轻人搞创新从一拍脑门变成深思熟虑？

张朋娟想象自己面前摆着一个一无所知的难题。

她想，她进行所有革新的第一步都是对原有部分先进行替换，然后逐一进行实验。

改进“塑料材质加药泵”的时候，她首先想到的是换坚硬、耐磨的材料。电动机加油螺栓拧不开，最终确定要改变加油的位置。在涉及阀门远传开关装配图时，是将最关键的三个位置进行轮流替换，最终确定了最合适的版本……

张朋娟开始复盘，对所有的难题、成果一一解剖归纳。

深思熟虑之后，张朋娟总结出了通俗易懂的“5T技术革新工作法”。将实际的、复杂的各种问题转化为有效的、简单的处理方式：从材料、结构、颜色、位置、原理等五个角度快速聚焦问题本质，就能有效而快速地解决问题。

她马上写了一个详细的教学方案，进行了一次讲课，把自己这个“革新秘籍”摊开揉碎细致讲解。

有了这个“革新秘籍”，小青年们搞创新的思路更广了，方法更多了，兴致更浓了，劲头也更盛了。

不到一个月的时间，大家通过“5T技术革新工作法”，让37个难题迅速“下墙”。

从孤雁到领航，张朋娟像灯塔一样发出光芒，不断引领和培养更多的高技能人才加入创新创效的队伍中。

培育新人，边远之地星光满天

张朋娟坚信，人人是人才，人人能成才。她努力在培养年轻人上下功夫。

张朋娟有远忧近虑，更有远见卓识。如果不算延迟退休时间，张朋娟距离退休也还有五六年，但她已经着手考虑接班人的问题了。她甚至已经把目光盯上了几个年轻的孩子，开始努力培养他们，准备将来有一天把工作室交给他们，使得工作室好好开下去。

她言之凿凿地说，现在的年轻人绝不是垮掉的一代，而是新生的一代。她坚信年轻人能够创造出更美好的未来。

形式多样培育精神。

张朋娟期望年轻一代能够做大庆精神、铁人精神的传承者，期望年轻一代能够做大庆精神、铁人精神的弘扬者，期望年轻一代能够做大庆精神、铁人精神的实践者。

张朋娟现在的手边书是《顶天立地谈信仰》，这本书的中心议题是“信仰是人们精神世界深处的执着与坚守，共产党员的信仰在于把对人民幸福的向往与对科学真理的追求融合起来”。

她对这个叫徐川的作者崇拜有加。这本书，从青年的视角感知马克思，更是运用了具有冲击力的青年式话语。她把这本书隆重推荐给了身边的年轻人，和他们探讨其中的寓意，述说自己的感受，她努力让年轻人把自己的信仰树起来，把自己的精神立起来。

张朋娟给自己的工作室制定了一套修旧利废制度，期望通过修旧利废让大庆优良传统在工作室焕发光芒，让降本增效在生产一线“落地开花”。2019 年 4 月 30 日，工作室再一次发出修旧利废倡议，有 235 人积极参与，当年就产生修旧利废成果 38 项，创经济效益 128.4 万元。

工作室成员还利用一切可以利用的资源，结合工作中存在的难题，制作出“多功能清洗器”“轿车钢板复合套”“速画压力表量程线卡片”等一大批“0”投入创新成果，真正做到精准修旧解难题，废物利用增效益。

张朋娟在铁人王进喜诞辰 100 周年的时候，组织了一个铁人画像剪纸活动。触摸着亲手剪裁出的铁人画像，大家仿佛手心里有了温度，更仿佛有清晰的声音从遥远的时空传递过来：“干工作要经得起子孙万代检查”；“为革命练一身硬功夫、真本事”；“宁可少活 20 年，拼命也要拿下大油田”；“有条件要上，没有条件创造条件也要上”；“甘愿为党和人民当一辈子老黄牛”；“石油工人一声吼，地球也要抖三抖；石油工人干劲大，天大困难也不怕”……

张朋娟还领着工作室成员去铁人纪念馆、大庆油田历史陈列馆，和大家一起追溯大庆油田历史，倾听遥远年代石油工人的心声，汲取奋斗的力量……

听多了正式或者非正式场合张朋娟的激情讲述和温婉念叨，有人突然醒悟，说：“娟姐，你就是我们身边的‘铁人’啊，你看你干什么都有不服输的劲头，对什么都拼了命的气势，不就是个‘铁娘子’吗？以后啊，我们就远处学铁人，近处学娟姐。”

不遗余力倾囊相授

张朋娟是播种者，期待每一朵花都尽情绽放；她是引路者，希冀每一个人都找到前行的方向。

她倾尽所有传授知识，倾尽全力传授知识。

说起师傅张朋娟，范涵予说最初打动她的是张朋娟身上的那股韧劲。

刚工作那段时间，范涵予透过计量间的窗户，总见到张朋娟围着一口抽油机井转来转去。一问才知道，张朋娟前几天见维修工拆卸皮带轮时，把皮带轮砸坏了。她想解决掉采油工既挨着累又损坏着设备的难题。

范涵予当时心里还暗想，油田开发这么多年都没解决的问题，估计她做多少都是无用功。但没想到的是，张朋娟真就研发出新的拆卸皮带轮工具，应用后效果非常理想。

范涵予不由得感叹，师傅这个专家的名头名副其实，自己这是撞上了个好师傅。从那一刻起，范涵予便认定了这个师傅，开始如影随形地跟在张朋娟身后老老实实学习。

参加工作的第二年，厂里举办技能大赛，早几年工作的同事纷纷报名，参加工作不到一年的范涵予没有信心地躲在了一旁。张朋娟找到范涵予鼓励她说，只要有心，再加上努力，就能取得好成绩。

大赛集训时，每次测验成绩近乎垫底的范涵予几度想要放弃，张朋娟就天天晚上到范涵予的寝室给她开“小灶”。

张朋娟针对范涵予的特点，为她量身定做了一套适合的教学方案。她先给范涵予准备浅显易懂的课件，帮助她理解基础知识。为了强化范涵予的记忆，张朋娟还出了几套考试题让范涵予做，根据答题情况找出范涵予的薄弱环节，再有针对性地连夜准备新课件，给她讲解。

理论知识提升了，实际操作又是一大关。大赛要求有严格的操作时间，为了能让范涵予加快速度，晚上师徒两人就在一起操作，用比赛的方式提高效率。

每画出一张图，张朋娟都会认真批改，从字体的大小到上色的均匀和美观程度，事无巨细地一一把问题指出来。经过 3 个多月凤凰涅槃似的磨炼，范涵予成长迅速。

最终在大赛中取得了好成绩。

2005 年，作业区领导决定让张朋娟当兼职培训师，她一下子郑重起来，因为这个兼职培训师是那么神圣和光荣，她决定用情去做，用心去教，一定要让培训显现出成果来。她同时也有些不安，怕培训工作做不好，让自己这个培训师成为摆设。

随后，学员们真切体会到，张老师真是全心投入，就好像要把自己所知道的都倒给他们一样。

每次授课前，张朋娟都会认真备课，总是将教案做到自己认为最完美最满意为止。

2006 年，张朋娟在厂里培训学员制图和管汇的时候，为了达到最佳效果，图片、线条、曲线，反正是能用的都用上了。她的讲解总是简单、直白，又让人想象丰富。

为了让培训真正有效果，她苦思冥想出一个“三推（推青工、推干部、推技师）、三送（送技能、送方法、送经验）、三带（师带徒、老带新、专家带技师）”培训工作法，这个方法后来在全厂推广开来。

范涵予说，“张老师把我‘推’上台，让我受益非常大”。她没上讲台之前，真没想到采油工的工作这么复杂，一个简简单单的取样工作，就有这么多可讲的东西。

她在准备课件的时候，张朋娟一步步地指导着她。取样的正确步骤是什么？取样的周期为什么是 10 天？取样后化验员化验的过程是什么？为什么你取的样总是被复样？

从最初的找课题，到做课件，一个 10 分钟的小课件，她却用一个多月的时间翻阅了大量资料。越翻越惊心，越翻越受益。她才知道老师的用意不仅是要锻炼他们的能力，还要增长他们的知识。

教案准备好了，老师又教她上讲台的注意事项，诸如语言语调的掌控，节奏的把握，甚至肢体语言和动作表情都一一讲解，她也才知道作为一名培训师真是太不容易了。

几年来，张朋娟累计授课 4700 课时，培训职工 12000 余人次，共培养集团公司技术能手 2 人，公司技术能手 3 人，高级技师及技师 43 人，指导参赛选手获得多项奖励。

温柔深情陪伴成长

张朋娟追求完美，也带动身边人践行完美；她永葆信心，也激励身边人树立信心。

张朋娟对每个人都用真情，倾真意，她努力付出所有做他人成长的基石。

说起师傅张朋娟，陶丽每每都怀着敬佩和感激，并立志要成为师傅那样的人。

有一次，厂里要举行“五小成果分享”活动，并在分享后评出奖项。张朋娟给陶丽打电话，让她代表工作室做王会山的成果分享。陶丽害怕，说自己从没上过台，那么好的成果，自己如果分享不好对不起人家。张朋娟鼓励她，凡事都有第一次，只要自己有信心，再加上努力，就什么事都能成功。

那一次，张朋娟自己也有分享。活动开始前，张朋娟把陶丽领到厕所，让陶丽试讲，陶丽边试讲，张朋娟边计时，然后根据时间，告诉她如何抓住重点，并指点她如何注意动作和表情。

陶丽要上台了，张朋娟走过去，握住陶丽颤抖的手，告诉她，不要紧张，相信她会讲得很好。

陶丽讲的时候，不时看一眼台下的张朋娟，看到她笑意盈盈的脸，陶丽慢慢放松下来，流畅而自然地讲述着，并成功让那个成果获了奖。

有一次，陶丽接到张朋娟的电话，说厂里要组织一个“管理追溯”活动，说她感觉陶丽能行，应该抓住这个机会去锻炼一下。陶丽想，台下听的都是厂领导，自己这么年轻，能行吗。张朋娟鼓励她，说她有过上台经历了，这次肯定也能行。陶丽答应了去试试。张朋娟随后给丈夫班景辉打电话，告诉他陶丽适合参加这个活动，可以让她代表他们组去参赛。班景辉正愁找不到合适的人选，听她一说，高兴了，说：“我媳妇就是厉害，作业区谁是人才真是‘门清’啊！”

那个活动张朋娟自己也上台讲述。看到张朋娟打开 PPT 的那一刻，陶丽眼睛都亮了，心里感叹，不用听叙述，靠这个 PPT 师傅就赢了。那一次，也让陶丽对师傅更加敬佩了。自己的师傅获得了那么高的荣誉，取得了那么多的成绩，让大家“望尘莫及”。但她平时和人相处，总是保持低调谦虚的态度，干什么都那么努力又认真，对待每一份工作都踏实地去追求完美。这样的师傅还会走得更远，还会达到更高的高度啊。

正是在张朋娟的帮助下，如今陶丽已经由一名集输工人成长为一名管理人员。

徒弟张家榕说起张朋娟来也是满脸崇拜，还有满心感激。她说师傅是她成长道路上的楷模，无论路有多苦多难，想起师傅她就充满了力量，充满了信心。她评价自己的师傅说，师傅是个伟大的人，她想成为和师傅一样的人。

2017 年，张家榕代表油田公司参加集团公司技能大赛，张朋娟是她的指导老师。两个月的封闭培训，选手们不回家，张朋娟也不回家，就在那里陪着。白天，她指导选手们训练，晚上她敞开房门，谁想“吃小灶”，她来者不拒。

有一次，张家榕练习调平衡。前面的男选手螺丝拧得特别紧，怎么砸也砸不下来，张家榕崩溃了，边哭边砸，边砸边哭，终于砸下来了，但却超时了。

一直站在边上观看的张朋娟走过来，拉着她的手，边给她擦眼泪边说，“你知道我刚才为什么没中途叫停吗，因为我想看到你战胜自己，我想看到你突破自己，你果然做到了，我为你骄傲。接着这样练，你一定能实现自己的目标”。

那是一次破茧成蝶的心路历程，那之后，张家榕苦苦练习，终于达到了标准，还在大赛中取得了非常好的成绩。

此后，张朋娟时时关注张家榕，及时在她遇到难关的时候帮助她。如今的张家榕已成为厂里的“五朵金花”之一，也成为厂里屈指可数的技术骨干。

这些年，张朋娟带徒弟 30 余人，这些人或成为技术骨干或成为革新能手。

第九采油厂，虽然地处偏远，身在外围，但它是大庆油田的一域，它的地下有石油，那就是石油人该捍卫的地方，这是张朋娟和她的同伴们的职业信仰。她从未停止过探索知识，从未停止过修炼自身，在绿色草原之上延伸出生机盎然的不懈求索。到达一个终点，还有另一个终点，达到一个高度，还有另一个高度，她把人生的亮点闪耀在拼搏奋进的每一分每一秒。她相信，就算在荒凉寂寞中也会走出满目繁华的风景。

图书在版编目（CIP）数据

印记：大庆油田新时代女劳模 / 大庆油田有限责任公司工会编著. -- 北京：中国工人出版社，2025. 3.

ISBN 978-7-5008-8681-5

Ⅰ. I25

中国国家版本馆CIP数据核字第2025EX6778号

印记：大庆油田新时代女劳模

出 版 人　董　宽
责任编辑　王晨轩　罗荣波
责任校对　张　彦
责任印制　栾征宇
出版发行　中国工人出版社
地　　址　北京市东城区鼓楼外大街45号　邮编：100120
网　　址　http://www.wp-china.com
电　　话　（010）62005043（总编室）
　　　　　（010）62005039（印制管理中心）
　　　　　（010）62382916（工会与劳动关系分社）
发行热线　（010）82029051　62383056
经　　销　各地书店
印　　刷　宝蕾元仁浩（天津）印刷有限公司
开　　本　787毫米×1092毫米　1/16
印　　张　15.5
字　　数　270千字
版　　次　2025年3月第1版　2025年3月第1次印刷
定　　价　58.00元